오 싱

OSHIN by SUGAKO HASHIDA
Copyright ⓒ 1984 by SUGAKO HASHIDA
Original Japanese edition published by NHK Publishing
(Japan Broadcast Publishing Co., Ltd.)
Korean translating for novelization rights arranged with
NHK Publishing(Japan Broadcast Publishing Co., Ltd.)
through Shin Won Agency Co., Seoul.
Korean translating rights ⓒ 2013 by CHUNGJOSA Publishing Co.,

하시다 스가코 원작 김 균 옮김

헝 4

청조사

국립중앙도서관 출판시도서목록(CIP)

오싱 4 / 원작 : 하시다 스가코 / 옮긴이 : 김 균 -- 개정 4판 -- 서울 : 청조사 2013
p. ; cm

원표제: おしん
원저자명: 橋田壽賀子
ISBN 978-89-7322-343-5 04830 : ￦ 12000
ISBN 978-89-7322-346-6(세트) 04830

일본 문학[日本文學]
833.6-KDC5
895.636-DDC21   CIP2013020931

원작 | 하시다 스가코(橋田壽賀子)
1929년 한국에서 태어난 일본인으로서 일본여자대학, 와세다대학 문학부를 졸업했다.
1950년 일본 송죽영화사에 입사해 TV시나리오 작가로 활약했다. 대표작으로 〈대가족〉
〈오싱의 딸〉〈이혼〉〈부부〉 등이 있다.

옮긴이 | 김 균
1933년 서울에서 태어나 서울신문·신아일보 사회부 기자, 조선일보 미주 논설위원을 지냈다.
옮긴 책으로 〈대통령과 임금님〉〈대가족〉〈오싱의 딸〉 등이 있다.

 (4)

개정 4판 2013년 11월 15일

원작 | 하시다 스가코
옮긴이 | 김 균

펴낸이 | 최혜숙
펴낸곳 | 청조사
주소 | 04206 서울시 마포구 마포대로 204 마포SK허브블루 2007호
등록 | 1976년 9월 27일 (제 1-419호)

전화 | 02-922-3931
팩스 | 02-926-7264
메일 | chungjosapress@naver.com

* 잘못 만들어진 책은 구입한 서점에서 바꾸어 드립니다.
* 이 책은 국제 저작권법에 의해 보호받으므로 어떤 형태로든
  전재 · 복제 · 표절할 수 없습니다.

차례

새 출발·7　위기·25　발돋움·46　단판 승부·60

먼 데 있는 사람·79　재회·91　빛바랜 과거·113

편지의 행방·133　유랑의 길·152　다시 낯선 곳으로·170

행상·190　상혼·209　한마음·226　개업·254

반가운 소식·270　경사·292　마지막 귀향·310

벼랑 끝·332　오열·357

새 출발

 오싱이 시부모님 앞에 무릎을 꿇고 앉아 오늘로서 다노쿠라 집안과 하직하겠다는 작별 인사를 드린 것은, 사가에 기거한 지 일 년 남짓한 늦가을의 일이었다.
 오싱이 유를 데리고 도쿄로 가서 살겠노라고 말하자 시어머니의 격노는 불과 같았다.
 그러나 오싱의 결의가 움직일 수 없이 굳은 것임을 깨달은 시어머니는 마지막 조건을 제시했다.
 "네가 끝내 이 집을 나가겠다면 그건 어쩔 수 없겠지. 하지만 다노쿠라의 자손인 유만은 절대로 내줄 수 없다!"
 아무리 바윗돌같이 단단히 마음을 다져 먹은 오싱이지만 그 말에는 흔들리지 않을 수 없었다. 아이와 떨어진다는 것은 어머니에겐 죽음을 의미하는 것이다.

 아무리 눈물로 간청해도 시어머니의 반응은 얼음처럼 차갑기만 했다. 혼자서 집을 나가든가, 아니면 세 식구가 모두 여기 남아 있든가, 둘 중에 하나를 택하라는 것이다. 오싱은 눈앞이 캄캄해지는 느낌이었다.

 그러나 며칠 후, 뜻하지 않은 요행이 생겼다. 쓰네코가 시어머니 몰래 유를 빼돌려 주겠다고 했다. 자기의 의지대로 소신껏 살려는 오싱의 태도가 부러워, 쓰네코는 자기가 할 수 있는 만큼은 도와줘야겠다고 마음먹은 것이다. 이는 시어머니에 대한 일종의 저항이기도 했다.

 쓰네코의 도움으로 가까스로 시댁을 빠져나와 도쿄에 도착한 오싱은 그 길로 하세가와 다카의 미용원을 찾았다.

 다카가 따스하게 맞아 주었으나 오싱은 부상의 후유증이 심한 팔로는 미용 일을 전혀 할 수가 없었다. 도쿄에서 요릿집 접대부 일을 하고 있는 사와도 힘이 되어 주려고 애썼지만 유가 딸려 있는 오싱에게 마땅한 일자리는 나타나지 않았다.

 하루하루 시간은 지나고 어찌해야 좋을지 난감하게 된 오싱에게 생각지도 않은 구원의 손길이 뻗쳐 왔다. 그 사람은 다름 아닌 겐이었다. 그는 백방으로 뛰어다닌 끝에 오싱에게 동동구이(포장마차에서 구워 파는 풀빵 같은 과자) 파는 노점을 알선

해 주었다.

그날부터 오싱은 노점 한구석에 돗자리를 깔고 자리를 잡았다. 그 위에 유를 재워 놓은 채 엄동설한의 추위를 무릅쓰고 온종일 동동구이를 구워 팔았다. 익숙치 않은 일이긴 했지만 자기 힘으로 돈을 번다는 기쁨과, 유와 함께 지내는 보람은 무엇에도 비길 수가 없었다.

때때로 힘들고 피곤할 때는 자신이 사가를 떠나올 때 언젠가는 반드시 세 식구가 모여 살게 될 거라고 격려해 주었던 류조를 떠올렸다. 그럴 때면 오싱의 가슴속에 불쑥 그리움과 함께 보이지 않는 용기가 솟아났다.

한편 사가에서는 류조의 재혼 문제로 기요가 분주하게 일을 꾸미고 있었다. 오싱이 보낸 편지도 류조에게 보여 주지 않고 모조리 찢어 없앴다. 류조는 편지가 오지 않는다고 투덜거렸고 오싱은 오싱대로 류조의 마음이 변했기 때문에 답장이 오지 않는 것이 아닐까 하고 괴로워했다.

그럴 즈음, 어느 날 겐의 아내 미도리가 오싱에게 쳐들어왔다. 오싱이 자기 남편에게 꼬리를 치고 있다고 오해한 그녀는 서슬이 시퍼래서 달려왔고, 공교롭게도 겐은 사실 당신을 짝사랑했었노라고 오싱에게 털어놓았다. 그제야 오싱은 자기가 너무 어처구니없이 겐을 믿고 의지했던 것을 뉘우쳤다.

자신에 대한 겐의 속마음을 알게 된 이상, 오싱은 차츰 자리가 잡혀 가는 이 노점 장사도 계속할 수 없다고 생각했다. 이제 오싱으로서는 야마가다의 친정으로 돌아가는 길밖에 없었다.

오싱은 내키지 않는 마음으로 겨우 발길을 야마가다의 친정으로 돌렸다. 그러나 오빠 쇼지가 물려받아 살림을 하고 있는 친정 집 역시 마음 편히 지낼 수 있는 곳이 못되었다. 어떻게든 오싱을 감싸고 도는 늙은 어머니와 오빠 내외와의 사이가 날로 불편해지기만 했다. 그럴수록 오싱은 답장 한 장 보내지 않는 류조를 원망했고, 동네 농가의 품팔이로 근근히 푼돈을 만져 보는 암담한 하루하루를 살아가고 있었다.

그러던 어느 날, 가가야의 큰방마님 구니가 위독하다는 기별이 왔다. 오싱이 부랴부랴 달려갔을 때, 혼수 상태에서 잠시 정신을 차린 노인은 오싱에게 가요를 부탁한다는 말을 남긴 채 숨을 거두었다. 마지막까지 증손자를 못 보고 죽는 것이 한이라고 되뇌면서……

가요의 남편 마사오는 외방 여자와 손을 끊고 가가야의 사위로서 새 출발을 했으나 가요와의 사이는 여전히 원만치가 못했다. 한 시대의 종언(終焉)을 고하는 듯이 노인은 숨을 거두었으나 뒤에 남은 손녀 가요의 일로 편히 눈을 감지는 못했으리라.

구니의 초이레 제사를 마치고 돌아가려는 오싱에게 가요가 갑자기 가가야의 셋집이 지금 비어 있으니 거기서 무슨 장사라도 해 보지 않겠느냐는 제안을 했다. 오싱에게는 꿈만 같은 이야기였다. 오싱은 자신의 인생이 하나의 큰 기로에 접어들고 있음을 인식했다. 그때가 오싱과 가요가 같은 스물 다섯 살인 1925년 5월 하순이었다.

가요는 어머니와 아버지에게 자신의 의견을 진지하게 펼쳐 보였다. 그 곁에서 오싱은 무릎을 꿇고 앉아 조용히 그들의 말에 귀를 기울였다. 그러나 기요타로의 반응은 단호했다.

"무슨 멍청한 소리를 하는 거냐. 오싱은 곧 사가로 돌아가야 할 몸이다. 네가 아무리 오싱을 곁에 두고 싶어 해도 그럴 수는 없는 거야."

"그렇고말고. 사가에는 서방님도 기다리고 있지 않느냐. 며느리로서의 의무도 있고 말이다. 가요, 네 뜻대로는 안되는 법이야."

"아니에요. 오싱도 그럴 마음이 있는걸요. 그 셋집, 저대로 비워 두면 뭘 해요. 남에게 빌려 줄 바에야 오싱에게 줘서 뭐든 장사라도 시작해 보게 하는 것이……"

"집을 빌려 주는 게 아까워서 하는 말이 아니다. 오싱은 이미 옛날의 오싱이 아니야. 한 가문의 며느리야. 설사 오싱이 그런 의향을 갖고 있다 할지라도 오싱 혼자서 멋대로 결정할 문제도 아니다. 가요 네가 결정할 문제는 더더욱 아니고 말이다."

기요타로의 말에 동감하며 미노는 오싱에게 고개를 돌

렸다.

"오싱, 이 먼 곳까지 달려와 줘서 정말 고맙다. 서방님과 시부모님께도 감사의 말씀을 전해 주려무나. 이제 오싱도 하루빨리 돌아가 봐야지. 너무 오래 있으면 야단맞아요. 가져갈 선물도 듬뿍 장만해 놓았어. 오싱의 체면을 세워 주려고."

그 자리가 바늘방석 같아서 오싱은 잠자코 앉아 있었다.

"가요, 네가 공연히 떼를 써서 오싱의 입장을 거북하게 만들고 있구나. 그러면 못써!"

"엄마, 사실 오싱은 시댁에서 뛰쳐나온 지가 벌써 오래됐어요."

"가요 아가씨!"

오싱은 당황하여 가요의 말을 가로막았다. 그러나 가요는 뭐 어떠냐는 듯이 말을 이었다.

"오싱, 숨기고 있을 까닭이 없잖아. 여기서 장사를 해 볼 생각이라면 모든 걸 털어놓고 착수하는 편이 좋잖아."

"그럼 사가의 집에서 나올 때 남편도 함께 나온 거냐?"

미노의 질문에 정작 대답할 사람은 아무 말도 못하고 가요가 대변인을 자처하는 듯 시원스레 대답했다.

"류조상은 자기 어머니와 단짝이 되어 오싱은 거들떠보지도 않는대요."

"뭐라구? 정말이야?"

믿을 수 없다는 듯 미노가 재차 반문했다. 하는 수 없이 오싱은 겨우 입을 떼었다.

"제 잘못입니다. 제가 시어머니의 뜻을 받들지 못한 거지요."

"그럼, 도망쳐 나온 거야?"

다그치듯 몰아세우는 엄마가 답답하다는 듯이 가요는 열을 올리며 설명했다.

"엄마, 어렸을 적부터 남보다 몇 곱절이나 되는 고생도 잘 참아 냈던 오싱이 오죽했으면 그랬을라구요. 그런 오싱을 감싸줄 줄 모르는 남편이라면 자격이 없는 거예요. 오싱이 헤어질 결심을 한 것도 무리가 아니에요."

"남자들은 누구나 어머니 앞에서는 꼼짝 못하기 마련이란다. 나만 하더라도 얼마나 눈물을 흘렸는지 모른단다."

그 말에 어색한 표정을 짓는 기요타로를 전혀 의식하지 않고 미노는 말을 이었다.

"그렇다면 정말 마음 고생이 많았겠구나. 지금은 어디서 지내고 있지?"

"네, 지난봄부터 친정에 돌아와 있어요."

"친정에는 어머니도 계실 테니 달리 걱정될 일은 없겠지."

기요타로와 미노는 고개를 끄덕이며 말했다.

"엄마, 그게 또 그렇지가 않아요. 오빠 내외가 살림을 물려받아서, 아이 참, 설명하면 복잡하지만 하여간 여러 가지 사정이 있어서 말이에요. 오싱은 이집 저집으로 날품팔이를 하고 다닌대요."

그제야 오싱은 내키지 않는 듯 무거운 입을 떼었다.

"저희 집의 논이나 밭은 오빠와 어머니의 힘만으로도 충분히 경작할 수 있거든요. 그렇다고 제가 가만히 앉아 있을 수는 없는 입장이구요."

"오싱과 유가 먹을 것은 오싱이 벌어야 천덕꾸러기 신세를 면하지 않겠어요?"

"가요, 이해가 안되는구나. 예전에 오싱이 친정을 돕기 위해 얼마나 노력했는지 우리도 다 아는 마당에 오빠가 모른 척할 리는 없지 않느냐. 여기서 일할 때 받은 돈을 몽땅 친가에 보냈잖아."

"지금 오빠네 내외가 살고 있는 집도 오싱이 미용 일을 해서 번 돈으로 장만했어요. 그런데 그 사실도 잊어버리고 말이야."

오싱은 민망한 얼굴로 황급히 가요의 말을 막았다.

"그런 건 괜찮아요. 전 아버지를 위해서 해 드린 일이니까요."

"사람은 누구나 자기 이익만 생각하는 법이니까. 그렇다면 오싱은 친정에서도 지내기가 거북하다는 말이구나?"

미노는 이제 오싱에게 동정의 눈길을 보내지 않을 수 없었다.

"그래서 오싱에게 사카다에서 장사를 해 보라고 권한 거예요."

"하지만 장사가 그렇게 쉬운 일은 아닐 텐데."

"아무튼 시작해 놓고 볼 일이잖아요. 우리 집 일을 돌봐 달라고 해도 그만이지만, 그건 단순하게 식모 노릇일 뿐이거든요. 난 오싱을 독립시켜 주고 싶어요. 할머니는 지금 오싱이 처한 사정을 전혀 모르고 돌아가셨지만 만약 아셨더라면 저와 똑같은 생각이실 거예요. 할머니는 오싱에게 늘 말씀하셨어요. 여자도 자기의 힘으로 독립하도록 노력하지 않으면 안된다구요."

가요의 말을 들으며 오싱은 문득 큰방마님 구니의 깊은 사랑을 떠올렸다. 다시 만날 수 없는 먼 길을 떠났지만 자신을 친손녀처럼 돌봐 주었던 구니를 향한 말 못할 그리움이 울컥 솟아났다.

"그렇게 해 주는 것이 오싱을 귀여워하셨던 할머니에 대한 공양이기도 하다구요. 그렇죠?"

기요타로는 웃으며 고개를 끄덕였다.

"네 소원대로 해 주마. 오싱이 과거에 가요에게 해 줬던 것을 생각하면 장사 밑천을 대 주는 일쯤은 아무것도 아니야."

"오싱! 됐어, 잘됐어!"

소리치며 좋아하는 가요의 모습을 물끄러미 보다가 오싱은 말없이 고개를 숙였다.

"되긴 뭐가 됐다고 그러냐. 설령 우리가 반대를 한대도 넌

기어코 네 뜻대로 관철할 속셈이었잖아."

기요타로의 뜻있는 미소에 미노도 그렇다는 듯이 말을 받았다.

"어쩔 수 없는 일이죠 뭐. 가가야는 이제 가요 것이니까요. 그래 무슨 장사를 할 셈이냐?"

"그것이 또 문제예요."

가요는 아직 고민 중이라고 솔직히 밝혔다.

"어허, 이래서야 언제부터 사업이 시작될지 까마득하군."

기요타로의 말에 모녀는 밝게 마주 웃었으나 심각한 오싱의 표정은 좀처럼 펴지지 않았다.

가요의 불같은 성화에 미노와 기요타로도 못 이기는 척 오싱이 빈 셋집에서 장사를 시작하는 것을 허락했다. 오싱으로서는 한두 번 해 보는 장사가 아니었지만 막상 혼자의 몸으로 시작할 일이 마땅치가 않았다.

그러나 카페의 출장 미용을 할 때나 류조와 결혼하여 쓰러져 가는 다노쿠라상회를 훌륭히 재건한 것도 순전히 오싱의 힘이었다. 그러한 오싱의 끈기와 재능을 누구보다도 잘 알고 있는 가요이기에 그녀에게 적극적으로 장사를 권했던 것이다.

한참을 고민한 끝에 오싱은 자신의 생각을 가요에게 털어놓았다. 사카다의 항구는 예전부터 쇼오나이 평야의 쌀을 실어 내가거나 사방의 물자를 실어 오느라 배가 많이 드나드는 항구였다. 그래서 선원이나 인부들로 북적대는 곳이었는데 정작 마땅한 음식점은 없었다.

오랫동안 배에서 지낸 사람들은 좀처럼 집에서의 따뜻한 음식 같은 걸 먹어 볼 기회가 없었을 터이므로, 값싸고 따뜻한 밥을 그들에게 제공하겠다는 것이 오싱의 생각이었다. 가요는 오싱의 의견에 찬성하며 가가야에서 도매값으로 쌀을 대 주기로 했다.

그러나 오싱은 마음에 걸리는 것이 하나 있었다. 바로 야마가다에 계신 어머니였다. 어머니는 손자인 유를 데리고 오싱과 함께 살고 싶어 했다. 설령 어머니가 승낙하더라도 속으로 괴로워할 것을 뻔히 알기에 그 앞을 떠나오지 못할 일이었다. 오싱은 마음을 다잡고 그대로 사카다에서 밥장사를 시작하기로 결심했다.

오싱이 사카다로 떠나 며칠이 지나도록 돌아오지 않자 야마가다의 친정에서는 몹시 궁금해 했다. 저녁 무렵 쇼지와 함께 들일을 마치고 돌아오던 후지는 마당에 들어서자마자 급히 옛집 안을 들여다보았다. 그리고 이내 시무룩해지는 후지의 낯빛을 힐끗 바라보던 쇼지가 무심하게 내뱉었다.

"아직 돌아오지 않은 모양이지, 오싱은."

여전히 미련을 떨치지 못하고 집 주위를 두리번거리는 후지의 얼굴에 실망의 빛이 맴돌았다.

"초이레를 지낼 때까지 가가야에 있겠다고 했지만 초이레는 벌써 지났는데. 아무튼 오싱은 만사태평이라니까. 아니면 친정 일은 잊어버렸는지."

"그 아이가 네게 무슨 폐를 끼치는 것도 아니잖니."

"난 어머니가 쓸쓸해 하실까 봐 그러는 거예요. 애타게 기다리고 있는 어머니의 심정은 조금도 헤아려 주지 않잖아요."

"오싱은 가가야의 가요 아가씨와는 자매처럼 다정하게 지낸 사이고 또 우리가 신세도 많이 졌잖니. 큰일을 치르고 난 뒤라 거들어 드릴 일도 많을 테니 나 몰라라 하고 휑하니 돌아올 수도 없는 거다. 언제까지나 눌러 있지는 않을 게다. 이제 곧 오겠지."

이때 며느리 도라가 방에서 나오더니 편지 하나를 내밀었다.

"어머니한테 오싱상이 보낸 거예요."

후지는 그것을 빼앗듯 황급히 받자마자 호주머니에 쑤셔 넣었다. 그러고는 영문을 몰라 얼떨떨한 쇼지와 도라를 뒤에 남겨 두고 슬쩍 집을 빠져나와 리키에게 달려갔다. 가까운 이웃에 사는 리키를 다 낡아 빠진 자신의 집으로 데려와 앉혀 놓고 후지는 오싱에게서 온 편지를 꺼내 보였다. 잔뜩 귀를 기울이는 후지의 얼굴을 마주하고 리키는 편지를 읽어 내려가기 시작했다.

"어머니, 그동안 별고 없으셨는지요. 저는 이곳에 머물러 있으면서 별로 도와 드린 일도 없었습니다만, 큰방마님의 초이레 제사도 무사히 지냈습니다. 그 후 곧 집에 갈 예정이었으나 가요 아가씨가 저더러 사카다에서 장사라도 해 보지 않겠느냐는 뜻밖의 이야기를 하시는 바람에……"

리키는 갑자기 소리 내어 읽는 것을 멈추고 눈으로 재빨리 편지의 다음 부분을 훑어보았다.

"그래서, 장사를 한다고 써 있단 말이지? 사카다에 그냥 머물러 있겠다는 거예요?"

소리없이 읽어 내려가는 리키를 후지는 불안한 얼굴로 지켜보았다.

"가가야의 셋집 하나가 비어 있어서 거기서 식당을 차리게 됐다는 거예요."

후지는 담담하게 리키의 다음 말을 기다렸다.

"가요 아가씨가 오싱의 딱한 처지를 그냥 볼 수가 없어 그렇게 해 주셨다는 거예요. 자신이 가게를 시작하면 이제부터는 남에게 폐를 끼치지 않고 살아갈 수 있다면서요."

"그럼, 유도 이제 여긴?"

"유 녀석의 문제도 생각해서 그렇게 결정했다는군요. 자기의 가게라면 옆에 데리고 있으면서 일을 할 수도 있으니까요. 어머니한테는 몹시 죄송하지만, 어머니를 위해서라도 그렇게 하는 것이 좋으리라 생각한 모양이에요."

후지는 쓸쓸함과 반가움이 엇갈리는 표정으로 되뇌었다.

"사카다에 있다면 언제든 또 만날 수가 있겠지. 암, 만날 수 있고 말고."

"후지상, 가게가 잘되면 어머니를 모시러 온댔어요. 함께 살 날을 기약하며 열심히 일하겠다고 적혀 있어요."

"난 오싱이 열심히 살아 주기만 한다면 그걸로 족해요. 혹 리키상이 사카다에 갈 기회가 있거든, 오싱에게 그렇게 전해 줘요."

"염려 말아요."

"오싱도 이제 류조 같은 사람에게 미련 갖지 않고 유를 데리고 혼자 살 결심을 한 모양이에요. 어릴 때부터 고생만 해 온 불쌍한 딸이지만 가가야 댁의 은덕을 크게 입었지요. 어미는 무엇 하나 제대로 해 주지도 못하는데."

후지는 짐짓 쓴웃음을 보이며 혼잣말처럼 중얼거렸다.

그때 밖에서 쇼지의 목소리가 들렸다.

"어머니, 식사하세요. 이리로 내려와서 함께 드세요."

"오냐, 알았다. 곧 가마."

후지가 대답하는 것을 보며 리키는 눈이 휘둥그레졌다.

"아니, 후지상, 언제부터 그런 효도를……"

이미 쇼지의 성품에 대한 소문이 마을에 자자했기에 리키가 놀라는 것도 무리는 아니었다.

"쇼지도 본디 천성은 착한 아이예요. 우리 식구는 예전처럼 살게 될 거예요."

후지의 얼굴에 번진 엷은 미소가 깊게 드리운 고생의 흔적만큼이나 쓸쓸해 보였다.

사카다의 빈집에는 목수들이 집을 고치는 소리가 안팎으로 요란했다. 오싱과 가요는 한창 수리 중인 가게 안을 살펴보며 분주한 가운데도 무척 흡족한 표정이었다.
"주방에서 가게 안을 내다볼 수 있게 꾸며 주세요. 손님들을 내다보며 음식을 만들 수 있도록요. 그리고 그다지 산뜻하게 꾸며 놓지는 않아도 괜찮아요."
오싱의 말이 소박하다고 느꼈던지 가요는 빙긋이 웃으며 가볍게 한마디 던졌다.
"돈 걱정은 하지 마."
"어차피 밥집을 차릴 거니까요. 어떤 손님이든 가벼운 마음으로 들어올 수 있도록 해야죠. 음식점이 너무 훌륭해 보이면 들어가기가 부담스럽거든요."
"가게를 낸다는 게 생각보다 재미있지 뭐야. 쌀 도매집 같은 데 틀어박혀 있는 것보다 훨씬 나을 것 같아."
두 사람은 서로 마주 보며 소리 내어 웃었다.
오싱으로서는 이것이 벌써 몇 번째의 장사다. 성공할지 실패할지는 아직 미지수지만 오싱은 새로운 장사에 직면할 때마다 상업에 대한 직감과 수완을 연마해 가고 있었다. 여러 차례의 떠돌이 생활을 거친 후에 간신히 손에 넣은 모처럼의 정착이었다.

하루 종일 손질하고 나니 제법 식당의 구색은 갖춰진 것 같았다. 가요와 오싱은 이미 해가 기울어 어둑어둑한 길을 걸으며 가벼운 흥분을 누르지 못했다. 정작 당사자인 오싱보다 오히려 가요가 더 즐거워하는 것 같았다.

그날 밤, 오싱은 기요타로와 미노, 가요 앞에 무릎을 꿇고 단정히 앉았다.

"이번에도 정말 큰 도움을 주셨어요. 덕택으로 가게 손질도 끝났으니 내일부터 저희는 가게로 나가 살까 합니다. 허락해 주십시오. 내일 중으로 자질구레한 정리를 끝내고, 모레가 길일이라니까 그날부터 시작할까 합니다."

"오싱, 개업하는 날에는 나도 가서 거들어 주마."

"안돼요, 엄마가 나오시면 오히려 방해가 될 뿐이에요. 일을 거들어 주는 건 저 혼자만으로도 충분해요."

가요가 정색을 했다. 그런데 기요타로의 다음 말이 가요에게 찬물을 끼얹었다.

"무슨 소리들을 하는 거야? 잊어버렸니? 모레는 길일이라 마사오가 집에 돌아오기로 되어 있잖느냐?"

"아 참, 그랬었지요. 그날은 중매인 어른도 같이 오셔서 점심을 함께 하기로 되어 있죠."

미노는 머쓱해진 얼굴로 고개를 끄덕였다.

"엄마, 다른 날로 바꿔 주세요. 오싱이 개업하는 날인데

가게에도 나가 주지 못하다니, 그건 말도 안돼요."

"아니에요, 가요 아가씨!"

"중매인 어른과 여러 번 의논을 해서 결정한 날짜다. 이제 와서 다시 바꿀 수는 없다."

기요타로의 말은 한 치의 빈틈도 없이 단호했다.

"가요 아가씨에겐 무척 소중한 날이에요. 어차피 가게 일은 저 혼자서 해 나가야 되잖아요. 개업하는 날도 혼자 해낼 수 있을 거예요."

"과히 염려할 건 없다. 내가 아는 선원이나 하역 인부들에게는 벌써 부탁을 해 놓았으니까 손님은 좀 있을 거다."

"그래. 조바심 내지 마라. 음식 장사란 맛있고 값이 싸면 한 사람 두 사람 저절로 말이 전해져서 사람들이 찾아오는 법이야. 여유를 가지고 해 나가다 보면 반드시 길이 보여."

기요타로와 미노의 말은 참으로 고마운 것이었다.

"그리고 가게에서 쓸 쌀 걱정도 하지 마라. 내가 좋은 쌀을 싼값으로 대 줄 테니."

"그래요, 아버지. 쌀 도매집에서 도와주는 식당이라고 소문이 나도록 말이에요. 쌀은 내가 직접 골라 줄게."

"고맙습니다. 아무쪼록 잘 부탁드리겠어요."

"유 녀석을 잘 돌봐 줘야 한다. 식당에서는 늘 불을 많이 피워야 하니까 말야. 잘못해서 화상이라도 입는 날이면 장사를 시작한 걸 두고두고 후회해야 될 테니."

새 출발

미노의 자상한 마음씀에 고개를 끄덕이는 오싱의 눈시울에 고마움의 눈물이 흥건히 고였다. 혈육보다도 더한 가가야 가족들의 따뜻한 배려에 오싱의 가슴은 뭉클해졌다.

위기

 다시 또 출발이다. 한 해가 지나 1925년 초여름에 막 접어든 지금 오싱은 다시 새로운 시작 앞에 섰다.
 가가야의 따스한 마음들을 가득 안고 오싱과 유는 개점을 하루 앞두고 가게로 거처를 옮겼다.
 구경을 나와 본 미노는 목수의 손질로 몰라보게 달라진 가게 안과 식탁, 의자들을 보고 눈이 둥그레졌다.
 "야아, 우리에게 이런 집이 있었는지 나도 모르고 있었는 걸. 식당을 하기에는 여간 안성맞춤이 아니구나."
 "가요 아가씨가 하나하나 세심하게 지시해서 이렇게 꾸며주신 거예요."
 미노는 이곳저곳을 기웃거리다가 특히 주방 안을 찬찬히

훑어보며 말했다.

"부엌도 제법 쓸 만하게 꾸며 놓았군."

"네, 냄비와 솥 같은 것도 가요 아가씨가 가가야 댁에서 쓰지 않는 것들을 가져다주신 거예요. 사발이나 접시 따위도 쓰지 않고 창고에 넣어 두었던 것들이에요."

"참, 그랬었지. 선물로 받았던 물건들이야. 이런 장사에 쓰이게 되다니, 그러고 보면 남들이 주는 것들을 무조건 사양할 일만도 아니구나."

즐거운 듯 함박 웃던 미노는 문득 생각이 난 듯 말했다.

"가게 이름도 가가야로 하기로 했다면서?"

"네. 가요 아가씨가 돌아가신 할머님의 뜻을 받든다는 의미에서 그렇게 붙이자고 주인어른의 승낙까지 얻어 주었습니다."

"잘됐어. 오싱이 열심히만 해 주면 할머니도 저승에서 기뻐하시겠지. 오싱, 이건 네게 선물하는 거야."

미노는 보자기에 싼 것을 건네주었다.

"자, 오싱, 끌러 봐."

미노의 재촉이 떨어져서야 오싱은 조심조심 보자기의 매듭을 풀었다. 거기에는 뜻밖에도 '가가야식당'이라는 옥호(屋號)가 쓰여진 포장이 들어 있었다.

순간, 오싱은 감격을 넘어서 당혹하기까지 했다. 갑자기 밀려드는 뭉클한 감동에 콧날이 시큰거렸다.

"가요에게 물어봤더니 이런 포장을 내걸 만한 가게는 못된다는 대답이었지만…… 그래도 일껏 가가야의 이름을 붙인 식당이잖아. 그래서 포장을 내거는 것이 좋을 듯 싶어서 말이다."

"이렇게 훌륭한 걸 주시니 몸 둘 바를 모르겠어요."

"돌아가신 할머니를 대신해서 내가 만들어 주는 거야."

"고맙습니다. 이 옥호를 더럽히지 않도록 힘껏 노력하겠어요."

"가게도 구경했으니 이제 마음이 놓이는구나. 가끔 나도 들러 봐야겠다. 앞으로는 오싱이나 유의 얼굴도 자주 보러 올 수 있을 거야. 이제 가요 내외가 화목해져서 손자라도 생기게 된다면 더 이상 바랄 게 없겠는데 말이야."

눈곱만큼의 거짓도 없이 미노는 환한 표정을 지으며 말했다. 오싱은 또다시 가가야의 가족들로부터 친가족보다 더한 따스함을 느꼈다.

미노가 돌아가고 얼마 지나지 않아 이번에는 커다란 포장물을 든 가가야의 점원과 함께 가요가 식당으로 찾아왔다. 식당 앞에서 가요는 점원을 돌려보내고 안으로 들어섰다. 마침 테이블 앞에 앉아 무언가를 적고 있던 오싱이 가요를 반갑게 맞았다.

"오늘은 아침부터 가게 일이 겹쳐서 어찌나 바쁘게 뛰어다녔는지 몰라. 그래서 이렇게 늦었지 뭐야. 어때, 자리가 좀 잡히는 것 같아?"

"가요 아가씨야말로 오죽 바쁘시겠어요. 이제 여기는 저한테 맡기고 신경 쓰지 마세요."

"그랬으면 좋겠는데 그렇게 되질 않거든. 마치 내가 가게를 낸 것같이 영 마음이 놓이질 않는 거야."

가요는 웃으면서 가져온 포장물을 열어 보였다. 그것은 앞발로 손님을 부르는 시늉을 하는 장식품 고양이였다.

"어머나, 이렇게 큰 것을?"

"재수를 비는 물건이니까 클수록 좋지 않겠어?"

가요는 장식품 고양이를 선반 위에 올려놓고 나서 가게에 붙은 방 안을 기웃거렸다.

"꼬마 도련님께서 낮잠을 주무시고 계시는군."

"지금 막 잠이 들었어요. 어찌나 보채던지. 겨우 한가해져서 이런 걸 적어 보았어요."

호기심어린 눈빛으로 가요는 테이블 위를 들여다보고는 종이에 적힌 것을 읽어 내려갔다.

"두부조림, 생선조림, 생선회, 생선포, 생선구이…… 식단을 짜고 있는 거야?"

"네, 벽에 붙여 놓으려구요."

"이것저것 여러 가지를 만드는 셈이네."

"메뉴는 그날그날 달라지지만 일단 이런 것들을 밑반찬으로 장만해 놓고, 그 밖에 밥과 된장국, 나물을 한 상 차려 정식을 내놓는 식으로 해 볼까 생각해요. 쌀 한 되에 50전이니까 1홉 5작이 밥 한 그릇이 되고 원가는 8전이 먹혀요. 그 밖의 반찬도 재료비 10전 정도로는 변변한 걸 만들지 못해요. 아무래도 한 상에 35전 정도는 받는 정식이라야 될 것 같아요."

"그야 그렇겠지. 불경기라면서도 물가는 자꾸 오르기만 하는걸. 그러고 보면 가게를 운영한다는 것도 쉬운 일만은 아니야."

"어렵지만 그래도 조금이나마 값을 싸게 해야죠. 손님들은 모두 힘든 노동을 하는 사람들이니까 음식 양을 많게 하고 싶구요. 이런 것들을 적절히 조절해야 될 것 같아요."

"쌀은 가가야에서 직접 대주니까 한 되에 40전 정도면 될 거야."

"그렇게만 해주신다면 여간 큰 도움이 아니지요. 생선이나 야채도 주인어른께서 말씀해 주셔서 고기잡이 나갔던 배나 농가에서 직접 사올 수 있게 되었거든요. 매일 그날 나오는 제일 싼 재료를 쓰고 요령껏 해서 어떻게든 30전짜리 정식을 팔 수 있었으면 좋겠어요."

"땔나무 값도 만만치 않을걸."

"바닷가에 나가 봤더니 파도에 실려온 유목(流木) 토막들이 여기저기에 뒹굴고 있더군요. 한가할 때 나가서 주웠다가 말리면 땔감으로 쓸 수 있겠어요."

"오싱이 그렇게까지 세심하게 머리를 쓰고 있으니 틀림없이 잘 될 거야."

"사카다에는 우리 가게와 비슷한 싼 음식점들이 많이 있잖아요. 그 사람들과 경쟁을 하려면 단돈 1전이라도 값이 싸고 양을 많이 주고, 또 맛있는 음식을 내놓지 않고서는 도저히 해 나갈 수가 없거든요."

"역시 오싱은 알아줘야 돼. 난 도저히 못 따라가겠어."

가요는 머쓱하게 웃었다.

"그야 쌀 도매상과는 비교가 안돼죠. 밥장사란 1전 2전을 다투는 각박한 장사니까요."

"설령 그렇다 해도 난 오싱이 부러워. 그 무엇도 오싱을 구속하지 않으니까 말이야. 나처럼 가가야라는 이 거창한 짐을 짊어지게 되면 한평생 옴짝달싹도 못하고 말거든. 가가야를 위해서 남편까지도 강요당해야 하고 말야."

"아가씨! 또 그런 소릴 하시네. 아닌 게 아니라 저는 자유일지도 몰라요. 하지만 자유라는 것이 얼마나 힘겨운 건지는 아마 모르실 거예요. 언제나 혼자 힘으로 살아 나가야 되고, 잠시라도 한눈을 팔거나 게으름을 피우다가는 당장 굶어 죽는 판국이 될지도 모르거든요. 마치 하루하루가 절벽 위를 걸어가는 것 같아요. 가요 아가씨는 어렸을 때부터 하루 세 끼 배불리 먹는 것을 당연한 일로 여기고 살아오셨기 때문에 그런 얘기도 할 수 있는 거겠지요."

"나도 한때는 도쿄의 카페에서 여급 노릇까지 해 봤는걸. 그것 역시 하루살이 같은 생활이었지만, 그래도 지금 생각해 보면 즐거웠어. 그런 시절은 다시 와 주지 않을 거야. 가가야에 얽매여서 내 한평생은 끝나고 마는 거야."

오싱은 언뜻 그늘진 가요의 얼굴 뒤에 숨겨진 한숨 섞인 회한을 보았다.

"아가씨, 사람이란 자기의 행복에 대해선 좀처럼 깨닫질 못하나 봐요. 그러기에 나 같은 여자도 가요 아가씨의 눈에는 행복한 여자로 비치는 게 아니겠어요. 가가야의 작은마님만 해도 우리가 보기에는 아무 불만도 없는 대가의 마님으로 보이지만 그분도 역시 할머님이 살아 계셨을 당시에는 시어머니 모시느라고 애를 많이 태우셨다고 하잖아요."

"그래, 우리 어머니도 가가야에 시집온 죄로 말야. 우리 어머니나 나나 가가야의 무게에 짓눌린 여자들이야."

"가요 아가씨!"

"알고 있어. 이제 새삼 불만을 말해 봤자 소용없는 일이야. 내일부터는 좋은 아내가 되도록 노력해 볼 밖에."

"정말 그래요. 손주를 기다리고 계신 부모님을 위해서라도 아무쪼록 그렇게 하셔야지요. 돌아가신 할머님을 위해서도 그렇고, 그보다도 가요 아가씨 자신을 위해서도 그래요. 하루빨리 가가야의 대를 이을 자손을 보셔야 돼요."

"오싱, 내 인생도 결국은 그렇게 끝나는 것이겠지. 여자란

이래저래 별 볼 일 없는 건가 봐."

왠지 쓸쓸해 보이는 가요를 위로해 줄 적당한 말을 찾지 못한 채 오싱은 물끄러미 그녀를 바라보았다.

드디어 개업일이 왔다. 조반을 찾는 손님을 위해서는 새벽 6시에 가게 문을 열어야 한다. 오싱은 새벽 3시에 일어나 주방에 들어섰다.

손님이 몇 명이나 와 줄지는 알 수 없다. 오싱으로서는 흡사 도박과도 같은 개업이었다.

꼭두새벽부터 일어난 오싱은 부뚜막에 솥과 큰 냄비를 걸어 놓고 불을 때랴 반찬을 장만하랴 분주하기만 했다. 날이 거의 환하게 밝았을 때쯤 일이 대충 마무리됐다. 겨우 한숨을 돌리고 마음을 가다듬은 뒤 오싱은 가게에 딸린 방 안으로 들어갔다. 조그마한 가미다나(집안에 신을 모셔놓는 작은 감실) 앞으로 다가가 불을 밝히고 두 손을 합장해 복을 빌었다. 그런 다음 오싱은 옥호 포장을 들고 나가 식당 입구에 쳤다.

새벽안개가 채 걷히지 않고 뿌옇게 흐르는 거리를 작업복 차림의 남자들 몇몇이 지나가고 있다. 오싱은 그들을 망연히 바라보았다. 그러나 아무도 그녀의 식당을 눈여겨보는 사람은 없었다. 참다못해 오싱은 호객(呼客)을 시작했다.

"오늘 문을 연 밥집입니다 된장국에 생선포와 단무지가 오르는 밥 한 상이 20전이에요! 따뜻한 조반을 드시지 않겠습니까! 방금 지은 흰쌀밥에 된장국과 생선포, 단무지가 딸려 20전이에요!"

지나가던 행인들이 놀란 표정으로 오싱을 훑어보았다. 그러나 아무도 선뜻 들어오려고는 하지 않았다. 그럭저럭 시간은 흘러 아침 식사 때를 놓치고 오싱의 식당은 찾아오는 손님 하나 없이 한낮을 맞아야 했다.

그 무렵 가가야에서는 중매인과 마사오를 포함한 가족 전부가 모여 앉았다. 분위기는 자못 숙연하기까지 했다. 가요와 마사오 사이에 불편했던 감정의 찌꺼기가 여전히 가시지 않은 듯 두 사람은 어색한 표정으로 마주 앉았다.

"가요는 할머니의 유언도 있고 해서 가게 일을 줄곧 네가 처리해 왔지만 오늘부터는 마사오군에게 맡겨 두어라."

여전히 냉담한 얼굴을 하고 있는 가요에게 던져진 아버지의 말이었다.

"그렇게 해 준다면 마사오군도 일하는 보람을 찾을 수 있겠지요. 할머님이 정정해 계실 당시에는 마사오군이 사소한 일 한 가지도 제 뜻대로 해 볼 수가 없었다더군. 그래서야 제국대학을 나온 간판이 무색해질 밖에요."

중매인이 필요 이상으로 웃음을 지으려고 애쓰다 보니 표정이 아주 어색해졌다.

"잘 알고 있습니다. 일본도 점점 문명국이 되어가는 판이라 사업 운영도 어머니가 하시던 방식으로는 이제 어렵지요. 이제부터는 제국대학에서 공부한 마사오군의 시대입니다. 그러니 마사오군, 그런 각오로 자네가 잘 좀 해 주게."

마사오는 말없이 기요타로에게 고개를 숙였다.

"그럼 오늘을 축하하는 뜻에서 변변찮은 술자리나마 마련해 놓았으니, 자, 함께 가시죠."

모두들 자리에서 일어서는데 가요는 그 자리에 관심이 없다는 듯 무심하게 내뱉었다.

"엄마, 오싱의 가게에 손님이 몰려왔을까요?"

"애야, 엉뚱하게 무슨 소리를 하는 거냐."

미노가 당황하여 주위의 눈치를 살피며 얼른 말을 막았다.

"어서 가서 돌봐 주어야 되겠는데…… 점원 아이라도 시켜서 들러 보라고 할까 봐."

기요타로와 미노의 날카로운 시선이 일제히 가요에게 쏠리고, 마사오는 불쾌한 표정으로 고개를 돌렸다.

한편 오싱의 식당에는 한나절이 지나고 점심때가 훨씬 지나도록 손님 한 사람 들어오지 않았다. 낙담하여 주저앉은 오싱의 곁에는 아무것도 모르는 유가 무심히 놀고 있었. 새벽같이 일어나 지어 놓은 밥은 그대로 남아 있고, 오싱은 그야말로 울고 싶은 심정이었다. 부푼 가슴으로 시작한 식당인데 불과 하루도 넘기지 못하고 오싱은 전신의 맥이 풀어지는 것을 느꼈다.

 넋을 잃고 유의 노는 모습을 바라보다가 오싱은 갑자기 일어서더니 주방으로 들어갔다. 솥 안에 아침에 해 놓은 밥이 그대로 있었다. 오싱은 부지런히 주먹밥을 만들기 시작했다. 그러자 그 많던 밥이 순식간에 주먹밥으로 만들어졌다. 오싱은 대나무 껍질로 싼 주먹밥을 바구니에 담아 부두의 둑 근처로 갔다. 이미 해는 저녁 바다 속으로 젖어 들기 시작했다. 오싱은 부두의 둑에 앉아 쉬고 있는 인부들 사이를 누비며 소리쳤다.

 "주먹밥 잡수세요. 큼직한 주먹밥 두 개가 7전이에요. 하얀 쌀밥으로 만든 거예요. 두 개에 7전! 아주 쌉니다."

 오싱은 줄곧 큰 소리로 외쳤으나 그런 오싱을 흘끔흘끔 바라만 볼 뿐 그들의 반응은 시큰둥했다. 그런 엄마의 등에서는 유가 무심히 혼자 잘 놀고 있었다. 오싱이 주먹밥을 팔며 항구 근처를 헤매는 동안 해는 어느새 바다 속으로 자취를 감추었다.

 그럴 즈음 오싱의 식당 문밖에는 가요가 한참 문을 두드리는 중이었다.

 "오싱! 오싱, 있어?"

 안에서는 아무 대답도 없다. 잔뜩 불안해진 얼굴로 가요가 아까보다 더욱 세게 문을 두드릴 때였다. 저만큼에서 유를 업고 터덜터덜 걸어오는 오싱의 모습이 보였다. 가요는 얼른

위기 35

달려가 반갑게 맞았다.

"어딜 갔다 오는 거야? 개업 첫날에 가게 문을 닫아걸고."

허탈한 표정으로 오싱은 묵묵히 열쇠를 꺼내 문을 열었다. 안으로 들어가자마자 오싱은 낙심한 듯 털썩 주저앉았다. 가요도 뒤따라 들어왔다.

"왜 그래, 오싱?"

"장사를 잘못 시작한 게 아닐까 싶어서요."

"갑자기 무슨 소리야?"

"손님은 그림자도 안 비치고, 할 수 없이 주먹밥을 만들어서 부두 쪽으로 팔러 나갔어요. 밥이 그대로 시어 버리면 큰일이니까요."

"그래서, 좀 팔렸어?"

오싱은 힘없이 고개를 저었다.

"본전이라도 건질 생각이었지만요……"

"헛수고였단 말이지."

"주먹밥으로 뭉쳐 놓은 것을 도로 가지고 와 봤자 팔리지도 않을 거구, 버리기도 죄스럽고 하기에 마침 부두에서 짐을 싣고 있던 뱃사람과 하역 인부들에게 사정 이야기를 하고 줘 버렸어요."

"거저?"

"버리는 것보다는 낫잖아요."

"그야 그렇지만."

"그나마 손님이 올지 안 올지 몰라서 쌀 두 되만 밥을 했기 망정이에요. 80전만 손해 봤어요. 생선이나 마른반찬, 야채 같은 건 놓아두어도 아직 괜찮지만…… 하지만 이래서야 언제 손님이 찾아와 줄지 모르겠어요. 이런 것 말고 다른 장사가 좋지 않을까 싶어요. 음식 장사는 팔리지 않으면 썩어서 버려야 하잖아요. 팔리지 않더라도 당장 썩어 없어지지 않는 다른 물건을 파는 편이 낫겠어요."

"오싱, 이제 겨우 하루 해 보고 그러면 어떡해. 손님이 찾아오지 않으면 찾아오도록 만드는 방법을 궁리하는 것이 옳지. 이런 정도로 낙심을 하다니, 오싱도 긴장이 풀려 있어."

오싱은 그 말을 차근차근 새겨들었다.

"오싱, 우리가 어렸을 때 하모니카를 서로 가지려고 맞붙어 싸웠던 적이 있잖아. 그때의 강인한 근성은 대체 어딜 간 거야?"

오싱은 문득 긴장하여 가요를 지켜보았다.

"돈은 얼마든지 빌려 주겠어. 다만 빌려간 돈은 반드시 갚아 줘야 돼. 갚아 주기 전에 이 장사를 그만두는 것은 내가 용서하지 않겠어. 난 분명히 말했어."

이렇게 내뱉더니 그녀는 휑하니 나가 버렸다. 뒤에 남은 오싱은 안타까울 뿐이었다. 장사에는 누구보다도 자신이 있던 오싱이었지만 이번만은 당혹스러웠다.

어떻게 하면 손님을 끌 수 있을까.

오싱으로서는 처음 부닥친 시련이었다. 미용원의 빗잡이 시절, 출장 미용을 다닐 때, 양복지 장사인 다노쿠라상회가 기울어 그것을 아동복점으로 바꾸었을 당시, 노점에서 동동구이를 구워 팔 무렵에도 어쨌든 착수하기만 하면 그때그때 모두 성공을 거두어 왔던 오싱이었다. 그런데 처음 시작한 식당이 시작부터 벽에 부딪치자 난감해질 수밖에 없었다.

지금까지 해 본 장사와 어디가 어떻게 다른 것일까. 궁리를 거듭한 끝에 오싱은 이튿날 일단 가게 문을 닫았다.

그날 그곳을 찾아온 가요는 '금일 휴업'이라고 쓰여진 종이 쪽지를 보더니 안으로 들어갈 생각도 없이 곧장 집으로 돌아왔다. 시무룩한 얼굴로 들어오는 가요를 미노도 의아하게 맞았다.

"오싱을 만나고 왔니?"

가요는 별달리 대답할 말이 없었다.

"뭘 하고 있던?"

"'금일 휴업'이라고 써 붙여 놓았기에 그냥 돌아왔어요."

"뭐라고? 격려를 해 주려고 찾아갔던 게 아니냐?"

"고작 하루 만에 문을 닫아 버리다니, 오싱도 딱하지 뭐예요. 그런 오싱을 만나 봤자 소용없는 일 아니겠어요."

"그런 때일수록 힘이 되어 줘야지."

"내 힘으로 도와줄 만한 일은 다 해 줬다고 생각해요. 이제부터는 오싱이 하기 나름이에요. 자신의 힘으로 다시 일어서야 돼요."

"역시 식당을 차린 건 좀 무리였는지도 모르겠구나."

"자기가 해 보고 싶다고 해서 시작한 거예요. 운이라는 것도 자기의 힘으로 개척해 나가는 거라구요. 누구보다도 오싱이 그것을 잘 알고 있으리라고 난 믿었는데."

가요는 무척이나 서운했다. 가게 문을 닫아걸고 나서 오싱이 무엇을 하고 있는지 전혀 모르는 가요로서는 당연한 일인지도 모른다.

개업 하루 만에 식당 문을 닫고 오싱은 가게에 틀어박혔다. 테이블 위에는 이미 몇십 장이나 되는 종이쪽지가 쌓여 있었는데 오싱은 쉬지 않고 무엇인가를 적었다. 그 종이쪽지에는 이렇게 적혀 있었다.

식당을 열었습니다. 쌀밥에 국 한 그릇, 반찬 두 가지, 그리고 단무지를 곁들인 정식 한 상에 30전을 받습니다. 반찬과 장국의 재료는 매일 바뀌며 그 밖에 일품 요리도 여러 가지 마련하고 있습니다. 싼값에 많이 드리며 맛있게 잡숫도록 하는 것이 저희 식당의 자랑입니다. 꼭 한번 찾아 주십시오.
— 미나토도리의 가가야.

묵묵히 앉아 오싱은 똑같은 문구를 수없이 써 나갔다. 그 많은 종이에 일일이 다 쓴 후에 오싱은 그것을 싸들고 거리로 나왔다.

이제 제법 걸을 줄 아는 유는 엄마의 뒤를 곧잘 쫓아왔다. 오싱은 한쪽 손으로 유를 붙잡고 걸어가며 손으로 쓴 광고지를 전신주나 담장 등에 붙였다. 거리 곳곳에 어느 정도 광고지가 나붙게 되자 이번에는 행인들에게 직접 나누어 주기도 했다.

거리 한쪽 모퉁이에 서서 오싱은 지나가는 사람에게 얼른 다가가 광고지를 건네주었다. 마침 작업복 차림의 남자들 한 무리가 보이자 오싱은 광고지를 나누어 주며 고개를 숙였다.

"이번에 가가야라는 밥집을 시작했습니다. 아주 맛있는 밥을 싸게 드립니다. 많이 이용해 주십시오."

움찔 놀란 듯 오싱을 돌아다보는 이가 있는가 하면 귀찮다는 듯이 그대로 지나쳐 버리는 이도 있었다. 그래도 오싱은 개의치 않고 계속해서 광고지를 돌렸다. 체면도 부끄러움도 생각하지 않는 듯했다.

"가가야라고 하는 밥집입니다. 꼭 한번 찾아와 주세요."

어린 유는 엄마의 주위를 맴돌며 혼자서도 잘 놀고 있다. 그 곁으로 오싱의 목소리가 메아리처럼 흩어졌다.

"아주 싸고 맛있습니다. 가가야식당을 꼭 찾아 주세요."

그러나 사람들은 저마다 갈 길이 바쁜 듯 발길을 재촉하며 무심히 사라져 갔다.

그날 오후 오싱이 그러고 있는 줄은 생각지도 못하고 가요는 잡지를 뒤적거리며 시간을 보냈다. 그때 미노가 거실로 들어서며 옷 포장지를 가요 앞에 풀어헤쳤다.

"마사오군이 입을 새 옷을 부탁했더니 만들어 왔구나. 내일부터 이것을 입도록 해 줘라."

그것을 흘끗 보다가 관심이 없다는 듯 가요는 다시 잡지를 들여다보았다.

"누가 뭐래도 네 남편이다. 네가 매사에 신경을 써 줘야 할 것 아니냐."

"그 사람은 지금 오사카의 쌀 도매상에 모임이 있어 참석했어요. 그런데 실수 없이 잘 해내고 있을지 영 마음이 놓이질 않아요. 그곳 장사치들은 다들 만만치 않아서 그이가 무슨 멍청한 소리라도 지껄인다면 당장 깔보고 말거든요."

"가요! 가가야 경영은 마사오군에게 맡기기로 했잖니. 네가 그렇게 언제까지나 참견을 하면 그 사람 입장이 뭐가 되겠니. 네가 남편 체면을 세워 주지 않으면 또 전처럼 되고 마는 거야."

그 말에는 할 말이 없었다. 가가야와 가요를 외면하고 바깥으로 나돌던 마사오였으나 이제 일에 열중하고 허튼 짓을 하지 않는 것을 잘 알고 있는 터였다.

"네 아버지도 그 사람의 뒤를 봐주고 있으니까 잘될 거다."

"아버지 역시 신뢰할 수가 없으니까 그러죠."

"가요야!"

이때 마사오가 들어왔다. 미노는 어색한 표정을 감추며 애써 부산스럽게 떠들었다.

"자네, 일찍 들어왔군 그래."

"가게를 오래 비워 둘 수가 없어서 연회 참석은 장인어른께 부탁드리고 전 먼저 왔습니다. 그런데 이런 게 곳곳에 붙어 있더군."

마사오는 종이쪽지 한 장을 가요 앞에 꺼내 보였다. 그것은 오싱이 써 붙인 광고지였다.

가요는 깜짝 놀라며,

"아니, 이건 오싱의 식당 광고잖아."

하고 소리치다가 이내 키득거리며 웃음을 터뜨렸다. 그러고는 종잇장을 펄럭이도록 흔들어 보이며 연신 웃어 댔다.

"오싱이 손수 쓴 거야. 제법 거창하네."

"그렇구나. 오싱의 글씨가 틀림없어. 오싱이 제 손으로 써서 직접 붙이고 다닌 모양이지."

미노도 역시 우스웠던지 빙긋이 미소 지었으나 마사오는 못마땅하다는 표정이었다.

"그뿐이 아닙니다. 거리에서 행인들에게 나누어 주기도 하더라는군요. 그것도 밥집입니다, 잘 부탁합니다, 라고 외쳐 대면서요."

"그래요? 하하하, 구경할 만했겠네. 나도 봤으면 좋았을걸."

가요는 계속해서 쿡쿡 웃어 대며 떠들었다.

"웃을 일이 아니잖아. 이게 무슨 창피야."

마사오의 짜증스런 말투에 가요는 기분이 상했다.

"뭐가 창피해요. 가만히 앉아서 기다리고만 있으면 그런 식당이 어디 처박혀 있는지 손님들이 알기나 하겠어요? 사람이라도 동원해서 선전을 하고 싶었겠지만 돈도 없으니까 혼자 열심히 연구해서 생각해 낸 거라구요. 몇 장이나 만들었는지는 모르지만 이걸 쓰느라고 오싱이 가게 문을 닫고 있었다구요."

마사오와 미노를 번갈아 바라보며 가요는 열을 냈다.

"억척스럽기는……"

"엄마, 역시 오싱이야. 옛날 고집을 그대로 갖고 있잖아요. 잘하고 있어."

"그렇게 마음 좋은 소리 하지 마. 오싱의 식당은 가가야의 이름을 땄더군. 그렇다면 최소한 가가야에 먹칠을 하는 짓은 하지 말아야지. 그따위 천박한 짓을 하고 다닌다면 우리 위신마저 떨어져."

마사오의 그 말에 가요의 신경은 바늘 끝처럼 날카로워졌다. 결국은 더 이상 참지 못하고 가요는 버럭 소리쳤다.

"그게 무슨 뜻이죠? 오싱이 한 일이 뭐 나쁜 일인가요. 그런 식으로 말하지 말아요!"

"가요……"

미노가 사위의 눈치를 보며 가요의 팔을 붙잡았지만 가요는 계속 남편에게 쏘아붙였다.

 "오싱은 우리에게 폐를 끼치지 않으려고 그렇게 혼자서 열심히 뛰고 있는 거예요. 장사를 기어이 성공시키려고 발버둥치고 있어요. 혼자서 광고지를 돌린 것도 생각다 못해 한 일일 거예요. 오싱인들 얼마나 창피스러웠겠어요. 그 심정을 헤아린다면 칭찬은 못할지언정 욕은 하지 못해요."

 "가가야 이름을 팔지만 않는다면 나도 아무 소리 안 하겠어. 그렇지만……"

 "그 정도 일로 신용이 떨어질 가가야가 아니에요. 당신이 상관할 문제가 아니라구요."

 금방이라도 폭발할 듯한 두 사람의 대립을 미노는 조마조마하게 지켜보았다.

 "나는 오싱이 식당에다 가가야라는 이름을 붙일 이유는 없었다고 생각해. 다른 이름이라면 오싱이 무슨 짓을 하든 상관하지 않겠어."

 그러나 가요는 들은 척도 하지 않았다.

 "잘 알겠어. 어차피 나는 데릴사위니까 내 이야기가 통할 까닭이 없지."

 거칠게 내뱉고 분연히 나가 버리는 마사오의 뒷모습을 미노는 안타까운 눈길로 쫓았다.

 "가요야!"

"글쎄 저렇다니까요. 편협하고 소심하기가 여자보다 더해요. 쓸데없는 소리만 주절주절 늘어놓고."

"그럼 못써! 마사오군은 나름대로 가가야의 옥호를 소중히 생각하고 있는 거잖니."

"정말로 가가야를 위한다면 경영이나 제대로 해 주었으면 좋겠어요."

가요는 마사오의 약점을 찌르듯 차갑게 잘라 말했다. 미노는 그 자리에서 더 이상 할 말이 없음을 깨달았다. 고집스러울 만큼 직선적인 가요의 성격을 잘 알기 때문이기도 했다.

발돋움

 개점한 이후 굳게 닫혔던 오싱의 식당이 사흘만에 문을 열게 되었다. 거리 곳곳에서 오싱의 필적이 드러난 광고지가 눈에 띄었다. 오싱은 광고지를 쓰고 또 길에서 돌리는 데 사흘 밤낮을 보낸 것이다.
 가요가 오랜만에 오싱의 식당을 찾았을 때는 오싱이 마침 큼직한 간판을 내걸고 있었다. 오싱은 가요를 발견하고는 환한 웃음으로 반겼다.
 "어서 오세요, 아가씨."
 "간판 한번 큼직하네!"
 가요는 그것을 소리 내어 읽어 보았다.
 "30전짜리 정식을 파는 식당 가가야!"

"우선은 사람들 눈에 잘 띄도록 해야 되겠기에 말이에요."
"오싱은 오늘도 한바탕 가두 선전을 했다면서?"
"아가씨도 벌써 들으셨어요?"
"방금도 여기저기 전신주에 붙은 광고지를 보고 왔는걸?"
쑥스럽게 웃으며 오싱은 도망치듯 주방으로 들어갔다. 식당 안에서 주방은 환히 잘 보일 수 있게 되어 있었다. 오싱이 우엉을 깎는 모습이 야트막한 칸막이 너머로 보였다.
"그럼 오늘 저녁부터는 식당 문을 열겠군."
"네, 벌써 사흘이나 쉬었으니까요. 하루라도 장사를 쉬면 그날은 무위도식을 하는 셈이 되니까."
"너무 조급하게 생각할 건 없어. 광고지를 돌렸다고 해서 당장에 손님이 오는 것도 아니니까 말야."
"하긴 그래요. 그렇지만 광고지를 돌린 이상 손님이 오든 안 오든 가게를 열어 놓지 않으면 거짓말을 한 셈이 되잖아요. 생선이랑 야채도 벌써 사다 놓았는걸요. 팔리지 않고 남더라도 생선은 된장에 절여 두면 되고 우엉조림 같은 것은 내일 낮까지 둬도 되니까요. 오늘 저녁에 손님이 열 명만 들어온다면 1인당 2전씩 남으니까 20전 벌이는 되겠죠. 가가야처럼 큰 장사를 하는 분께는 우습게 보일지 모르지만요."
오싱은 만족한 듯 미소를 지어 보였다. 가요는 갑자기 자리를 박차고 벌떡 일어났다.
"좋아. 나도 거들어 줄게."

"무슨 말씀이에요. 안돼요. 아가씨는 바쁘시잖아요."

"아냐. 집에 있어 봤자 내가 할 일이라곤 아무것도 없어. 가게 일은 서방님께 맡겨 둬야 한대. 여자가 참견을 하면 사위님의 설 땅이 없다면서 말야. 지혜로우신 우리 아버지의 말씀이지. 마사오군의 입장을 세워 주어야만 그가 마음을 잡고 우리 집에 안착한다는 거야. 할머니가 활동하실 당시에는 마사오상 따위는 심부름꾼 취급을 당했어. 가게 일을 완전히 할머니가 장악하고 계셨거든. 그런 대접이 마사오상에게는 섭섭했겠지. 그러니까 이제부터는 그런 대접을 하지 말자고 해서 말이야."

가요는 은근히 자신의 불만을 푸념처럼 늘어놓았다.

"아가씨, 마사오 서방님은 제국대학을 나온 분이잖아요. 가가야를 맡겨도 훌륭하게 이끌어 가실 분이에요."

"가가야의 사업 경영은 머리만 좋다고 되는 일이 아니거든."

그때 요란한 발자국 소리가 들렸다. 그리고 이내 대여섯 명의 남자들이 식당 안으로 몰려 들어왔다. 가요와 오싱은 깜짝 놀랐으나 무심결에,

"어서 오십시오."

하고 허리를 굽혀 절했다.

"식사됩니까?"

"네, 네."

"그럼 정식 6인분 주시오."

오싱이 고개를 끄덕이고 가요에게 시선을 돌리자 그녀는 몹시도 당황하며 허둥대는 눈치였다. 오싱이 우선 차 준비를 하는 동안 가요는 무엇부터 손을 대야 할지 어쩔 줄 몰라했다.

"생선을 조리는 게 좋을까, 굽는 것이 좋을까?"

"6인분이라면 조리는 쪽이 빨라요."

"그럼 차는 내가 갖다 줄 테니 오싱은 생선을 조리라구."

"그럼 부탁해요."

흥분을 감추지 못하고 오싱과 가요는 허둥거렸다.

"엊그제는 주먹밥을 거저 얻어먹어서 미안해요."

"그 주먹밥 맛있었어."

남자 손님들은 저희들끼리 말을 주고받으며 웃음 띤 시선을 오싱에게 던졌다.

"아, 그때 말이죠. 손님이 없어서 밥이 남았는데 버리기도 죄스럽고 해서요."

"얻어먹기만 해서 미안하단 얘기들을 하고 있었는데 광고지를 봤거든. 조금 있으면 다섯 명 가량이 더 올 거요."

"그러면 모두 열한 분인가요?"

"우리는 모두 하역 인부들인데 시골에서 돈 벌겠다고 올라온 사람들이오. 자취 생활을 하지만 밥해 먹기가 너무 귀찮단 말씀이야. 가끔씩은 좀 맛있는 걸 먹고 싶어도 어디 마땅한 음식점이 있어야 말이지. 괜찮은 식당을 찾아가자니 값이

발돋움

너무 비싸고."

가요가 차를 날라 한 컵씩 놓으며 제법 넉살 좋게 말했다.

"그러시다면 꼭 우리 집에 들르세요. 이 식당의 요리는 시골의 어머니들이 만드는 맛이 나거든요."

그러자 손님 중 한 사람이 가요에게,

"여기는 당신네들 둘이서 하고 있소?"

하고 물었다. 그 말에 당황한 사람은 오싱이었다.

"아니에요. 저 혼자서 하는 가게예요."

그러자 가요가 짓궂은 미소를 지으며 얼른 말했다.

"저는 심부름꾼이에요. 매일 와서 일하고 있으니 앞으로 잘 부탁합니다."

"가요 아가씨!"

가요는 살짝 고개를 돌려 오싱에게 눈을 찡긋해 보였다.

"이렇게 젊은 여자가 둘이나 있으니 장사가 잘되겠네."

싫지 않은 덕담을 듣고 주방으로 들어오자마자 가요는 차려 내갈 반찬 준비를 했다.

가가야에서 자신을 찾느라고 발칵 뒤집힌 것도 모르고 가요는 오싱을 돕는 데 온통 정신을 빼앗기고 있었다.

단 한 명의 손님도 찾아 주지 않았던 개업일에 비하면 오늘은 대성공인 셈이다. 광고지를 뿌리고 다니던 것이 결코 헛되지 않았음을 깨닫고 오싱은 피곤한 줄도 몰랐다. 가요도 덩달아 신이 났다.

손님들이 모두 돌아간 밤, 오싱과 가요는 갑작스레 몰아닥친 손님들을 상대하느라 지쳤으나 뜻하지 않았던 반응에 기쁨을 감추지 못했다.

"아가씨, 혼나셨죠? 좀 쉬었다 가세요."

"줄곧 서서 버티는 일도 쉽지는 않네. 하지만 모처럼 일답게 해 봤다는 느낌이야."

"너무 많이 수고하셨어요. 그럴 생각이 아니었는데. 하지만 정말 큰 도움이 되었어요, 아가씨."

"아무래도 오싱 혼자서는 힘들 것 같아."

"설마 그렇게 손님이 몰아닥칠 줄은 몰랐거든요. 미리 밥이랑 반찬을 준비해 놓고 있었더라면 허둥댈 까닭이 없었는데."

"오싱의 광고지가 효자 노릇을 했군."

"또 한 가지 공부를 하게 된 셈이지요. 우두커니 앉아 있기만 해서는 손님이 찾아 주지 않는다는 것을요. 가장 중요한 것은 손님에게 이쪽을 알린다는 거죠. 그래서 찾아와 주기만 하면 우리가 어떤 식당인지를 보여 줄 수도 있고, 일단 손님의 마음에 들기만 하면 두 사람이 네 사람으로 늘어나고, 여덟 사람으로 또 늘고…… 그 다음부터는 이쪽의 능력에 달렸지요."

"오늘 밤만 해도 40명이나 몰려왔잖아. 결국 쌀 일곱 되나 밥을 했으니."

"정확하게 43명입니다."

"1인당 2전씩 남았다고 치면 86전…… 어휴, 그렇게 정신없이 몰아치고 나서도 1엔 벌이가 안되었군."

계산이 거기에 이르자 가요는 몹시 맥이 풀리는 듯 털썩 주저앉았다.

"고맙지 뭐예요. 가게를 열지 않았다면 1전도 못 벌거든요. 제게는 분에 넘치는 돈이에요."

"그럴지도 모르지. 우리는 가가야라는 이름 덕택으로 편한 장사를 하고 있지만 말이야."

"아가씨, 이제부터 가가야라는 옥호에 신용을 얻도록 노력해야 되겠어요. 하다못해 하루 수익이 2엔만 되더라도 좀 더 가게를 늘릴 자본이 모아질 텐데."

"머지않아 잘될 거야"

"우선은 저희 모자가 먹고살 정도만 떨어지면 돼요. 무엇보다도 빈둥빈둥 놀지 않고 일할 거리가 있다는 것이 참으로 다행스러워요. 모두가 아가씨 덕택입니다. 다시 한번 감사드립니다."

오싱은 새삼스럽게 정색을 하며 고마워했다.

"86전 벌이로는 힘들겠다고 생각되긴 하지만, 그래도 어린애가 딸린 몸으로 일자리를 구하기도 당장 쉽지는 않으니까."

"네, 이만해도 저에게는 과분합니다. 최선을 다할 뿐이에요. 불평불만만 늘어놓다가는 벌을 받아요."

"나도 거들어 줄게."

"그건 절대 안돼요. 오늘 일만 해도 전 미안해 죽겠는걸요. 자, 그만 들어가세요. 어른들께서 걱정하고 계실 텐데."

오싱은 어이가 없었다. 주객이 뒤바뀐 경우라고나 할까. 식당 일에 자신보다 더 열성을 보이는 가요가 어이없기도 했으나 한편으로는 무척이나 고맙게 여겨지는 오싱이었다.

오싱에게 떠밀리다시피 하여 집으로 돌아온 가요가 뒷문을 열려고 했다. 그러나 문은 굳게 잠겨 있었다. 가요는 요란하지 않게 문을 두드리며,

"저예요! 가요예요!"

하고 나직하게 소리쳤다.

한참만에야 문이 열리고 미노의 얼굴이 내비쳤다.

"이렇게 늦게까지 어디서 뭘 하고 다녔니? 역시 너 오싱한테 가 있었구나."

가요는 능청스럽게 엄마의 말을 가볍게 받아넘겼다.

"생각지도 않게 손님들이 많이 몰려왔지 뭐예요. 오싱 혼자서는 도저히 감당할 수가 없었거든요."

"네 아버지나 나는 상관없다. 네 심정을 이해하니까. 하지만 마사오군은……"

"제가 없더라도 그이는 아무것도 불편할 게 없잖아요. 그런데 뭐가 불만이에요."

발돋움 53

그때 가요의 등뒤로 언제 들어왔는지 마사오의 목소리가 들렸다.

"늦었군."

"미안해요. 여태 주무시지 않았나요. 이제부터는 절 기다리지 말고 먼저 주무세요."

"이봐, 가요……"

가요는 마사오의 말을 얼른 가로막았다.

"당분간은 오싱의 가게에 들러야겠어요. 오싱과 저는 어렸을 적부터 자매처럼 자랐어요. 이루 말로 다 할 수 없을 정도로 오싱의 도움이 컸구요. 돌아가신 할머니도 오싱이 혹시라도 잘못될까 봐 염려를 하고 계실 거예요."

"그렇지만 이렇게 늦은 시각까지 집을 비우면……"

"집에 붙어 있어 봤자 할 일이라고는 아무것도 없잖아요. 가가야는 당신에게 맡겨 버렸고 난 참견을 할 수도 없게 됐고 말예요. 또 집에는 어머니나 다른 여자들이 당신 시중을 다 들어 주고 있으니까요. 너그럽게 봐주세요. 부탁이에요."

무심한 표정으로 마사오는 입을 다물어 버렸다.

다음 날, 아직 어둑어둑한 첫새벽의 고요는 누구에 의해서도 깨뜨려지지 않았다. 그러나 가가야식당 문 앞으로 새벽 어둠을 가르고 희미한 물체가 다가왔다. 그것은 날이 새기도 전에 손수레를 끌고 돌아오는 오싱의 모습이었다.

손수레에 실린 상자 안에는 유가 곤히 잠들어 있었고 야채와 생선 따위를 담은 바구니도 함께 실려 있었다.

식당 앞에 이르자 오싱은 조심스럽게 유를 안아다 방에 뉘고 반찬거리는 주방에 들여놓았다. 그때부터 국거리를 다듬고 생선을 씻어 조리며 분주히 움직이는 동안 아침은 완전히 밝았다. 그때까지도 유는 깨어나지 않고 얌전히 자고 있었다.

오싱이 아궁이에 불을 지피고 있을 때 가요가 불쑥 주방으로 들어왔다.

"오싱, 잘 잤어?"

"아니, 아가씨, 이렇게 일찍…… 무슨 일이 있었나요?"

"벌써 찬거리를 사 온 거야? 부지런하기도 하지. 이것은 데쳐서 무칠 거지? 가다랭이는 내가 등을 가를게."

하고 가요는 시금치와 찬거리들을 집어 들었다.

"안돼요, 아가씨."

"당분간 와서 거들어 주기로 했어. 마사오상한테 양해를 구했거든."

"거짓말 마세요. 아가씨에게 그런 일을 시키다니. 주인어른이나 마님에게 저 야단맞아요."

"내가 좋아서 하는 일이야. 집에 있으면 따분해서 두통이 다 생길 지경이야. 바쁘게 몸을 움직이는 것이 즐거워."

오싱은 정색을 하며,

"가요 아가씨! 분명히 말씀드리겠는데요. 전 사양하겠어요."
하고 강경하게 잘라 말했다.

"그렇게 무서운 표정 짓지 마. 엊저녁만 해도 내가 없었더라면 어쩔 뻔했어?

"가요 아가씨는 가가야 집안의 소중하신 따님이에요. 일껏 서방님도 되돌아오셨고 아가씨에겐 그분을 섬길 의무가 있는데 이런 곳에서 무슨 일을 하시겠다는 거예요."

"이봐, 오싱. 난 집에 붙어 있고 싶지가 않아. 할머니도 돌아가셨고 가게도 내 손에서 떨어져 나갔어. 그런 집에서 내가 뭘 하며 지내느냔 말이야."

"아가씨는 그림 공부를 하신 적이 있잖아요. 거문고를 배우신 적도 있구요. 다도라든가 꽃꽂이라든가, 하실 마음만 있으면 얼마든지 소일거리는 찾을 수 있어요."

"그런 따위로는 나 자신을 속일 수가 없어. 안돼! 내가 지금 우리 집에서 어떤 심정으로 지내고 있는지 오싱은 몰라서 그래."

"하지만 가요 아가씨는 서방님을 새 마음으로 맞아들여서 좋은 부부가 되겠다고 저한테도 약속하시지 않았습니까! 할머니께서도 그것을 다짐하면서 돌아가셨어요. 하루빨리 훌륭한 아드님을 낳으셔야만 합니다."

"알고 있어! 알고 있으면서도 뜻대로 되지 않는 경우도 있는 거야. 난들 괴롭지 않은 줄 알아? 오싱과 함께 일하고 있는 동안에는 괴로움을 잊을 수가 있단 말이야. 언젠가는 반드시 그이와도 원만하게 지내게 될 거야. 하다 못해 그때까지만이라도 내 맘대로 하게 내버려 둬."

오싱이 무슨 말인가를 하려고 할 때 어떤 남자가 가게 안을 들여다보았다.

"아침 식사 됩니까?"

가요는 얼른 그쪽으로 고개를 돌려 밝은 표정으로 인사했다.

"어서 오세요. 물론 되지요."

선원인 듯한 남자 다섯 명이 들어왔다.

"방금 배에서 내렸는데 이 식당이 싸고 구수하다고 소문이 났더군요. 양도 많이 준다고 들었기에 이렇게 찾아왔소."

"고맙습니다. 사카다에는 자주 오시나요?"

가요는 차를 준비하며 제법 능란하게 손님을 응대했다.

"한 달에 서너 번은 오지요."

"그러시면 저희 식당을 단골로 삼으세요. 밤에도 8시까지는 영업을 하고 있으니까요."

가요가 이른 아침부터 오싱의 식당에 와서 일을 거들고 있는 동안 가가야에서는 또다시 사라진 가요 때문에 아침부터 작은 소란이 벌어졌다. 그럴 때마다 번번이 곤란을 겪는 사람은 미노였다.

"당신이 감시를 하고 있는데도 어딜 갔는지 모른다니 그게 말이나 돼?"

기요타로가 성난 음성으로 다그치고 있을 때 마사오가 거실로 들어왔다.

"안녕히들 주무셨습니까?"

그의 문안 인사를 건성으로 받으며 기요타로가 물었다.

"자네한테는 양해를 구하고 나갔나?"

"그 사람 말씀인가요? 당분간 오싱의 가게 일을 돌봐 주겠노라고 하더군요."

"그래서 그러라고 했나? 가게 내버려 뒀어?"

"도리가 없잖습니까. 제 말을 들을 성미가 아니거든요."

아무렇지도 않은 듯한 마사오의 태도를 대하며 기요타로는 이상하게 화가 치밀었다.

"여보! 오싱의 가게 당장 때려치우라고 그래! 오싱에게 가게 따위를 차려 주니까 가요가 제멋대로 구는 거야."

그러자 마사오는 쓴웃음을 머금으며,

"그래 봤자 소용없습니다. 가요의 심경은 바뀌지 않을 겁니다."

하고 알 수 없는 말을 내뱉었다.

"그 사람은 지금 쓸쓸해 하고 있어요. 할머님은 돌아가셨고 가가야의 운영에는 참여하지 못하게 돼 버렸구요. 아마 가슴속에 커다란 구멍이라도 뚫려 있는 느낌일 겁니다. 저는 그걸 알 것 같아요. 집안에 멍하니 처박혀 지내기가 괴롭겠죠. 오싱의 식당을 도와주는 일이라도 해서 괴로움을 잊어 보려는 생각이겠죠."

"그게 무슨 소리야. 어엿하게 남편이 있는데."

"그런 쓸쓸한 심정을 저로서도 도저히 달래 줄 길이 없습니다. 아무튼 그 사람이 마음을 잡을 때까지 기다려 보는 수밖에요. 저는 한때 가요를 배반했던 사람입니다. 그러니까 그 사람의 마음이 돌아설 때까지 기다리는 것이 당연하다고 생각합니다."

마사오의 말에 미노와 기요타로는 면구스러운 듯 마주 볼 뿐이었다.

단판승부

 노력의 대가는 찾아왔다. 오싱의 식당은 하루하루가 다르게 손님이 늘어 갔고 이미 사카다 부두가의 인부들 사이에는 싸고 맛있다는 소문이 파다했다. 가요는 전보다 더 열심히 오싱을 도와주며 삶의 새로운 기쁨을 얻는 듯했다.
 새벽부터 찬거리를 장만해 오고, 또 그것을 준비하고 손님을 맞으며 오싱으로서는 눈코 뜰 새 없이 바쁜 날들이었다. 하지만 하루에 5, 60명씩 손님이 몰려와도 순수익은 겨우 1엔 정도밖에 되지 않았다. 가요는 너무 남지 않는 장사라고 푸념을 늘어놓았지만 결코 싫은 기색은 보이지 않았다.
 밤이 되어도 오싱의 식당에는 열 명이 넘는 손님들이 식사를 기다리거나 식사 중이었다. 차를 나르기도 하고 주방에서 반찬을 만들기도 하며 가요와 오싱이 분주히 움직이고 있을 때 또 한 사람의 손님이 불쑥 들어섰다.

"어서 오십시오!"

"술 가져와!"

이미 술기운이 거나한 남자는 안으로 들어서자마자 대뜸 술부터 찾았다.

"네?"

가요는 놀란 나머지 반문했다.

"술 가져오란 말야!"

그 말을 듣고 주방에서 일하던 오싱이 급히 달려 나왔다. 그러고는 남자 앞에 우뚝 다가섰다.

"죄송합니다. 여기는 밥집이에요. 술은 팔지 않습니다."

그 남자는 금방 발끈하며,

"돈은 있어!"

하고 호주머니에서 50전짜리 은화와 잔돈들을 움켜 내어 테이블 위에 쏟아 놓았다.

"술은 갖다 놓지 않았어요. 술을 드시려거든 술 파는 가게들이 많으니까 다른 곳으로 가 보세요."

"뭐라고? 나 같은 사람에겐 술을 팔지 못하겠다는 거야?"

"그런 뜻이 아니에요. 여긴 식당이지 술집이 아니라니까요."

"식당에도 술은 얼마든지 팔고 있어."

"그러니까 그런 집을 찾아가시라구요."

"손님을 쫓아내는 거야?"

기세등등한 남자의 거친 태도에도 오싱은 한 치의 빈틈도 보이지 않았다.

"손님은 벌써 많이 취하셨어요. 다른 손님에게 방해가 되니까 다음에 식사를 하려고 하실 때 다시 찾아와 주세요."

오싱은 억센 동작으로 남자를 끌어내리려고 했다.

"뭐라구? 방해가 돼?"

뻣뻣하게 버티는 남자의 눈은 금방 험악해졌다. 언제 폭발할지 모를 듯한 그의 앞에 가요가 재빨리 술병과 잔을 갖다 놓았다.

"네, 여기 술 있어요."

오싱은 눈이 휘둥그레졌다.

"안돼요, 가요 아가씨!"

그러나 가요는 들은 척도 하지 않고,

"한 병에 15전이에요. 그래도 괜찮아요?"

하고는 테이블 위에 놓인 돈 중에서 재빨리 15전을 챙겼다.

"자, 술값을 받았습니다. 잠깐만 기다리세요."

15전을 손에 쥐고 그녀는 재빨리 밖으로 나갔다. 술 도매상으로 뛰어가서 우선 들고 올 만큼 술을 몇 병 사 가지고 왔다.

"아가씨, 어쩌시려구요."

"술을 찾는 손님에겐 갖다 주면 그만이야. 한 병에 5전이 남는단 말이야. 식사 손님보다도 훨씬 실속이 있잖아."

가요는 술 한 병을 손님에게 갖다 주고 와서 오싱에게 말했다.

"그렇게 고지식하게 장사하다가는 돈을 못 벌어. 이봐, 오싱, 15전이라도 좋다는 손님에겐 자꾸자꾸 갖다 주는 거야. 장사란 그런 거야."

오싱은 어이없다는 듯 가요를 쳐다보았다. 그러자 이번에는 다른 손님이 주방을 향해 소리쳤다.

"술이 있거든 나도 줘요!"

"네."

가요는 대답을 하고 술병을 들고 나가려다 오싱을 돌아보며,

"또 5전 벌었네."

하고 싱긋 웃었다. 하지만 오싱은 조금도 즐겁지가 않았다. 묵묵히 안으로 삭이며 오싱은 깊이 생각해 보았다. 자신은 깔끔한 밥집을 운영할 셈으로 장사를 시작했다. 그런데 그 의도와는 달리 개점 당초부터 엉뚱하게 빗나가려 하고 있는 것이다.

그날 밤 가가야식당은 꽤 많은 손님이 다녀갔다. 더구나 가요가 술을 팔았기 때문에 다른 날보다 매상도 훨씬 많았다. 오싱이 뾰로통한 표정으로 부지런히 설거지를 하고 있는 동안 가요는 능숙하게 그날의 매상액을 계산했다.

"이봐, 오싱. 계산이 딱 맞아떨어지네. 오늘 밤 술이 스물

한 병 나갔어. 그저 술병을 더운 물에 잠깐 데워 갖다 주는 것만으로 1엔 5전이 떨어졌지 뭐야. 새벽부터 나가서 재료를 사다가 삶고 굽고 별별 수고를 다 해서 차려 내는 정식이 고작 2전 벌이야. 1엔을 벌자면 얼마나 수고를 많이 해야 되느냐 말이야. 역시 술을 팔지 않을 수 없겠어."

오싱이 굳은 표정으로 설거지를 하는 소리가 다른 날보다 더욱 요란하게 들렸다.

"아직도 화가 나 있는 거야?"

"여기는 밥집이에요. 술집을 할 생각은 없다구요."

좀처럼 그런 일이 없는 오싱이었지만 말투가 매우 쌀쌀했다.

"난들 밥집을 하지 말라는 게 아니야. 밥집에 오는 손님일지라도 가볍게 한잔 걸치고 나서 밥을 먹으려는 사람도 많이 있거든. 마시고 싶다는 사람에게 술을 갖다 주는 것이 뭐가 나쁘냐구. 온종일 중노동을 하는 사람들이잖아. 기분 좋게 한두 잔 마시게 하는 것도 일종의 선행이란 말이야."

"저는 그러고 싶지 않아요. 술을 팔면 식당의 분위기가 거칠어져요. 더구나 한 병에 5전씩이나 남기다니, 그런 과욕은 싫어요."

"그게 어째서 과욕이야! 오싱은 다른 식당들이 어떻게 하는지 몰라서 그래. 술을 팔기 위해 접대부를 두고 있는 식당에서는 1홉짜리 병에 8부 가량 술을 채워 우리 가게의 곱절이나 남겨 먹고 있단 말이야. 그런 가게에 비한다면 우리는 아주 싸게 받는 거야."

"그렇지만……"

"술꾼들을 다루기가 힘든 것도 사실이야. 하지만 술꾼 정도를 다루어 내지 못해서 무슨 영업을 하겠어. 어떤 장사든 목숨을 걸 각오를 가지고 덤벼들어야만 해."

오싱은 불만스런 표정으로 굳게 입을 다물었다.

"오싱은 정말 류조상과의 관계를 체념해 버린 거야? 난 그렇게 생각지 않아. 류조상은 유짱의 아빠란 말이야. 오싱에게는 어떨지 모르지만 유짱에게는 아주 소중한 아빠야. 언젠가는 다시 함께 살 궁리를 하는 것이 마땅하지 않을까."

오싱은 말없이 설거지만을 계속했다.

"하루라도 빨리 그날이 오기를 비는 뜻에서라도…… 류조상이 이곳으로 옮겨올 수 있도록 착실히 돈을 모아야 할 것 아냐. 세 식구가 아무 걱정 없이 먹고살 수 있는 가게를 만들어 놓아야 하지 않겠어? 그렇잖아?"

무표정한 얼굴로 오싱은 빤히 가요를 바라보았다.

"오늘은 술 손님들 때문에 너무 늦었어요. 제가 댁까지 바래다드릴게요."

그 목소리는 아무런 감정도 없이 담담했다.

"괜찮아, 오싱. 오늘 밤은 여기서 잘 거야."

"안돼요, 그러시면……"

"나도 피곤해. 이불 같은 건 없어도 괜찮아. 옷 입은 채로 아무렇게나 쓰러져 자면 돼."

"집에서 어른들께서 걱정하며 기다리세요. 늦었어도 돌아가 주무셔야지요."

"괜찮다고 그러잖아. 집보다 여기가 훨씬 마음이 편해."

이쯤 되자 더 이상 재촉 못하고 오싱은 멀뚱멀뚱 가요를 지켜보았다.

한편 가요의 부모들은 밤이 깊도록 돌아오지 않는 가요를 기다리며 잠을 이루지 못하고 있었다. 특히 기요타로는 머리 끝까지 화가 나 있었다.

"아직도 돌아오지 않고 뭘 하고 있는 거야!"

"보아하니 오늘은 오싱네 집에서 잘 모양이에요."

"내가 가서 끌고 오겠어!"

씩씩거리며 거실을 나갈 듯한 기요타로를 미노는 황급히 붙잡았다.

"여보!"

"이래서야 어디 마사오군에게 체면이 서나. 두 번 다시 오싱의 가게에 못 가게 해야지."

"잠깐 제 말 좀 들어 보세요. 가요도 집에 붙어 있기가 괴로울 거예요."

"당신이 그따위로 받아 주니까 버릇없이 구는 거야!"

그러면서 금방 터질 듯한 노여움이 한풀 꺾였는지 기요타로는 입을 다물었다.

"가요와 오싱은 자매간이나 마찬가지예요. 오싱과 함께 있다면 걱정할 것도 없어요."

묵묵히 입을 다물고 기요타로는 이미 어둠이 짙게 깔린 허공으로 시선을 던졌다.

그날 밤 가요는 끝내 집에 가지 않았다. 거의 8년 동안을 자매처럼 지내온 오싱과 가요였지만 이제 두 사람 모두 결혼을 하고 나이 든 지금 함께 밤을 보내니 새로운 감회가 밀려왔다. 그동안 많은 일로 다투기도 했고 질투를 느낀 적도 있지만 그래도 두 사람 사이에는 끊을 수 없는 정이 연연히 이어지는 것이다.

다음 날 11시께, 오싱은 손님들의 뒤치다꺼리를 대충 끝내고야 한숨 돌릴 수 있었다. 그러나 곧 들이닥칠 점심 손님들 때문에 마냥 쉴 수만은 없었다. 다시 주방에서 찬거리며 밥을 준비하는 오싱 곁에서 가요도 제법 익숙하게 손을 움직였다.

"가요 아가씨, 이제 나 혼자 해도 되겠어요. 댁에 한번 다녀오기라도 하세요."

그러나 가요는 대답하는 대신에,

"이 땅두릅 아주 향긋하네. 어떻게 요리할 거지?"

하고 엉뚱하게 말머리를 돌렸다.

"날것으로 얇게 썰어서 물에 담갔다가 바지락 데친 것과

버무려서 초된장으로 무쳐 볼까 해요."

오싱도 어느새 가요의 말속에 끌려 들어가고 있었다.

"맛있겠다. 술안주로 안성맞춤이겠어. 내가 썰게."

"그냥 두세요."

그러나 가요는 이미 땅두릅을 썰기 시작했다.

"사각사각 잘도 썰어지네. 요리도 이렇게 해 보니까 아주 재미있는데."

난처한 표정으로 가요를 지켜보다가 무심코 식당 쪽으로 고개를 돌린 오싱은 흠칫 놀랐다. 마사오가 지켜 서서 가요를 뚫어지게 쏘아보고 있었다. 당황한 오싱은 주춤거리며 인사했다.

"안녕하세요. 어서 오십시오."

"어마, 벌써 점심 손님인가."

하고 반가운 목소리로 식당 쪽을 바라보던 가요는 순간적으로 칼질을 멈췄다.

"죄송합니다, 서방님. 가요 아가씨를 제가 붙잡아 놓고 있었어요. 워낙 바쁘다보니 그만 아가씨께 의존하게 되었어요."

오싱이 허둥대며 변명하자 가요는 아무렇지도 않게 일축했다.

"오싱 잘못은 하나도 없어. 내가 자청해서 하는 일인걸."

"아니에요. 일손이 모자라서 제가 억지로 부탁했어요. 어제도 밤늦게까지 일이 밀린데다가 밤길을 가시는 것도 좋지 않을 것 같아서 제가 여기서 주무시라고 붙잡았어요. 서방님께 뭐라고 사죄를 드려야 할지······"

"오싱, 괜히 날 두둔할 필요는 없어."

"그렇지만······"

송구스러운 마음에 쥐구멍에라도 숨어 버리고 싶은 심정이었다. 그러나 마사오는 뜻밖의 태도를 보였다.

"괜찮아요. 가요가 하는 일이라면 잘 알고 있으니까. 다만 어젯밤 가요가 돌아오지 않았기 때문에 걱정이 돼서 한번 와 본 거요. 이제 안심했어요."

마사오의 온화한 목소리에 가요는 눈을 둥그렇게 떴다.

"당신, 즐거워 보이는군. 여기만 오면 생기가 솟아나나 보군."

그 말에 더욱 민망해져 오싱은 어쩔 줄 몰라 했다.

"그럴 리가 있겠습니까."

"비꼬는 소리가 아니오. 가요는 역시 일을 해야 하는 체질인가 봐. 다시 가가야의 카운터에 나와 있어요. 나한테 일임했다고 해서 당신이 가게 일을 보면 안된다는 법은 없으니까. 가가야는 어디까지나 가요 당신의 가게가 아닌가."

가요는 뜻밖이라는 듯 마사오를 쳐다보다가,

"아니에요. 전 이제 가가야에는 관심이 없어요."

하고 짐짓 차가운 표정을 지어 보였다.

"가요 아가씨, 그게 무슨 말씀이세요."

"내가 가게에 나가 앉으면 아무래도 말참견을 하게 될 거고, 그러면 가게 운영이 잘 안돼요. 아버지도 앞으로는 마사오상 같은 대학 출신자들이 운영을 해 나가야만 가가야가 새로운 시대에 뒤떨어지지 않는다고 말씀하셨잖아요. 할머니께 길들여진 나 같은 장사 솜씨로는 가가야가 발전할 수 없다구요. 그래서 난 손을 떼기로 결심한 것이고 또 할머니가 안 계신 가가야를 이끌어 갈 마음도 없어진 거예요. 마사오상의 가가야, 이렇게 되어도 좋다고 생각한 거예요."

이번에는 오히려 마사오가 할 말이 없어졌다.

"마사오상, 오싱의 식당은 이제부터예요. 내가 여기 붙어 있어서 조금이라도 힘이 될 수 있다면 그러고 싶어요. 웬만큼 자리가 잡힐 때까지만이라도."

"그러시면 안돼요, 아가씨."

진지하게 그 말을 듣고 있던 마사오는 이윽고 고개를 끄덕이며 입을 열었다.

"당신의 의향이 그렇다면 나는 아무 소리도 안 하겠소. 마음 내키는 한 언제까지라도 도와주구려. 장인어른이나 장모님께는 내가 얘기를 잘해 놓을 테니 염려하지 말고. 다만 한 가지 부탁할 것은, 너무 무리를 해서 혹시라도 건강을 해치는 일이 없도록 조심하라는 거요."

뜻밖의 말을 듣고 보니 가요는 목이 멘 듯,

"여보……"

하며 한마디 하고는 다음 말을 잇지 못했다.

"가가야는 장인어른을 모시고 내가 착실히 운영해 나갈 테니 염려하지 말아요. 하지만 가끔씩은 집에 들어오라구. 얼굴이라도 봐야지. 기다리고 있겠소."

마사오는 말을 마치고는 그대로 돌아가 버렸다.

멍하니 그의 뒷모습을 바라보다가 오싱은 가요에게 시선을 돌리며 넌지시 말했다.

"훌륭하신 분이에요. 가요 아가씨의 마음을 환히 들여다보고 계시잖아요."

감동한 듯 바라보는 오싱과는 달리 가요의 표정은 냉담했다.

"아가씨, 이젠 과거의 일을 물에 흘려 버리고 서방님과 원만한 부부가 되도록 마음을 돌려 보세요."

가요는 못 들은 척하고 다시 땅두릅을 썰기 시작했다. 굳게 입을 다문 그 얼굴에서 어린 날의 고집스러움을 엿보고 오싱도 그만 입을 다물었다.

그런 일이 있은 후로 가요는 아무에게도 간섭받지 않고 식당 일을 도와줄 수 있게 되었지만, 오싱은 밤에는 아무쪼록 가요에게 집으로 돌아가도록 권했다. 그래서 새벽녘의 재료 구입과 조반 장사는 오싱 혼자 해내고 가요는 점심 식사 직전에 식당에 오곤 했다.

오싱에게는 고작해야 다섯 시간밖에 잠잘 여유가 없는 고달픈 하루하루였다. 그래도 날이 갈수록 오싱네 식당을 찾는 사람들도 많아지고 단골도 생겨서 그까짓 고생쯤이야 충분히 감당하고도 남을 것 같았다.

그러던 어느 날의 일이었다.

꽤 늦은 시각인데도 식사를 하거나 술을 마시는 손님들로 식당 안은 붐볐다.

"오늘 횟감은 뭐요?"

가요는 이 손님 저 손님의 주문에 응대하느라 몹시 경황이 없는 중에도 능숙하게 말을 받아넘겼다.

"오늘은 횟감으로 쓸 생선이 너무 비쌌기 때문에 사다 놓지 못했어요. 저희 집에서는 싸고 맛있는 것만 갖다 놓기로 했거든요. 소금에 절인 바지락을 술에 담갔다가 찐 것이 있는데요, 한번 맛보시겠어요?"

그때 마침 우연하게도 그 요리를 먹고 있던 다른 남자가 감탄하며 말했다.

"야! 이거 진짜 먹을 만한데. 이 가게는 다른 식당에서 맛볼 수 없는 요리를 만들어 주니까 발길이 끌리는 거요."

그쪽을 힐끗 보던 남자는 망설임 없이 주문했다.

"그럼 나도 그것을 갖다 주시오."

"네, 바지락찜 1인분!"

하고 주방을 향해 소리치는 가요의 목소리는 경쾌했다.

그때 두 명의 남자가 식당 안으로 불쑥 들어왔다. 얼핏 보기에도 불량기가 흐르는 인근의 건달들임에 틀림없었다. 그 중의 한 명인 데쓰가 험악한 눈길로 식당 안을 훑더니 다짜고짜 내뱉었다.

"오싱이라는 여자가 있다는데 당신이야?"

손에 쟁반을 든 채로 가요는 주춤거리며 말을 더듬었다.

"아, 아니오."

"이 가게 주인이 오싱이라는 여자라면서?"

"오싱은 왜 찾으세요? 무슨 일이에요?"

"그건 당신이 몰라도 돼!"

또 다른 한 명인 히데가 험상궂게 인상을 쓰며 주방 안에 있는 오싱을 쏘아보았다.

"당신이 오싱이야?"

그러자 오싱은 눈 하나 까딱 하지 않고 의연한 자세로,

"그래요, 내가 오싱이에요."

하고 마주 쏘아보았다.

"흥, 얼굴은 순진하게 생겨 먹었는데 장사를 욕심 사납게 해 처먹는군."

그들은 상스러운 말을 거침없이 내뱉었다.

"그게 무슨 말이죠?"

"밥집이면 밥집답게 얌전히 장사를 하란 말이야. 건방지게 왜 술 같은 걸 팔아?"

"식당에서 술을 파는 게 뭐가 나빠요. 우리는 정식 허가를

받고 하는 거예요."

"장사를 해 먹어도 장사꾼의 의리라는 것이 있어. 이 가게 때문에 다른 가게들 손해가 막심해."

두 불량배의 인상이 점점 험악하게 일그러졌다.

"그건 또 처음 듣는 소리네요. 대체 내가 뭘 어쨌단 말이죠?"

"당신네 식당에서 술을 싸게 팔고 있기 때문에 이 일대의 술집에는 손님이 줄어들었단 말야."

"그래요? 그렇다면 다른 식당에서도 우리와 똑같은 값으로 술을 팔면 되잖아요. 우리 집 술값으로도 꽤 돈이 남는 편이니까요. 우리가 너무 많이 남기는 게 아닌가 싶을 만큼요."

"걷어치우라고 좋은 말로 할 때 말 듣는 게 좋아!"

점점 그들의 기세가 등등해져 갔지만 오싱의 태도 역시 만만치 않았다.

"흥, 이 근처 술집들은 남의 가게가 마음에 안 들면 당신네 같은 남자들을 보내서 협박이나 하고 그러나요? 할 말이 있으면 자기들이 직접 와서 하지 않고……"

"아니 뭐라구?"

그 광경을 줄곧 지켜보던 가요는 가슴이 조마조마해서 오싱을 말렸다.

"오싱, 맞서지 말아. 당신들, 이 가게가 쌀 도매상인 가가야와 연줄이 있다는 사실을 알기나 해요?"

그러자 데쓰는 코웃음을 치며,

"아하, 그러고 보니 당신은 가가야의…… 맞지?"
하고 자기들끼리 의미 있는 미소를 주고받았다.
"맞아요. 알았으면 썩 돌아들 가요!"
이번에는 히데가 이죽거리듯 말했다.
"우리가 가가야와 무슨 관련이 있느냐 말이야. 가가야의 할머니가 살아 있었을 때나 우리도 신세를 좀 졌지만 말야. 그 노인네가 세상을 떠났으니 가가야도 이제 끝장인걸."
"그 제국대학 출신인지 뭔지 잘난 체하는 애숭이 녀석이 버티고 앉아 있는 꼬락서니하고는…… 그래서야 그 집도 오래 못 가지."
가요는 당황하여 그들에게 돈을 집어 주려 하며,
"이거 받고 오늘은 좀 봐줘요."
하고 사정을 했다. 그러자 불량배들은 더욱 기세가 등등해져 마구 소리쳐 댔다.
"이따위 푼돈이나 뜯자고 우리가 온 줄 알아! 사람을 뭘로 보고 있어!"
하고 돈을 빼앗아 내던졌다.
"밥집에서는 밥만 팔면 돼, 알았어?"
오싱은 매섭게 눈을 뜨고 그들 앞에 선뜻 다가섰다.
"당신네들이 이래라저래라 할 권리는 없어!"
그러자 히데와 데쓰가 오싱에게 눈을 부라렸다. 그러나 오싱은 여전히 꿈쩍도 하지 않았다.

"너희 같은 것들이 무서우면 나 이런 장사 하지도 않아!"
새파랗게 질린 가요는 오싱의 팔을 잡아끌었다.
"오싱, 상대하지 말라니까."
그러나 오싱의 기세는 조금도 꺾이지 않았다.
"냉큼 나가. 영업 방해야!"
데쓰의 얼굴은 붉으락푸르락 씩씩거렸다.
"아니, 이 계집이! 부드럽게 대해 주니까 눈에 뵈는 것이 없는 모양이지!"
그러더니 느닷없이 식사 중인 손님의 식탁 위 안주와 그릇들을 싹 쓸어내렸다. 그릇들이 와장창 깨어지고 음식들이 쏟아졌다. 손님들은 놀라 슬금슬금 한쪽 구석으로 비켜섰다.
"이게 무슨 수작이야! 아무 죄도 없는 손님들에게 피해를 주다니…… 일반인들은 다치지 않게 하는 것이 너희들의 원칙 아니야?"
"그만둬, 오싱!"
점점 험악해지는 분위기에 겁이 난 가요는 이미 얼굴이 새파랗게 질려 있었다. 그러나 오싱은 강경한 태도를 굽히지 않았다.
"이런 못된 짓을 당하고도 잠자코 물러서기만 하면 점점 더 기승을 부릴 거예요."
만만치 않은 오싱의 반항에 움찔했으나 히데는,
"말로 해서 못 알아듣는다면 알아듣게 해 주지."

하고 또다시 다른 식탁의 요리와 술병을 엎어 버렸다.

"이래도 아직 맛을 모르겠어?"

보다 못한 가요가 허둥대며 애원하듯 말했다.

"알았어요. 술은 팔지 않을게요. 하라는 대로 할 테니까 오늘 밤은 제발 그만하고 돌아가 줘요."

"아가씨, 무슨 소리를 하는 거예요. 이래봬도 나 도쿄에서 살 당시에는 노점 장사까지 해 본 솜씨야. 너희들 같은 사내 녀석들과 어깨를 맞대고 겨뤄 온 여자란 말야! 너희 같은 것들이 무서워서 굽실거린다면 내 체면이 안 서!"

오싱은 허리에 손까지 올리고 조금도 위축되지 않은 당당한 자세를 보였다. 보통 평범한 아낙의 모습이 아니었다.

"오싱!"

가요의 만류를 듣는 둥 마는 둥 오싱은 불량배들에게 날카롭게 쏘아 댔다.

"내 말이 아니꼽거든 밖으로 나가서 따지면 될 것 아냐. 아무 상관도 없는 손님들까지 건드린다면 너희들 얼굴도 깎일걸. 자, 밖으로 나가잔 말야!"

앞장서서 먼저 뚜벅뚜벅 걸어가는 오싱의 서슬에 질린 듯 히데와 데쓰는 잠시 머쓱해져 서 있었다.

"뭘 그렇게 멍청히 서 있는 거야? 밖에서라면 너희들이 무슨 짓을 하든 다 받아 주겠어. 밟건 차건 맘대로 해. 하여간 냉큼 나와!"

단판 승부

"오싱, 참으라니까!"

가요는 안타까워 발을 동동 굴렀다. 데쓰와 히데는 오싱을 따라 밖으로 나왔고, 손님들도 겁을 먹은 채, 한편으로는 호기심 어린 눈으로 슬금슬금 밖으로 따라 나왔다.

식당 밖으로 나온 데쓰와 히데를 보더니 오싱은 대뜸 태도를 바꾸어,

"진작 인사를 못 드려 죄송합니다."

하고 별안간 진기(仁義·일본의 노름꾼이나 불량배들의 특수한 인사법)를 해 보였다. 일찍이 데키야 겐에게서 배운 것으로 조금도 법도에 어긋나지 않는 진기였다.

갑자기 당하는 일인데다가 오싱의 멋진 격식에 놀라 데쓰와 히데는 어리둥절했다. 가요도 주위에 둘러선 손님들도 그 광경에 모두들 놀란 듯 숨을 죽이고 지켜볼 뿐이었다.

먼 데 있는 사람

 사람이란 배워서 손해볼 것은 없다. 도쿄 시절에 자신에게 세심한 배려를 아끼지 않았던 데키야 겐으로부터 배운 진기의 격식을 설마 사카다에 와서 써먹을 줄은 오싱 자신도 짐작하지 못한 일이었다.
 그날 밤, 오싱의 식당에는 사람들의 왁자지껄한 소리가 온통 안팎을 뒤흔들어 놓았다. 데쓰와 히데가 유쾌하게 술을 마시며 떠들어 대는 소리였다. 가요는 조금 전까지와는 달리 마음이 놓인 얼굴로 몇 차례 안주와 술을 그들 앞에 날라 놓았다.
 "이제 그만 가져와요. 우린 곧 돌아갈 테니."
 주방에서 바쁘게 일하고 있던 오싱은 문득 그들에게 시선을 돌렸다.

"사양하지 말아요. 여기서 장사를 해 나가려면 앞으로도 신세질 일이 많을 것이고, 그래서 서로 알고 지내자는 뜻으로 대접하는 거니까요."

"알고 지내는 건 좋은데 아까는 정말 대단했어. 진짜 놀랐다구, 아줌마의 진기 솜씨에는."

"나도 놀랐어. 도쿄 한복판에서 노점 장사를 했느니 어쨌느니, 거짓말인 줄 알았지 뭐야. 그렇잖아? 저렇게 순진하게 생긴 아줌마가 그런 장사를 했다니 말이야."

그들은 조금 전에 보았던 오싱의 놀라운 모습에 대하여 서로 혀를 내둘렀다. 그들은 앞으로 오싱의 밥집이 잘 되도록 협조를 아끼지 않겠다는 약속을 하고 돌아갔다.

그들을 배웅하고 나서 가요는 안도의 숨을 내쉬며 주방으로 달려갔다. 그러고는 맥이 빠진 듯 방 문턱에 주저앉아 버렸다. 방 안에서 세상 모르고 잠들어 있는 유의 모습이 무척 평온하게 느껴졌다.

"어휴, 힘들어. 이렇게 혼쭐이 나기는 처음이다."

"놀라셨죠, 가요 아가씨."

"아까는 정말 조마조마했어."

"아가씨답지 않게 뭘 그 정도 가지고 그래요."

그렇게 말하는 오싱의 얼굴에도 안도의 빛이 떠올랐다.

"오싱은 저런 패거리가 얼마나 겁나는지 몰라서 그래."

"아가씨, 누군 그걸 모르나요? 강하게 나오는 사람에게는 더 강하게 대들어야죠. 장사라는 것이 어디 쉬운 일인가요. 온갖 예상치 못한 일들이 자꾸 생기거든요."

"무사히 넘겨서 다행이긴 한데, 난 우리가 그런 패거리에게 휘말려 들 줄은 생각도 못해 봤어. 가가야의 이름만 내세우면 손끝 하나 대지 않을 것이라 믿고 있었지. 연말이나 잔치 때 저런 패거리들이 우리 집에 인사를 드리러 오곤 했었거든. 난 까맣게 모르고 있었지만, 그러고 보면 우리 할머니는 집어 줄 건 제때 집어 주면서 빈틈없이 해 오셨던 모양이야."

"큰방마님께서는 배포가 크신 분이었잖아요."

이렇게 말하며 오싱은 문득 구니에 대한 기억들을 떠올렸다.

잠시 후 가요는 방으로 들어가서 자고 있던 유를 들여다보고는 소스라치게 놀라 소리쳤다.

"오싱! 어서 와 봐. 애기가 왜 이러지?"

오싱은 깜짝 놀라 달려와서는 황급히 유의 이마를 짚어 보았다. 유의 얼굴은 불그스름했고 콧등에는 땀까지 송골송골 맺혀 있었다.

"열이 있어! 숨소리가 이상하길래 들여다보았더니 얼굴도 벌겋고 말이야."

"홍역이에요."

"홍역? 어서 가서 의사를 불러와야지."

"염려 마세요, 아가씨. 홍역이라면 옛날에 제 동생들이 앓을 때 간호를 해 봤으니까 잘 알아요."

"홍역인지 다른 병인지 알 수 없잖아. 만약 무슨 고약한 병이라면 어떡할 거야!"

"얼굴에 이런 것이 돋아나는 것을 보면 홍역이 틀림없어요."

오싱은 이성을 되찾고 오히려 가요를 안심시켰다.

"아가씨, 이제 걱정 말고 돌아가셔서 푹 쉬도록 하세요. 당분간 가게 문을 닫아야겠어요."

"가게를 쉰다구?"

"가게 일을 하면서 아이를 간호할 수는 없어요. 언제나 유는 저 혼자서 얌전하게 놀곤 했었지요. 병을 앓을 때만이라도 바로 옆에서 돌봐 주고 싶어요. 며칠 동안 가게 문을 닫을 망정 그 정도도 안 해 주고는 엄마라고 할 수 없지요."

오싱은 유의 얼굴을 들여다보며 중얼거렸다.

"아가야, 아프지. 참자…… 그동안 변변히 돌봐 주지도 못하고 심심했지? 엄마가 이제는 네 곁에 꼭 붙어 있을 거야. 유짱, 엄마야. 엄마 여기 있단다."

그런 오싱의 모습을 묵묵히 바라보던 가요의 가슴속에 뭔가 뭉클하는 것이 있었다. 그것은 분명 어머니의 진한 사랑이었다.

그날 밤늦게 집으로 돌아온 가요는 오자마자 어머니에게 오싱의 그런저런 얘기를 했다.

다음 날 아침 미노는 가요를 불러다 놓고 보자기에 옷가지

등을 싸기 시작했다.

"과연 오싱이구나. 모르는 것이 없어. 나는 옛날에 가요 너나 사요가 앓을 때 홍역이라면서 난리를 떨어 할머니한테 꾸중을 들었단다. 홍역은 어떤 아이든지 걸리는 법이고, 걸려도 또 이렇다할 약도 없어. 저절로 나을 때까지 아이가 지그시 참아 내도록 돌봐 주는 것이 엄마가 할 일이다.

"홍역이니까 그나마 다행이에요. 만일 다른 병으로 오랫동안 앓게 되면 엄마는 일도 못하고 모자가 함께 얼마나 고생이겠어요."

"오싱의 말로는 류조상과의 관계를 단념했다고 하지만 유 녀석이 딸려 있어서 다른 곳으로 시집갈 수도 없는 형편이고……"

"식당을 꾸려 나가는 일만 해도 쉽지가 않다구요. 새벽에 나가서 물건을 해 올 때도 유를 데리고 나가야 하잖아요. 그야 제 자식이 예뻐서 그러는 거겠지만 무슨 팔자가 그런지 몰라요."

"가요, 유를 우리 집에서 맡아 길러 주는 게 어떨까. 나는 한가하고 집에는 여자들도 많으니까…… 그렇게 되면 오싱도 마음 편하게 일을 할 수 있을 것이고 나도 소일거리가 생기는 셈이고."

"글쎄요."

"만일 오싱에게 좋은 남자라도 생겨서 시집을 가겠다고 한다면 그때는 우리가 아예 유를 받아들여도 되고 말이야."

"어머니, 그건 또 무슨 말씀이세요."

"너한테 언제 아이가 생길지 몰라서 하는 소리야. 오싱의 아이라면 우리한테도 각별하지 않느냐. 유 정도라면 가가야의 후사로 삼는다고 하더라도 돌아가신 할머니가 반대하시지 않을 거야."

"그런데 오싱이 아기를 내주려고 하겠어요?"

"시집갈 상대가 생기기라도 하면 그런 마음도 들지 모르거든. 그렇다면 오싱 자신을 위해서도 잘된 일이니까."

그 말을 들으며 가요는 곰곰이 생각에 잠겼다.

"너도 유를 그토록 귀여워하고 있잖니. 아무튼 이런 성급한 얘기는 접어 두더라도 그 애는 일단 내가 맡아 줄 테니 말이다. 자, 이건 오싱의 도시락과 유가 갈아입을 옷이다. 갖다 주렴."

이렇다 할 대답도 없이 가요는 어머니가 싸 준 보따리를 챙겨 들고 오싱의 식당으로 나섰다. 가요가 식당 앞에 도착해 보니 '죄송합니다. 당분간 휴업합니다.'라고 쓰여진 종이가 붙어 있었다. 낯익은 오싱의 필적이었다. 현관문은 잠겨 있지 않아 가요는 그대로 들어가 방문 앞에 섰다. 장지문은 꼭꼭 닫혀진 채였다.

"오싱, 도시락 가져왔어."

하고 장지문을 열자 오싱은 허둥지둥 밖으로 뛰어나와서

는 얼른 장지문을 도로 닫아 버렸다.

"바깥바람이 들어올까 봐 그래요."

"미안해. 아직도 열이 많아? 유 말이야."

"한 이틀 더 지나면 괜찮아질 것 같네요. 가볍게 치르나 봐요."

"그나마 다행이군. 꼬마 옆에 붙어 있느라고 아무것도 못 먹었지? 어머니가 갖다 주라고 하셨어."

가요는 가져온 보따리를 풀어 찬합을 꺼냈다.

"그리고 이건 유에게 갈아입힐 옷가지야."

"죄송해요. 매사 이렇게 하나에서 열까지 살펴 주시니……"

"오싱은 맘 놓고 아기나 보살펴 주고 있으면 돼."

"정말 감사드려요. 마님이나 아가씨 덕으로 마음 놓고 유를 간호해 줄 수가 있거든요. 만약 저 혼자라면 제아무리 유가 큰 병을 앓는다 해도 장사를 그만두고 아이 간호나 하고 있을 처지도 못되었을 거예요. 이럴 때는 역시 아기 아빠라도 함께 있어 주었으면 하는 생각이 들어 왠지 서글퍼지는 것도 같구요."

"오싱답지 않아."

가요는 가볍게 미소 짓다가 금방 시무룩한 어조로 말했다.

"하지만 엄마 혼자 손으로는 감당하기 힘들다는 것을 절실하게 깨달았겠지."

"저는 괜찮아요. 저보다도 어린것이 측은해요."

가요는 잠시 오싱의 눈치를 살피다가 조심스럽게 말을 이었다.

"우리 어머니도 이것저것 걱정이 되셔서 말야. 어머니가 유를 맡아 주시겠다고 하시는데."

그 말에 오싱이 놀란 듯 가요를 쳐다보았다.

"우리 어머니도 적적해 하시거든. 손자도 못 보셨으니까. 어머니께 맡기면 오싱은 아무 걱정 없이 식당 일에 전념할 수도 있잖아. 서로 좋은 일 아니겠어."

"마님의 호의는 고맙지만 단 하루인들 제 자식을 떼어 놓을 수가 있을까요."

"그야 물론이겠지만 이대로 나가다간 애나 엄마나 둘 다 쓰러지고 말아."

"저도 알고 있어요. 하지만 그걸 두려워하다가는 아이와 함께 지낼 수가 없어요. 제가 사가에서 유를 데리고 나온 것은 그 애와 함께 살고 싶어서였어요. 이제 와서 유와 따로 헤어져 살게 된다면 아예 사가에서 데리고 나오지도 않았을 거예요. 어떤 고생을 하게 되더라도 유는 제 힘으로 키우겠어요."

오싱의 굳은 결심 앞에 가요는 더 이상 할 말이 없었다.

"오늘 사가로 보낼 편지를 썼어요."

"오싱, 설마?"

"아무리 편지를 보내도 답장은 오지 않았어요. 거의 단념하고는 있었지만…… 유의 잠자는 얼굴을 들여다보고 있노라니 아무래도 애 아버지가 곁에 있어 주었으면 싶어서요."

그럴 때만큼은 오싱에게서 어떠한 억척스런 모습도 찾을 수 없었다.

"이번에도 답장을 주지 않으면 그땐 정말로 단념하겠어요. 그이가 만일 와 준다면, 지금 형편으로 봐선 그럭저럭 세 식구가 먹고살 수 있을 거예요."

가요가 돌아가고 난 뒤 오싱은 열이 펄펄 끓는 유의 곁에서 안타까운 마음을 글로 적었다. 편지 한 통 보내 주지 않는 남편이 이때처럼 원망스러운 적도 없었지만 그래도 한가닥 희망을 버리지 못하고 사가에 있는 류조에게 편지를 띄웠다.

그로부터 며칠 후 사가에 도착된 오싱의 편지는 공교롭게도 또 기요의 손에 먼저 들어가게 되었다.

기요는 서슴지 않고 봉투를 뜯더니 단숨에 읽어 내려갔다. 그런 시어머니의 태도에 쓰네코는 몹시 언짢았으나 내색은 하지 못하고 말없이 부엌일을 했다.

"오싱이 사카다에서 밥집을 차렸다는구나. 그럭저럭 손님이 찾아오고 있어서 세 식구 밥벌이는 할 수 있게 됐다는 거야. 그러니 류조에게 그리로 오라는 얘기지. 류조에게 밥집 주인 노릇을 하라는 거야. 사람을 바보 취급해도 유분수지, 원!"

기요는 편지를 박박 찢어 없앴다. 그래도 성이 차지 않았는지 얼굴에 열이 올라 씩씩거렸다.

"우리 집안을 대체 어떻게 알고 지껄이는 소리야? 옛날부터 성씨(姓氏)를 사용하고 대검(帶劍)을 허락 받았던 집안이라구. 아무리 쇠퇴했기로서니 밥집이나 해 먹고살게 됐어?"

"그렇지만 어머님, 동서는 훌륭하지 않아요. 어린것까지 데리고 혼자 힘으로 당당히 살아가고 있으니 말이에요."

"사방팔방 떠돌아다니면서 무슨 짓을 했는지 알 게 뭐냐. 밥집 그따위는 별것도 아니고 보나마나 객들을 상대로 망측한 수작이나 하고 있을 거다."

시어머니의 터무니없는 억지에 질려 쓰네코는 더 이상 대꾸도 하지 않았다. 기요의 괄괄한 성미를 한두 번 겪어 온 것이 아니었다.

"애야, 오늘 저녁에는 중매쟁이가 류조의 혼인 날짜를 의논하러 찾아오기로 되어 있다. 저녁 대접을 해야 되니까 잘 좀 차려라."

"혼인 날짜는 언제쯤이 될까요?"

"추수가 끝나야 틈이 나겠지. 그때쯤 될 거다."

"서방님은 동의했나요?"

"오싱 같은 여자를 기다려 봤자 별수 없잖느냐. 억지로라도 짝을 맺어 주면 오싱 따위는 곧 잊어버리게 돼. 남자란 다 그런 법이다."

기요에게는 눈곱만큼의 인정도 남아 있지 않은 듯했다.

그 후로 류조는 여전히 오싱에게서 편지가 온 것도 까맣게 모른 채 지낼 수밖에 없었다.

그런 사정을 모르는 오싱으로서는 사가에 편지를 부쳐 놓고 눈이 빠지게 기다렸으나 끝내 류조에게서 회답이 오지 않았다. 주방에서 가요와 함께 풋콩을 까면서도 오싱의 머릿속은 무겁게 가라앉는 것 같았다.

"결국 답장이 안 오고 말았지?"

가요는 오싱의 마음속을 꿰뚫어 보고 있는 듯했다.

"유한테는 안됐지만 아무래도 잊어버리는 게 좋을 것 같아."

콩깍지를 아무렇게나 던져 놓고 오싱은 초점없는 시선을 그 위에 던졌다.

"잊고 나면 새 출발을 해 볼 수도 있으니까……"

가요의 말이 오싱의 가슴을 휑하니 스쳐 지나갔다. 방 안에서 얌전히 놀고 있는 유를 쓸쓸한 눈길로 바라보던 오싱은 가요의 다음 말에 퍼뜩 정신이 들었다.

"오싱, 사카다에 고우타상이 온다는 소식 알고 있어?"

"네?"

"농업협동조합이라는 게 생겨서 그 운동을 하느라고 뛰어다닌다나 봐. 우리 집에 지주가 와서 그런 얘기를 하던데."

"정말 고우타상이란 말이죠?"

"이름은 확실히 알 수 없지만 그런 일을 하고 있다면 고우타상이 틀림없겠지 뭐."

"설마……"

"하긴 그래. 설사 고우타상이라 할지라도 이제 우리와는 상관없는 사람이야."

"그렇군요. 다른 세계의 사람이 되어 버렸으니까요."

문득 두 사람은 서글픈 표정을 지었다. 동병상련이라고나 할까. 가요와 오싱은 서로 같은 첫사랑의 아픈 기억을 가지고 있는 것이다. 참으로 묘한 인연으로 고우타란 인물은 이들에게 뜨겁게 다가왔다가는 바람처럼 사라졌다. 언제 다시 불쑥 나타날지도 모르는 일이었다.

고우타가 사카다에 온다. 그 사실은 오싱의 가슴에 불쑥 뜨거운 것을 되살리기에 충분했다. 지치고 힘든 하루하루, 삶의 희망과 즐거움이 가물가물 꺼져 가려 할 때 이 뜻밖의 소식은 오싱의 가슴을 죄게 했다.

그러나 지금 고우타는 이미 먼 곳에 있는 사람이었다.

재회

식당 개업 후 4개월 가량이 지났다.

가요는 남편에게 가가야의 실권을 넘겨준 허전함을 오싱의 식당을 거들어 주는 것으로 달랬다. 그런 가요의 도움은 일손뿐만 아니라 정신적으로도 오싱에게 커다란 위안이 되었다.

그럭저럭 추수도 끝나고 1925년의 가을도 깊어 갔다.

한차례의 조반 손님들이 돌아간 뒤 오싱이 설거지를 하려 할 때 가요가 식당에 들어섰다. 오싱을 도와 설거지를 돕던 가요는 갑자기 일손을 멈추더니 불쑥 말했다.

"이런 얘기 해 봤자 부질없는 일이겠지만…… 고우타상 말이야, 역시 사카다에 온 게 확실해."

"고우타상이요?"

"어젯밤에 우리 그이가 만났다잖아."

오싱의 얼굴은 갑자기 불안해졌다.

"가요 아가씨……"

그러자 가요가 피식 웃으며,

"우리 그이는 고우타상과 나와의 관계를 전혀 알지 못해."

하고 태연한 듯 말했다

"사람 놀라게 하지 마세요. 저는 또 가요 아가씨 때문에 고우타상이 서방님을 만났다는 얘기인 줄로 알았잖아요."

"그런 로맨틱한 얘기는 전혀 아니야."

"그럼 무엇 때문이었나요?"

"소작인들이 단결해서 지주들에게 소작료를 덜 내게 해 달라고 요구를 하는데 그것을 이끄는 사람이 고우타상이라는군."

"그래요? 그러면 마사오 서방님은 지주 대표, 고우타상은 소작인 대표? 그러고 보면 인연이란 참 묘한 것이네요."

"오늘도 또 만난다고 그랬어. 고우타상은 제법 강경하게 나오나 봐."

"고우타상은 서방님이 아가씨의 남편이라는 걸 알고 있을까요?"

"그야 알고 있겠지. 그이가 가가야의 주인 자격으로 고우타상에게 면담을 신청했으니까."

"그럼 가요 아가씨에 대해서도 알고 있겠네요?"

오싱은 궁금하기도 하고 한편으로는 걱정이 되기도 하다는 표정이었다.

"고우타상을 만나고 온 그이가 나한데 아무 소리도 하지 않는 걸 보면, 저쪽에서는 과거사 따위는 관심이 없는 모양이야. 그렇잖으면 벌써 잊어버렸든가. 하기야 이제 와서 새삼 우리가 만나 봤자 별 볼 일 없는 것 아니겠어. 고우타상도 같은 심정이겠지."

"그래요. 벌써 몇 년이나 지나 버렸는걸요. 아가씨도 나도 옛날과는 많이 달라지고 말았어요. 그러니 고우타상도 우리가 기억하는 모습이 아닐 수도 있어요."

"그럴 테지. 우리가 결혼을 한 것과 마찬가지로 고우타상도 한 가정의 가장이 되었을 거야."

너무도 당연한 가요의 말이었지만 오싱에겐 왠지 쓸쓸하게만 들렸다. 이미 퇴색해 버린 낡은 추억들이 이렇듯 두 사람의 가슴속에는 여전히 애잔하게 흐르고 있는 것이다.

"이런 얘기 꺼내지 말걸 그랬지? 괜히 말했나 봐."

"아니에요. 이젠 고우타상의 얘기를 들어도 아무렇지도 않아요. 제겐 이미 먼 과거의 사람이니까요. 이미 다른 세계에 사는 사람이에요."

"난 혹시 고우타상이나 오싱이나 서로 한번쯤 만나고 싶어 하지 않나 해서 그랬는데. 고우타상의 하숙집도 알고 있기에……."

 오싱의 마음을 슬쩍 떠 보려는 듯이 말했으나 그 말은 가요의 진심이기도 했다.

 "그만하세요. 고우타상을 만날 생각 없어요. 제가 사카다에 살고 있다는 것을 고우타상에게 알려 주고 싶지 않아요."

 "그렇게 하는 것이 좋을지도 모르겠어. 오싱이나 나나 이젠 만나서는 안될 사람이야. 만나 봤자 아무 의미도 없는 사람인걸."

 가요는 자기 자신을 납득시키듯이 지껄였다. 묵묵히 점심 식사 준비를 시작하기는 했지만 오싱의 마음도 편치만은 않았다. 고우타는 오싱에게 있어서 청춘, 그 모든 것이었다. 그것은 가요에게도 마찬가지였다.

 그러나 이제 다시는 돌아올 수 없는 청춘인 것이다. 두 사람에게는 가슴 쓰라린 추억일 뿐이었다. 손을 뻗으면 닿을 곳에 고우타를 두고도 만나기를 체념해야 하는 자신들이 한없이 서글픈 오싱과 가요였다.

 고우타에 대한 궁금증을 하루 종일 머릿속에 지니고 있던 가요는 드디어 참지 못하고 물어보리라 생각했다. 그날 밤 이미 이불 속에 들어가 있는 마사오를 의식하며 가요는 소리 나지 않게 잠옷으로 갈아입고 자기의 이불 속으로 들어가려고 했다. 그런데 자는 줄로만 알았던 마사오의 목소리가 어둠 속에서 들려왔다.

"오늘 밤은 추울 거야. 이불을 한겹 더 덮고 자도록 해."
"미안해요. 잠을 깨게 했군요. 이불을 더 꺼낼까요?"
"난 괜찮아. 당신이 추울 것 같아서."

이불 속으로 들어간 가요는 마사오에게 등을 돌리고 누웠다. 가요의 이불자락을 덮어 주려 뻗었던 마사오의 손이 멋쩍게 주춤거리며 제자리로 돌아왔다. 가요를 지켜보다가 마사오는 이윽고 체념한 듯 이불을 뒤집어썼다.

가요는 자리에 누웠지만 고우타 생각이 머릿속에서 빙빙 돌았다. 한참을 망설인 끝에 가요는 지나가는 말처럼 불쑥 던졌다.

"오늘도 농민조합의 관계자를 만났나요?"
"음."
"내 이야기를 묻지 않던가요?"

마사오는 가요가 왜 그런 질문을 하는지는 관심이 없는 듯 대수롭지 않게 늘어놓았다.

"아닌 게 아니라 농민운동으로 잔뼈가 굵은 사람답게 아직 젊은데도 속은 다부져 보였어. 대학을 나왔다는 말도 있던데 과연 말하는 솜씨도 만만치 않았고…… 그런 운동 따위에나 종사하기에는 아까운 사람 같더군."

고우타의 소식을 들으며 괜스레 울렁거리는 가슴을 억지로 누르며 가요는 묵묵히 있었다.

"사업가로서도 대성할 만한 사람인데 그런 짓이나 하고

있으니 언젠가는 감옥살이나 하는 것이 고작이지. 사람이 아까워."

가요는 가슴을 짓누르는 안타까움으로 밤을 하얗게 새고 말았다. 그러나 그런 사정을 전혀 알 리 없는 마사오는 여느 날과 조금도 다름없이 깊은 잠에 빠져들었다.

같은 밤, 오싱도 역시 밤을 밝힌 채 잠들지 못했다. 잠들어 있는 유를 물끄러미 내려다보다가 오싱은 문득 중얼거렸다.

"유짱, 아빠는 뭘 하고 있을까. 벌써 유도 잊고 말았나보다."

어느새 오싱의 얼굴에 쓸쓸함이 가득 번져 갔다. 역시, 이미 류조와는 남이 되어 버린 것일까. 오싱은 한없이 깊은 우울 속으로 빠져드는 느낌이 들었다. 그리고 아무래도 불안하기만 한 사카다의 생활 속에서 갑자기 듣게 된 고우타 소식이 무척이나 가슴 아팠다. 오싱은 자기가 선택한 인생이 어디선가 돌이킬 수 없는 오류를 범한 것만 같은 느낌이 들기까지 했다.

한편 사가의 다노쿠라 집안에서는 서서히 작은 움직임이 일어났다. 오싱이 편지를 보내올 때마다 번번이 없앴던 기요는 이번에는 본격적으로 류조와 오싱의 사이를 갈라놓기 위한 계획을 세우고 있었다. 이미 정해진 대로 그날 낮에 류조의 결혼 상대인 게이코와 그의 어머니인 기쿠가 찾아왔다.

오고로가 그들을 안으로 맞아들이자 기쿠는 대뜸 하고 싶은 말부터 꺼냈다.

"저희는 올 가을에 식을 올릴 작정을 하고 있었습니다만, 내년 봄에 하자고 말씀을 하시니 제 딸에게 무슨 못마땅한 점이라도 있어서 그러시는 건가요?"

"아, 아닙니다. 이제 곧 류조가 들어올 테니까요. 아무튼 조금만 기다려 주십시오."

하고 오고로는 도망치듯 자리를 떠나 안방으로 건너왔다. 그곳에는 잔뜩 짜증난 얼굴로 기요가 류조에게 다그치고 있는 중이었다.

"게이코상의 어디가 마음에 안 든다는 것이냐. 말도 안되는 소리 하지 말고 어서 식을 올리자. 네가 연기하자고 했다면서? 내년 봄으로 미루다니, 당치도 않은 소리다."

"어서 건너가서 접대를 해라. 난 사양하겠어."

오고로도 한마디 거들자 기요는 더욱 기가 난 듯했다.

"글쎄, 이 녀석 말하는 것 좀 들어 보세요. 만나고 싶지 않다는 거예요. 이제 와서……"

"어머니, 저는 식을 연기하자고 한 적 없어요. 처음부터 딱 부러지게 거절해 달라고 그랬죠."

"네 멋대로 되는 일이냐! 오싱이 집을 나간 지도 벌써 일 년이 지났어. 사내가 한창 나이에 무작정 혼자 지낼 수는 없잖니. 하루라도 빨리 안정을 찾아서 남들처럼 어엿하게 가정을 꾸미고 자식도 낳아야 할 것 아니냐."

"그동안 여러 번 말씀드렸잖아요. 전 다시 장가갈 생각 없다는데 어머니가 일방적으로 혼담을 받아들이신 거예요."

"어미가 자식 걱정을 안 하면 누가 해 주겠니. 제 자신은 여자를 맞아들일 주변머리도 없는 주제에."

"전 혼자 살아도 좋아요!"

어느새 류조의 음성이 불끈 높아졌다.

"아직도 넌 오싱에게 미련을 두고 있어. 너를 팽개치고 멋대로 집을 나간 계집을 말이야. 집을 나가서 편지 한 장 보내지 않는 계집을 아직도 기다린단 말이냐!"

어머니의 노기등등한 태도에 류조는 자신을 억제했다.

평소에 알게 모르게 오싱을 자상히 아껴 주던 시아버지 오고로였지만 이 경우에는 난처했다.

"류조, 내 생각도 그렇다. 오싱과 편지 왕래라도 있다면 재혼 같은 것은 권하지 않겠다. 그러나 일 년이 넘도록 소식 한 자 없구나. 오싱은 오싱대로 제 살길을 찾아가고 있는 모양이다. 그렇게 생각할 수밖에 없잖느냐. 그러니 너도 장래를 생각해서……"

차마 뒷말을 잇지 못하는 아버지의 심정을 류조는 충분히 이해할 것 같았다. 그러나 묵묵히 침묵으로 자신의 생각을 대신했다.

"게이코상은 사가에서 태어나고 자란 규수다. 아내의 도리가 어떤 것인지도 잘 알고 있어. 시골 생활에 꼭 딱 맞는 며느리감이야."

류조는 여전히 함구무언이었다.

기요가 방으로 들어가자 오고로는 목소리를 낮추었다.

"오싱이 가 있을 만한 곳은 모두 수소문해 봤다면서? 야마가다의 친정에도 가 있지 않고 도쿄의 미용원 선생 댁에도 없단 말이지?"

"네…… 아무 곳에서도 회답이 없었어요."

"이상하구나. 답장이라도 보내 주면 어디가 어때서?"

"오싱의 주변 사람들이 오싱과 저는 이제 완전히 인연이 끊어진 사이라고 생각하는 모양이에요. 오싱이 우리 집에 와서 고생한 것을 잘 알고 있으니까 그 사람들도 그렇게 생각할 수밖에요. 그러니 오싱이 있는 곳을 알려 주지 않는 것이지요. 모두들 오싱을 편들고 있어요. 다노쿠라와 인연을 끊는 것이 오싱의 장래를 위해서 좋다고 생각하는 거예요. 그러니 어쩔 수 없잖습니까. 오싱에게 고생을 시킨 건 바로 저니까요."

자조 섞인 류조의 말을 듣는 아버지의 마음도 무척 괴로웠다.

사가에서 이런 음모가 서서히 진행되는 것도 모르고 오싱은 무작정 류조의 소식만을 애타게 기다리고 있었다. 그런

중에도 식당은 날로 붐비고 이젠 어엿한 여주인으로서 오싱은 손님 응대에도 능숙해졌다. 처음 개업 때보다 폐점 시간은 갈수록 늦춰졌고 그에 따라 식당은 밤늦게까지 술 손님들로 북적댔다.

"고맙습니다. 다음에 또 오세요."

하고 인사를 할 때 또 다른 손님이 엇갈려 들어왔다. 가요는 무턱대고 인사부터 했다.

"어서 오세요."

무심코 그 손님에게 시선을 돌리던 순간, 가요는 소스라치게 놀랐다. 자신의 눈앞에 우뚝 서 있는 사람은 고우타였다. 그 자리에 뻣뻣이 선 채 가요는 한동안 말도 못하고 그를 쳐다보았다. 고우타도 믿어지지 않는다는 듯 가요를 바라보다가 이윽고,

"이거 놀랐는걸."

하고 푸석한 미소를 지었다.

"가요상이 사카다에 살고 있다는 것은 알았지만 설마 이런 곳에 있을 줄이야. 사실은 가가야라는 밥집이 있다는 얘기를 듣고 쌀 도매상인 가가야와 어떤 관계가 있지 않을까 생각은 했소. 역시 가요상이 하고 있었군요."

그제야 가요는 겨우 놀란 가슴을 추스르며 편안히 그의 말을 받을 수 있었다.

"그럼 고우타상은 자세한 사정을 모르고 찾아오셨나요?"

"그래요. 가요상을 이렇게 만나게 될 줄은 꿈에도 몰랐소. 그저 음식 잘하고 값도 싼 식당이라고 얘기해 주기에 잘됐구나 싶어서 달려온 셈이오. 난 여전히 가난뱅이 신세거든요."

하고 고우타는 빈 의자에 걸터앉았다.

주방에 있던 오싱은 이미 알아차리고 말도 못한 채 고우타를 바라보았다. 그러나 자신을 바라보는 시선을 느끼지 못한 고우타는 가요에게만 반가운 마음을 쏟았다.

"정말 뜻하지 않은 해후로군요. 그야 가가야를 찾아가면 가요상의 소식을 알 수 있으리라 생각했지만 말이오. 이곳에 온 직후 가가야의 젊은 주인을 만났소. 가요상도 좋은 남편을 만나서 평화스런 결혼 생활을 하고 있구나 싶기에 구태여 내가 사카다에 온 것을 알릴 필요는 없다고 생각했소."

"그러시면 오싱이 여기 있다는 것도 정말 모르시구요?"

이렇게 말하면서 가요는 얼른 주방 쪽을 돌아보았다. 고우타의 시선도 급히 그 눈길을 뒤쫓았다. 그러나 오싱의 모습은 온데간데없고 텅 빈 주방 안이 들여다보였다.

"오싱, 어딨어?"

"가요상, 오싱상이 여기 있다고 했소?"

그렇다고 고개를 끄덕이며 가요는 주방으로 달려갔다. 그러나 아무리 둘러봐도 오싱의 모습은 보이지 않았다. 문득 가요는 뒤꼍으로 나 있는 뒷문으로 빠져나갔다. 짐작대로 그곳에는 유를 힘껏 끌어안은 채 오싱이 서 있었다.

"이봐, 오싱?"

여전히 오싱은 시선을 땅바닥에 꽂은 채 꼼짝하지 않았다. 가요를 뒤따라 나온 고우타는 그런 오싱을 발견하고 자신도 모르는 사이 반가운 표시를 냈다.

"오싱?"

문득 고개를 들어 그를 바라보는 오싱의 얼굴에 잔잔한 미소가 번져 간다.

"오랜만이에요. 그동안 안녕하셨어요?"

"오싱의 아기요?"

"네."

"벌써 이렇게 컸군요."

"세 살 됐어요."

"씩씩하게 생겼군. 튼튼해 보이오."

이때 홀 쪽에서 손님이 외치는 소리가 들렸다.

"거기 아무도 없소? 술이 떨어졌는데."

오싱은 흠칫 놀라,

"미안해요. 손님이 부르고 있어서."

하고 그 자리를 빠져나가려 했다. 그런 오싱의 옷소매를 가요가 급히 붙잡았다.

"아냐. 내가 가 볼게. 오싱은 여기서 고우타상과 천천히 얘기 좀 나누고 있어."

그러나 오싱은 가요의 손길을 뿌리치듯이 빼내며,

"주방 일은 아가씨에겐 힘들어요."

하고 유를 데리고 안으로 들어갔다.

주방으로 돌아오자 오싱은 가볍게 한숨을 내쉬었다. 그러나 이내 잡다한 생각들을 떨쳐 버리려는 듯 오싱은 능숙한 솜씨로 반찬을 그릇에 담았다.

"정식 시키신 손님, 오래 기다리셨습니다."

생글생글 웃으며 주방 홀을 왔다갔다하는 오싱의 모습을 가까운 발치에서 고우타와 가요가 뚫어져라 지켜보았다. 그런 두 사람의 시선을 느꼈지만 오싱은 짐짓 그들을 무시하고 바쁘게 일손을 움직였다. 그러나 날카롭게 곤두선 신경이 고우타가 서 있는 쪽으로 기울어 가는 것은 오싱 자신도 어쩔 수가 없었다.

전혀 뜻하지 않은 고우타와의 재회였다. 그러나 현재의 오싱으로서는 만나고 싶지 않은 상대다. 남편과 헤어져 아이 하나를 데리고 살고 있는 초라한 자신을 보여 주고 싶지 않았던 것이다.

방금 고우타와 대화를 하면서 얼굴에는 태연하게 미소까지 지었지만 오싱은 울고 싶은 심정이었다. 그런 자신이 서글퍼 고우타를 외면한 채 오싱은 일에만 열중했다. 자신을 묵묵히 지켜보고 있는 고우타의 시선 또한 오싱에게는 가슴이 미어지도록 서글프기만 했다.

그날 밤, 고우타는 식당 일이 끝날 때까지 오싱을 기다렸다. 류조라는 반려자를 만나 행복하게 살고 있으려니 믿고 있던 터였다. 그런 오싱이 지금 사카다의 거리에서 거친 남자들을 상대로 장사를 하고 있다는 눈앞의 사실을 고우타는 믿을 수가 없었다.

밤이 꽤 깊어서야 마지막 남았던 손님들이 자리에서 일어났다.

가요는 손님을 내보내고 식당 앞에 세워 두었던 간판을 들여놓았다. 그러고는 구석진 테이블에 혼자 앉아 술을 마시는 고우타의 앞에 마주 앉았다.

"이제야 조용해졌군. 오싱, 우리도 술 좀 마시지 않겠어? 몇 년만에 고우타상을 만났으니 축하주를 들어야지."

가요가 왠지 들뜬 목소리로 주방에 대고 소리치자 오싱은 가요의 성화에 못 이겨 쭈뼛쭈뼛 나왔으나,

"미안해요. 또 설거지를 해야 하잖아요."

하고 오싱은 빈 그릇들을 주섬주섬 거둬들였다.

"그냥 놔둬. 내가 나중에 치울게."

가요의 말을 귓전으로 스치며 오싱은 말없이 그릇들을 거둬 주방으로 들어갔다.

"괜찮아요. 바빠서 그러는 줄 아니까."

고우타는 미안해 했으나 오히려 가요는 한술 더 떴다.

"술이 없어. 오싱, 술 좀 데워 줘."

"역시 안되겠군. 내가 방해가 되니까 오늘 밤은 그만 돌아

가겠소."

"아니 왜요?"

"가요상도 거들어 줘야 할 텐데 말이오. 오싱상 혼자서는 일이 너무 벅차니까."

"그럼 조금만 더 기다려 줘요. 얼른 치우고 올게요. 오늘은 밤새 마시자구요."

경쾌하게 지껄이는 가요의 음성은 한껏 들떠 있었다. 그녀는 부지런히 식당 안을 치우기 시작했다. 멋쩍은 표정으로 서 있던 고우타는 문득 생각이 났다는 듯이 중얼거렸다.

"밥집이라고 알고 왔는데 술도 파는군……"

"식사만 가지고는 이익이 너무 안 남아요. 술을 곁들이니까 조금 벌이가 나아졌어요. 오싱은 고지식하기만 해서 이 가게를 시작할 때 우리 집에서 융통해 준 자금을 매달 갚아 오고 있기 때문에 남는 돈은 없어요. 나중에 갚아도 된다고 하는데도 한사코……"

주방에서의 일을 대강 끝마친 오싱이 나오며,

"모자 두 식구가 굶지 않고 지내는 것만으로도 감사하다고 생각하는걸요."

하고 가요의 말을 받았다.

"도쿄에 있던 가게는 어찌 됐소? 대지진 이후 걱정이 되어 한번 찾아가 봤었는데 전에 없던 다른 가게들이 들어서 있더군요. 다노쿠라상네 소식을 물어봤지만 아무도 아는 사람이 없었소."

다시 아픈 상처를 들춰내는 고우타의 말에 오싱은 씁쓸한 얼굴이 되었다.

"그때 사가로 철수하고 말았죠."

"도쿄에는 다시 나오지 못하고?"

"땅도 남의 땅인데다 공장을 세우느라고 빚도 있었고 해서 도쿄에서 새로 일어설 형편이 못되었거든요."

"오싱상도 역시 지진 때문에 손해가 막심했군요."

"운이 없었던 셈이죠."

가요도 그때의 일을 기억하며 딱한 표정을 지었다.

"정말 딱했어요. 빈털터리가 되어 임신한 몸으로 류조상과 목숨만 살아서 도망가다시피 했다는 거예요. 류조상의 본가로요."

못 들은 척하고 오싱은 술병과 안주를 고우타 앞에 놓았다.

"입에 맞을 만한 안주가 우리 집엔 없어요. 참고 드세요."

"나한테는 신경 쓰지 않아도 돼요. 이런저런 얘기나 좀 듣고 싶어서 기다리고 있는 중이오. 설마 오싱이 사카다에서 이런 식당을 하고 있을 줄이야. 대지진 이후 소식을 듣진 못했지만 그래도 어디선가 반드시 행복하게 살 것으로 믿었소."

괴로운 표정을 감추며 오싱은 도망치듯 주방으로 들어갔다.

"사가에서 시어머니한테 심한 구박을 받다가 집을 뛰쳐나온 거라구요."

고우타는 가요의 설명에 안타까운 표정을 지었다. 그러자 오싱이 홀 안을 내다보며 말했다.

"구박을 받은 게 아니고 내가 끝까지 참아 내질 못했어요."

"마찬가지 아냐? 오싱이 참아 내지 못할 정도라면 그 구박이 오죽했겠어."

"다른 며느리는 잘 참고 있는걸요. 다노쿠라의 동서도 그것이 며느리의 의무라면서 체념하고 있는데…… 나는 또 다른 어떤 생활 방법이 있을 것만 같아서 나와 버린 거예요."

자꾸 비참하게만 느껴지는 자신의 처지를 오싱은 극구 떨쳐 버리려고 애썼다. 그것은 다시 자신의 앞에 홀연히 나타난 고우타에 대한 마지막 자존심이기도 했다.

"결국 이런 장사나 하게 되었지만요. 그것도 가가야 댁과 가요 아가씨의 신세를 지면서요. 하지만 사가에서보다 훨씬 잘 살고 있어요. 고생은 되지만 일을 하면 한 만큼 돌아오는 것이 있으니까."

"그렇지만……"

"아이가 딸린 몸으로 남의 집에 들어가서 일하기도 여의치 않아요. 여기서는 아이를 옆에 데리고 있을 수가 있거든요. 더구나 가요 아가씨가 늘 와서 거들어 주니까 마음도 든든하구요."

"그럼 다노쿠라상은?"

고우타의 입에서 불쑥 튀어나온 그 이름을 듣는 순간 오싱은 전신이 굳어지는 듯했다. 한동안 기억 속에서 어지럽게 흩어져 있던 다노쿠라라는 이름이 오싱의 가슴을 아프게 저며 왔기 때문이었다. 가요가 냉큼 그 말을 받았다.

"사가에 그냥 남아 있어요. 어머니가 놓아 주지 않아서인지는 모르지만."

"그 사람한테는 그 사람 나름의 생각이 있나 봐요. 아리아케 해의 간척 사업에 투신하고 있거든요. 언젠가는 반드시 다시 모여 살 수 있도록 노력하자면서요. 간척 사업이 성공해서 자기 땅이 생기게 되면 그때부터는 본가에 얹혀 살지 않아도 되지 않겠느냐고요. 그렇게만 되면 저도 사가로 되돌아갈 수 있으니까 그때까지만이라도 고생을 견디자는 생각으로……"

오싱은 한사코 류조에 대한 자신의 믿음이 흐트러지지 않았음을 애써 나타냈다. 그러자 가요가 불쑥 쏘아붙였다.

"오싱, 고우타상에게 듣기 좋은 말만 한들 소용없어. 사가를 떠나올 때 어떤 약속을 하고 나왔는지는 모르지만요, 떠나온 뒤로는 편지 한 장 보내지 않는 남자예요."

"아가씨, 제발!"

내친김에 가요는 오싱의 애절한 만류를 무시하고 사실대로 모두 털어놓았다.

"남자들은 다 그렇게 냉정한가 봐요. 다노쿠라의 본가에 얹혀 사는 동안 오싱에게는 주위 사람들이 모두 남이었어요. 의지할 사람은 오직 남편밖에 없잖아요. 그런데 그 남편이라는 사람조차 시어머니한테 그토록 설움을 겪는 오싱을 감싸 주기는커녕 어머니 편이 되어…… 그래서야 어디 오싱이 설 자리가 있겠어요."

고우타는 유난히 흥분하는 가요에게 차분히 말했다.

"다노쿠라상에게도 그 나름의 사정이 있겠지요."

"그런 게 아니에요. 류조상에게는 그 집이 자기 집이에요. 거기서는 먹고살 걱정도 없고 또 어머니도 계시니까 마음 편하게 지낼 수 있지요. 어머니가 달가워하지 않던 오싱이 나가 주었으니까 이번에는 어머니 마음에 드는 여자라도 얻어 들일 속셈이겠지."

가요의 말 한마디 한마디는 오싱의 가슴에 파편처럼 날아와 박혔다. 아니라고, 그럴 리가 없다고 몇 차례나 고개 저었던 그 말들이 거침없이 가요의 입에서 쏟아져 나오자 오싱은 견딜 수 없이 괴로웠다.

보다 못한 고우타가 그녀를 진정시키려 했으나 가요는 막무가내였다.

"나도 사실 이런 소리까지 하고 싶진 않아요. 그렇지만 오싱이 너무 착하기만 하고 아무것도 모르기 때문에 옆에서 보기도 딱해서 말이에요."

오싱은 말없이 주방 안을 치우기만 했다.

"오싱상이라면 누구에게 시집을 가거나 또 어떤 집안에 가더라도 귀염받을 거라고 믿고 있었소. 그런데……"

"오싱도 나도 남편 복을 타고나지 못한 죄예요."

"무슨 소릴 하는 거요. 가요상의 바깥양반은 아주 훌륭해 보이던데. 굉장한 노력형에다 새 시대에 어울리는 실업가더군요. 그런 분이라면 가가야의 장래는 걱정 없어요."

그 말에 가요는 머쓱한 표정을 지을 뿐이었다.

"가요상도 이제는 얌전한 주부로 들어앉는 것이 어떻겠소? 이런 데서 방황하지 말고."

"집에 있어도 할 일이 없는걸요. 그리고 이 식당은 오싱 혼자서는 너무 벅차니까요."

그때 오싱이 가요와 고우타 곁으로 다가왔다.

"모처럼 오셨는데 같이 얘기할 시간도 없군요. 오늘 설거지는 오늘 해치워야 하기 때문에요."

"알고 있소. 앞으로 얼마든지 기회는 있을 거요."

고우타는 다정하게 웃어 보였다.

"그럼 앞으로도 사카다에 계속 계실 건가요?"

"여기저기 뛰어다녀야 하지만 이 사카다가 근거지니까."

이렇게 말하며 고우타는 이제 시간이 늦었으니 그만 가 보겠다고 했다. 그러자 가요는 아쉬운 듯이 고우타를 붙잡으려 했다.

"오늘은 밤새 마시기로 약속했잖아요."

"여기는 아침 일찍 문을 열어야 하잖소. 오싱상에게 부담이 될 거요. 그건 그렇고 여긴 얼마?"

그 말에 오싱은 펄쩍 뛸 듯이,

"무슨 소리예요! 고우타상한테 돈을 받다니."

그러자 고우타는 활짝 웃으며 말했다.

"하숙집 밥보다 여기 음식이 훨씬 낫겠는데 밥값을 안 받으면 앞으로는 찾아올 수가 없잖소."

"네, 그럼 다음에 한꺼번에 주세요. 그렇지만 또 찾아오셔도 우리 집에는 제가 만드는 싸구려 반찬들뿐이라 고우타상의 입엔 맞지 않을 텐데 어떡하죠."

"오싱, 나도 호의호식할 처지는 못되오. 싸고 맛있는 음식이 제일 고맙소. 더구나 그것이 오싱이 손수 만드는 것이라면 말할 나위도 없죠…… 사카다에 와서 오싱이 손수 만든 음식을 먹게 될 줄은 몰랐소. 아직도 우리는 인연이 남아 있는 모양이외다."

멀거니 고우타를 바라보는 오싱의 눈에는 애잔함이 가득 깃들어 있었다. 그때 돌아갈 채비를 하고 가요가 경쾌한 발걸음으로 나왔다.

"오싱, 나 고우타상한테 집까지 바래다 달라고 해야겠어."

"네……"

"그럼 가죠, 고우타상."

가요는 고우타를 재촉하여 함께 식당을 나갔다.
"아가씨, 고마워요. 안녕히 가세요."
가벼운 눈인사를 던지고 고우타는 뒤돌아 갔다. 가요와 어깨를 나란히 하고 멀어져 가는 그의 뒷모습을 바라보는 오싱의 표정은 쓸쓸했다. 어둠 속으로 그 모습이 사라져 버릴 때까지 오싱은 그들을 지켜보았다. 그러다가 부질없는 생각을 떨쳐 버리기나 하듯 급히 문을 닫았다.

빛바랜 과거

 과거는 다시 돌이킬 수 없는 것일까. 남편과의 관계가 그럭저럭 원만하게 풀려나가던 차에 불쑥 나타난 고우타는 가요의 빛바랜 사진 같은 옛 기억들을 되살렸다. 그러나 첫사랑의 뜨거운 열정이나 원망조차 남아 있지 않은 빛깔 없는 투명한 반가움이었다.
 고우타와 함께 식당을 나온 가요는 그를 끌다시피 하여 길가 포장마차에 들렀다. 메밀국수를 파는 곳이었다.
 "언젠가 고우타상과 함께 이런 데서 메밀국수를 먹은 적이 있었죠. 도쿄에서 내가 다니던 카페에 연락을 주셔서…… 아파트에 들를 시간이 없으니 밖에서 만나자고 했었죠. 기억해요?"
 "아, 그날 밤은 굉장히 추웠었지."

"부리나케 달려왔더니, 남의 마음은 아랑곳하지 않고 다짜고짜 사카다로 돌아가라고 호통치셨죠."

"가요상한테는 폐만 끼쳤소."

"난 그렇게 생각해 본 적 없어요. 내가 좋아서 한 일인걸요. 그 무렵이 제일 행복했어요. 고우타상이 돌아오길 기다리던 그때가…… 하지만 지금은 기다릴 사람도 없어요."

"가요상에게는 참으로 미안한 일이었지만 아무튼 사카다로 내려가 주어서 고마웠소. 좀 더 계속되었더라면 필경 큰 실수를 저질렀을 거요."

"그렇긴 해요. 고우타상에게는 좋아하는 여자가 따로 있었는데 내가 일방적으로 좋아했으니 말이에요. 그때 깨닫지 못했더라면 아직도 나는 고우타상을 사모하고 있을지도 몰라요. 그러니 폐를 끼친 건 오히려 내 쪽이죠."

이렇게 말하는 가요의 얼굴에는 어린애처럼 밝은 웃음이 번졌다.

"아니오. 당시에는 떳떳하게 나설 형편도 못되었으니까, 가요상의 방에서 잠잘 수 있었던 것은 큰 위안이자 도움이 되었소."

"모두가 지난 일이에요. 다시는 돌아오지 않아요. 고우타상은 내게 있어 과거의 사람이에요. 하지만 오싱에게는 지금 고우타상이…… 이제 요행히 만났으니까요."

가요는 고우타의 눈을 똑바로 바라보며 불쑥 물었다.

"고우타상, 부인은?"

"내 형편에 무슨 마누라가 있겠소."

"그럼 아직도 혼자? 그러고 보면 역시 하나님이 있긴 하나 봐. 오싱이 가장 고통스러울 때 고우타상과 해후하도록 만들어 주셨으니까요."

"가요상, 무슨 뜻이오?"

"고우타상, 오싱은 불행한 여자예요. 일이 순탄하게 풀렸더라면 사실은 고우타상과 부부가 되었을지도 모르잖아요. 그걸 내가 중간에 끼어들어서…… 그 때문에 멀리 길을 돌아가게 되었지 뭐예요. 내 책임이라고 생각해요. 하지만 지금이라도 늦진 않았어요. 고우타상이 오싱에게 힘이 되어 줄 수 있다면 지금이라도……"

고우타는 아무런 대꾸도 하지 않았다.

"오싱은 류조상한테서 버림을 받았어요. 의지할 사람이 아무도 없어요. 얼마나 외롭겠어요. 이럴 때 고우타상이 다시 나타났으니 역시 두 사람은 인연이 닿는가 봐요. 운명이라는 끈질긴 끈으로 이어져 있어요. 그렇게밖엔 생각할 수가 없잖아요."

고우타는 역시 묵묵히 듣기만 했다.

"고우타상, 오싱을 부탁합니다. 제발 부탁합니다."

가요는 진지한 표정으로 깊이 머리를 숙였다. 그런 행동을 저지하며 고우타는 비로소 착잡한 목소리로 말했다.

"나는 아직 오싱을 행복하게 해 줄 만한 능력이 없소. 이렇게 떠돌아다니니 정상적인 가정을 꾸릴 형편도 못되고 내일 당장 어떻게 될지 예측할 수 없는 생활이란 말이오."

"여자의 행복이란 돈으로 살 수 없어요. 그건 바로 내가 뼈에 사무치게 경험한 사실이에요. 비록 하루하루 먹고살기가 힘들 지경이라도 의지가 될 사람이 있다면 그것으로 충분해요. 난 도쿄에서 살 때 카페의 여급 노릇을 하면서 고우타 상을 기다리고 있었어요. 나 자신이 나가서 일을 하지 않으면 먹고살 수 없는 어려운 생활이었지만 그래도 그것이 진짜 행복이었기 때문에 지금도 가끔 그리워지곤 해요. 고우타상, 여자란 바로 그런 거예요. 난 이제 두 번 다시 그런 남자를 만날 수 없게 됐지만……"

쓸쓸해 하는 가요의 표정을 비껴 보던 고우타의 심정도 이루 말할 수 없이 괴로웠다. 그것은 지난 일들에 대한 회한과 앞으로 자신 앞에 닥쳐올 불투명한 미래에 대한 불안감이기도 했다.

고우타가 홀연히 다녀가고 며칠이 지난 후, 오싱의 식당은 하루하루 변함없는 날들을 맞았다. 다른 날처럼 이른 새벽부터 장을 보고 돌아오는 오싱의 손수레에는 반찬거리와 함께 생글생글 웃고 있는 유의 모습이 보였다. 안으로 들어오자 오싱은 유에게 주먹밥을 쥐어 주고 아침 준비를 시작했다.

오싱이 주방에서 찬거리를 다듬고 있을 때 고우타가 불쑥 식당 입구에 섰다.

"고우타상, 웬일이세요, 이렇게 새벽같이?"

"조반을 준비할 때밖에는 오싱과 조용히 얘기할 시간이 없을 것 같아서 서둘러 왔소. 손님이 들이닥치면 오싱은 잠시 앉아 있을 겨를도 없잖소."

그러나 오싱의 태도는 찬바람이 느껴지도록 냉담했다.

"저한테 무슨 하실 말씀이라도 남아 있나요?"

"지난밤에 가요상이 하던 얘기, 그게 사실이오? 정말로 다노쿠라상과는 이젠 끝장이 난 건지…… 단념해 버린 거요, 오싱상은?"

고우타의 말 한마디 한마디가 오싱의 뼛속을 파고드는 것 같았다.

"오싱의 지금 심정을 알고 싶소. 정말 다노쿠라상과 헤어질 작정이라면 앞으로의 일을 진지하게 생각해 봐야 하잖소. 나로서도 오싱에게 지금처럼 거친 남자들을 상대하는 장사를 시키고 싶지 않아요."

오싱은 묵묵히 하던 일을 계속했다.

"그러나 비록 다노쿠라상한테서 아무 연락이 없다고 해도, 그래도 오싱상이 그 사람을 기다리고 있는 심정이라면 그건 또 그것대로 무슨 방법을 강구해야 될 일이고…… 어쨌든 내 힘 닿는 데까지 도와주리다."

"고우타상에게 도움을 청할 일은 아니에요."

오싱의 반응은 얼음처럼 냉담했다.

"오싱이 날더러 상관하지 말라고 한다면 난 물러나겠소. 하지만 난 오싱을 배신했던 사람이오. 그러면서도 오싱상이 행복하기를 바라는 마음은 변함이 없다오. 말해 봐요, 내가 오싱을 위해 무슨 일을 하면 좋을지……"

"동정 같은 것은 이제 신물이 나요. 저는 저대로 유를 데리고 어떻게든 살아 나갈 거예요."

"절대로 동정이 아니오. 난 이곳에서 오싱상을 만난 그때부터 내 속마음을 솔직히 돌아보았소. 그동안 나는 오싱상을 이미 잊었다고 생각했지. 그런데 실은 잊어버리자고 억지로 노력했을 뿐 아직도 잊지 못하고 있음을 깨달았소."

이 엄청난 말을 들으며 오싱은 소용돌이 속에 어지럽게 휘말려 들어가는 아찔함을 경험했다.

"만일 지금 내가 오싱을 도와줄 일이 있다면, 그건……"

순간 고우타는 잠시 말을 멈췄다. 오싱의 심장도 멎는 것 같았다.

"나는 유의 아버지가 되어 줄 생각도 해 본다오. 그것이 가능하다면 지금부터라도 오싱과 새 출발을 할 수도……"

차마 고우타도 그 뒷말까지 분명하게 털어놓을 수는 없었다.

"지금 당장 대답해 달라는 것은 아니오. 당분간 사카다에 머물게 될 테니 천천히 시간을 두고 생각해 봐요. 물론 그동안에 내가 다노쿠라상의 심경을 타진해 볼 테니까."

"안돼요, 그러시면⋯⋯"

"유는 정말 귀여운 아이요. 그 애를 위해서라면 무슨 일이든 해 주고 싶구려."

정이 듬뿍 담긴 눈으로 유를 보고 있는 고우타의 모습은 흡사 친아버지를 연상시킬 정도였다. 물끄러미 그를 바라보는 오싱의 머릿속은 실타래처럼 온갖 감정들이 복잡하게 뒤섞여 갔다.

실로 뜻밖의 말이었다. 옛날, 바로 이 사카다에서 자신의 일생을 고우타에게 의지하고 싶다고 간절히 빌었던 오싱이었다. 그날부터 몇 년의 세월이 흐른 지금 비로소 그날의 기원이 이루어지려고 한다. 그러나 열여섯 살 오싱의 모습은 이미 자취도 없이 사라졌다. 그것이 오싱을 한없이 서글프게 만들었다.

의외로 차가운 오싱의 반응에 부딪친 고우타는 묵묵히 돌아설 수밖에 없었다. 새벽에 그가 다녀가고 난 뒤, 한차례 몰려간 조반 손님들의 뒷정리를 하고 있을 때 가요가 부랴부랴 뛰어들어왔다.

"오싱! 그 얘기 들었어! 고우타상이 마침내 결심을 했다지? 잘됐지 뭐야."

"아니에요, 가요 아가씨."

"덕택에 나도 안심했어. 본래는 오싱과 고우타상이 부부가 되었어야 할 사이 아냐. 내가 끼어드는 바람에 빗나가고 말았던 것이지. 오싱이 류조상과 맺어진 것도 내 책임이거든. 난 오랫동안 괴로워했었어. 하지만 이제 가까스로 짐을 덜게 됐지 뭐야."

오싱은 대꾸도 없이 묵묵히 설거지를 계속했다.

"그런 말씀 마세요. 전 아직 다노쿠라의 여자예요. 당치도 않게 그런……"

오싱은 어이가 없다는 듯이 웃었다.

"오싱, 고우타상은 그냥 하는 소리가 아냐. 오싱에게 모두 털어놓았다고 정색을 하고 얘기하던걸."

"고우타상의 마음이 정말 고맙기는 해요. 하지만……"

"오싱? 설마 거절할 생각은 아니겠지? 응?"

가요의 성화에 못 이겨 오싱은 한참만에야 내키지 않지만 입을 떼었다.

"저는 이제 옛날의 오싱이 아니에요. 고우타상에게 걸맞는 여자도 아니고 그분에게 거치적거리는 여자가 되기도 싫어요."

"고우타상은 현재의 오싱을 이해하고 그런 조건에서 부부가 되어도 무방하다고 말하고 있는 거야. 고우타상으로 말하면 그동안 공개적으로 활동할 수 없는 운동에 종사해 온 몸이고 그래서 안정된 가정이라는 것을 꿈꿀 수도 없었잖아. 그러다가 이제야 겨우 따뜻한 가정을 갖고 싶어 하는 거야. 오싱이라면 뭐든 할 수 있어. 좋은 아내가 될 수 있단 말이야."

"저는 이 밥집을 해서 유와 둘이서 입에 풀칠만 할 수 있으면 그것으로 족해요."

"오싱은 아직도 류조상에게 미련을 두고 있는 거야? 그런 남자를 기다리고 있어?"

"그건 아니지만 저는 고우타상에게 짐이 되는 게 싫어요."

"오싱……"

"고우타상은 이제부터 큰일을 해 나가야 할 사람입니다. 처자식은 거추장스러운 존재가 될 뿐이에요."

어이없이 지켜보는 가요의 눈길을 아랑곳하지 않고 오싱은 금방이라도 밀어닥칠 점심 손님들을 맞이할 준비를 했다. 겉으로는 바윗돌처럼 단단해 보이는 태도였다. 그러나 그 속은 누구보다도 애잔한 마음을 지니고 있었다.

서로 전혀 다른 길을 걸어오며 아득히 멀어져 가던 오싱과 고우타였다. 오랜 세월이 흐른 뒤에 다시 만난 두 사람의 가슴속에는 이미 깊고 깊은 곳에 묻어 두었던 옛사랑이 조용히 싹트려 하고 있다. 그러나 오싱이 고우타의 애정을 올곧게 받아들이기에는 망설임이 앞섰다.

며칠이 지난 어느 날 저녁, 고우타는 동료인 듯한 서너 명의 남자들과 함께 오싱의 식당을 찾아왔다. 몹시 붐비는 가운데 한쪽 구석에서 머리를 맞대고 그들은 심각한 얘기를 나누는 듯했다. 주방에서 음식 준비를 하면서도 오싱의 날카로운 신경은 침울한 표정으로 술을 마시고 있는 그들에게로 쏠렸다.

오싱은 궁금증을 참지 못하여 분주하게 음식을 나르던 가요를 붙들고 낮은 목소리로 물었다.

"아가씨, 저 사람들 무슨 얘기를 하고 있는 걸까요?"

"글쎄 말이야. 저 사람들 하는 얘기는 어려워서 알아들을 수가 없어."

"또 무슨 일이 터진 게 아닐까요?"

알 수 없는 불안감에 휩싸이던 오싱은 마침 고우타 일행이 일어서는 것을 보았다. 오싱이 머뭇거리고 있을 때 가요는 재빨리 뛰어가 그들에게 인사했다.

"고맙습니다. 안녕히 가세요."

남자들은 돌아가고 고우타는 그냥 남았다.

"고우타상, 저분들 누구예요?"

가요의 물음에 고우타는 얼굴 가득한 미소로만 답했으나 어딘지 모르게 어색하고 쓸쓸해 보였다.

"모두 이 집 요리를 칭찬하고 있었소. 어디, 유 녀석, 얼굴이나 한번 보고 갈까."

방 안을 들여다보니 유가 기둥에 묶인 채 혼자 놀고 있었다. 고우타는 빙긋이 웃으며,

"어이구 딱해라. 언제나 기둥에 매여 있으니…… 강아지처럼 말이야. 그래, 내가 풀어 주마."

하고 띠를 풀려고 했다.

"그냥 놔두세요. 한번 풀어 주면 다시 묶이기 싫어해서 영 말을 안 듣는다구요."

"저런, 엄마가 안된다니 어쩔 수 없구나. 엄마는 무섭거든."

쓰디쓰게 웃는 고우타의 얼굴을 마주 보며 유는 방글거렸다.

"습관이 돼서 그 애는 아무렇지도 않은가 봐요. 으레 그러려니 하나 봐요."

"하지만…… 엄마가 바빠서 아기는 심심하겠구나. 엄마랑 같이 놀고도 싶을 텐데. 어서 엄마가 이런 장사를 그만두는 게 좋겠구나. 그렇지, 유짱?"

"그만두면 당장 두 모자가 굶어 죽어요. 함께 놀아 주지도 못할 만큼 바쁜 덕택에 그럭저럭 먹고살지요."

"그야 그렇지만……"

"아까 심각한 얘기들을 하시는 것 같던데요?"

고우타는 갑자기 얼굴이 굳어졌다. 오싱은 아차 싶었다.

"미안해요. 제가 괜한 것을 물었군요."

"아니요. 오싱상도 알고 있는 편이 좋을지 모르겠소."

오싱은 긴장한 눈길로 고우타를 응시했다.

"소작료를 감면시키기 위한 운동도 이젠 못하게 될 모양이오."

"그럼 고우타상은 다시 숨어서 운동을 하셔야 하나요?"

"낙관은 할 수 없소. 또다시 떳떳하게 나설 처지가 못된다면 오싱상이나 유를 돌봐 주기는커녕 괴로움만 주게 될 거요. 유의 아버지가 된다고 하더라도 제대로 아버지 노릇을 해 줄 수 없을 것이고……"

"저는 알고 있었어요. 고우타상이 하고 있는 일은 가정을 거느릴 수 있을 만큼 한가하지 않지요. 저나 유가 붙어서 거치적거리면 고우타상은 아무 일도 못하게 됩니다."

"그렇지만, 오싱상."

급히 고우타의 말을 가로막는 오싱의 목소리는 단호했다.

"저는 고우타상의 마음만으로도 얼마나 기쁜지 모르겠어요. 하지만 고우타상께서 자유롭게 활동하시려면 저희가 부담스러울 거예요. 그 정도는 저도 알아요."

"오싱상, 나는 말이오……"

"아무 말씀도 하지 마세요. 예전에 제가 고우타상을 처음 만났을 무렵에는 아무것도 모르고 그저 고우타상을 따르고 싶다고 그렇게만 생각했었어요. 그러나 지금은 정말로 고우타상을 좋아한다면 고우타상의 짐이 되지 않도록 노력해야 돼요."

"오싱!"

"고우타상이 전심전력으로 일을 하실 수 있도록…… 그것이 더 소중하다고 생각해요. 고우타상은 유의 아버지가 되어 주겠노라고 말씀하셨어요. 저는 그런 말씀을 듣게 될 줄은 꿈에도 몰랐어요. 한때는 가요 아가씨를 원망하기도 했고, 고우타상을 잊기 위해 무척이나 괴로워했지요. 그러나 그 말씀 한마디로 전 모든 것을 잊을 수가 있어요. 고우타상을 미칠 듯이 좋아했던 기억도 죽을 때까지 후회하지 않을 거예요. 정말 잊지 못할 거예요."

오싱의 말은 고우타의 가슴속에 촉촉이 젖어 들었다. 그는 어찌해야 좋을지 모르겠다는 표정으로 오싱을 지켜보았다. 그런 고우타의 눈길을 애써 피하며 오싱은 식당에 있는 가요에게,

"양념두부 다 됐는데요."

하고 짐짓 태연한 척했다.

그러자 가요가 다가와서는 식당에 있는 손님을 눈짓으로 가리키며 투덜거렸다.

"술 세 병 줘. 저 사람들 많이 취해 있어. 그만 마시라고 해도 영 듣질 않아. 술버릇이 나쁜 것 같아."

"술을 팔기로 한 이상 달라는 것을 거절할 수는 없잖아요. 술버릇이 나오려고 하거든 제가 나가 볼게요."

양념두부를 들고 가려던 가요는 문득 고우타를 향해,

"날짜는 결정했어요? 오싱의 얘기만 듣고 있다가는 한평생 부부가 되지 못하고 말아요."

하고 짓궂게 웃었다.

"가요 아가씨는 남의 사정도 모르면서."

오싱은 어이없다는 듯이 피식 웃었다.

"결혼 문제와는 별도로 우선 나는 나대로 다노쿠라상의 본심을 확인해 두고 싶소. 오늘 밤에라도 사가에 편지를 쓸 거요."

"고우타상……"

"오싱과 아이를 방치할 셈이라면 호적상의 수속이라도 제대로 해 달라고 분명히 얘기를 해야 되겠소. 어물어물 넘겨 버릴 수 없는 일이니까 말이오."

오싱의 마음속은 묘하게 흔들렸다. 고우타에게 이런 꼴을 보이는 자신이 한없이 원망스러웠고 한편으로는 그의 따스한 마음이 무척이나 고마웠다.

"편지를 보내면 가부간 무슨 답장이든 오겠지. 그렇게라도 하지 않는 한 영원히 오싱상은 무시당하고 말아요. 알았소?"

오싱은 굳게 입을 다물었다. 그것은 꿋꿋하게 지켜 오던 자존심의 마지막 보루이기도 했다.

하루 이틀, 시간은 바위틈으로 물 흐르듯 유유히 지나갔다. 어느덧 한 해도 저물어 갈 즈음, 사가의 다노쿠라가에서는 쓰네코와 일하는 여자들이 연말 대청소로 한창 분주했다. 그때 기요가 외출에서 돌아오자 쓰네코가 급히 맞아들였다.

"안녕히 다녀오셨어요. 아쓰코상은 잘 지내고 있던가요?"

"안 좋은 일이 있었던 모양이지만 아이까지 있는 터에 갈라설 수도 없는 형편이지. 집에서는 제멋대로 굴던 것이 그래도 제법 잘 참아 내더구나. 정초에 친정 나들이를 온다고 하니 푹 쉬었다 가도록 해 줘야겠다."

"누구나 시집살이는 고된 것인가 봐요."

"아쓰코도 그렇게 참고 있었다. 그걸 못 참고 집을 나간다면 여자랄 수도 없지 뭐냐."

기요의 말속에는 가시가 박혀 있었다.

"그러고 보니 오싱상이 나간지도 벌써 일 년이 넘는군요. 유 녀석도 꽤 많이 컸을 텐데요."

"우리 집과는 인연이 없는 식구다. 오싱도 유도…… 이름만 들어도 짜증이 난다."

넌덜머리가 난다는 듯이 고개를 젓는 시어머니의 모습에 쓰네코는 할 말을 잃었다.

"어디 편지 온 것 없었니?"

"네, 있어요. 류조 서방님께요."

"가져와 보렴."

시어머니의 독촉에 쓰네코는 황급히 선반에서 봉투를 꺼내 기요에게 건네주었다. 기요는 발신자를 들여다보더니 서슴없이 봉투를 찢었다.

"내 짐작이 맞았지! 야마가다의 사카다라는 곳에서 보낸 것 아니냐. 혹시나 해서 펴 봤더니 역시 오싱에 관한 얘기야.

오싱의 사내놈한테서 말이야."

그럴 줄 알았다는 듯이 기요는 기세가 등등했다.

"류조의 본심을 알고 싶다나. 헤어질 생각이라면 어서 오싱의 호적을 정리해 달라고…… 무슨 잠꼬대 같은 소리야. 류조는 아무것도 모르고 있는데. 이것으로 오싱의 속셈을 알 만하구나."

기요는 괘씸한 듯 편지를 호주머니에 쑤셔 넣었다. 번번이 보아 온 시어머니의 심술이었지만 쓰네코는 다시 한번 기가 질리고 말았다.

1926년이 성큼 다가왔다. 여름에 시작한 오싱의 식당도 그해 연말에는 개점할 때 가가야에서 빌렸던 돈을 그럭저럭 갚을 수 있을 만큼 번창했고 바야흐로 새로운 해를 맞은 것이다.

정초 휴일이라 한산한 오싱네 식당으로 고우타와 가요가 놀러 왔다. 반가운 마음으로 그들을 맞이한 오싱은 대접할 술상을 장만하기 시작했다.

"오싱, 정초 휴일까지도 부엌일을 할 것은 없잖소. 난 그저 앉아 있다 가기만 할 테니까 차리지 말아요."

오싱은 고우타에게 안긴 채 빙글거리는 유를 건너다보며,

"모처럼의 휴일이니 고우타상이 좋아하는 것을 만들어 드리고 싶어서 그래요. 다른 때는 특별한 음식을 만들 시간이

없어서 그저 장사 음식만 대접해 드렸잖아요."

하고 흡족한 웃음을 지었다.

"내가 좀 도와줄까."

함께 방 안에 앉아 있던 가요는 왠지 멋쩍어서 이렇게 물었다.

"아니에요. 가요 아가씨도 이런 때는 맛있는 것을 좀 들어 보셔야죠. 늘 무료 봉사만 해 주시고…… 지난 그믐날 전복이랑 새우랑 방어랑 싱싱한 것이 나왔기에 좀 사 두었거든요."

"고마워. 우리 집에서는 장조림밖에 먹여 주지 않아서 마침 신물이 나 있던 참이야."

"하지만 아가씨는 사흘 정도는 댁에서 지내시는 게 좋을 것 같은데요."

"안될 말씀. 아버지와 어머니랑 마주 앉아 있노라면 잔소리만 하시는 통에 원……"

가요는 고개를 설레설레 내저으며 정색을 했다.

"오죽이나 손주를 보고 싶으면 그러시겠어요. 유를 데리고 세배를 드리러 갔을 때도 우리 유 도령, 유 도령 하며 얼마나 대견해 하시는지……"

갑자기 고우타는 궁금한 듯이 물었다.

"참, 가요상, 부군께서는?"

그 말에 가요는 투덜거리듯이,

"새해 인사 다니기 바빠서 집에 붙어 있지도 못해요."

하고 내뱉고는 씁쓸하게 웃었다. 그러다가 이내 안색을 밝게 바꿨다.

"암만 해도 여기서 난 군식구야. 집에 돌아갈까 봐."

"가요 아가씨! 고우타상과 나는 그런 사이가 아니라구요."

오싱은 가볍게 눈을 흘겼으나 결코 악의는 없는 선한 눈길이었다.

"그럼 도대체 언제부터나…… 류조상한테 답장이 오지 않으면 그것으로 끝난 것 아냐? 오싱의 문제는 이미 관심도 없다는 뜻이지 뭐야. 그러니까 이쪽에서도 뜻대로 해 버리면 그만이야."

"아가씨, 그 문제와는 별도로 나는 고우타상과는 전혀……"

"오싱!"

가요에게는 그런 오싱의 태도가 답답하기만 했다. 곁에서 지켜보던 고우타가 슬며시 오싱을 변호하고 나섰다.

"이미 우리는 많은 얘기를 나눴다오. 설령 오싱과 결혼하지 않더라도 내 힘으로 할 수 있는 일이라면 최대한으로 협조할 생각이고 죽을 때까지 오싱과 유를 지켜보기로 결심했소."

"그럼 꿈 같은 얘기를……"

가요는 믿을 수 없다는 듯이 장난스럽게 입술을 삐죽 내밀었다.

"정말 그래요. 난 그것으로 족해요. 고우타상이 언제나 자유로운 몸이기를 원해요. 자유를 잃으면 고우타상은 조금이라도 움직이기가 부담스러울 테니까요."

그때 누군가가 식당 안으로 들어서는 기척이 났다. 그들의 시선이 일제히 그쪽으로 향했다. 들어선 사람은 뜻밖에도 야마가다에 사는 리키였다.

"안녕들하십니까."

"어마, 리키상?"

"가가야 댁에 새해 인사를 드리려고 오는 길이야."

리키는 안으로 들어오다가 고우타를 보고는,

"어마, 서방님이시군요. 사가에서 오셨지요?"

하고 반가워했다. 그 자리에 있던 사람들은 모두 의아할 수밖에 없었다.

"처음 뵙습니다. 언젠가 후지상께 편지를 보내셨죠? 그래서 오싱이 이 가게를 하고 있다고 답장을 드렸는데 바로 제가 답장을 대필한 사람이랍니다."

무슨 소리인지 오싱은 갈피를 잡지 못했다.

"제가 쓴 답장을 보고 이렇게 사가에서 오셨군요. 잘하셨어요. 후지상도 사위분 일을 어찌나 걱정하시는지…… 류조상이 이 사실을 알면 얼마나 기뻐하겠느냐면서요. 정말 잘하셨어요."

오싱은 그제야 앞뒤 상황을 짐작할 수 있었다.

빛바랜 과거 131

"리키상, 이분은 류조상이 아니에요."
순간 리키는 깜짝 놀랐다.
"뭐? 오싱의 서방님이 아니시라구?"
"조심성도 없으셔."
가요는 웃음을 가득 머금은 채 짓궂게 꾸짖었다.
"난 유를 안고 계시기에 틀림없다고 생각했는데."
리키는 무척이나 민망해 했다.
"리키상, 방금 사가의 류조상한테서 야마가다의 우리 어머니께 편지가 왔었다고 했는데 그게 사실이에요?"
"아…… 오싱의 소식을 알지 못해 궁금하니 알고 계시면 가르쳐 달라는 사연이었어. 그러고 보면 오싱은 서방님께 아무 소식도 알리지 않았던 모양이지. 편지 한 장쯤 해 주지 않고…… 불쌍하잖아, 서방님이……"

오싱과 고우타, 가요는 동시에 서로의 얼굴을 마주 보았다. 그 중에도 가장 난감한 표정을 짓는 사람은 역시 오싱이었다.

그럴 리가 없다. 그토록 여러 번 편지를 띄웠는데 류조가 받아 읽지 못했다니, 그런 얼토당토않은 말이 또 있을까. 믿어지지 않았다. 분명 무엇인가가 있다. 그게 무얼까. 비로소 오싱의 가슴속에 회의와 불안의 빛이 가물거리기 시작했다.

편지의 행방

 행인의 발길도 뜸했다. 새해를 맞은 거리의 모습은 한산하고 또 차분했다. 오싱의 식당 문에는 '정초 사흘 쉽니다.'라는 종이가 나붙은 채로 팔랑거렸다.
 오싱은 방 안으로 술과 푸짐하게 장만한 안주를 들여갔다. 고우타와 가요가 둘러앉은 곁으로 리키도 조심스럽게 자리를 잡았다. 술과 안주를 상 위에 올려놓고 오싱은,
 "자, 리키상도 함께 드세요."
 하고 가까이 앉기를 권했다.
 "아니야. 나는 가가야 댁에 새해 인사를 드리러 온 길에 오싱의 가게 구경이나 하려고 잠깐 들렀을 뿐인걸. 오싱과 유가 건강한 모습을 봤으니 이제 돌아가야지. 후지상도 마음

을 놓으실 거야."

"그러지 마세요. 늦어지면 오늘 밤 여기서 자고 가도 되니까요. 비좁긴 하지만 같이 자요."

"무슨 소리야. 손님도 계신데 어떻게……"

하고 리키는 고우타를 흘끗 쳐다보았다.

"고우타상은 정초라서 잠깐 놀러오신 거예요. 주무시고 갈 손님은 아니니까 안심해요."

오싱은 배시시 웃었다. 그러자 장난기가 가득한 얼굴로 가요가 말을 받았다.

"흠, 리키상 눈에도 역시 고우타상은 특별한 인물처럼 보이나 봐. 오싱과 어울리는 남자분 같죠?"

"가요 아가씨!"

오싱은 가요에게 가볍게 눈을 흘겼다. 그러자 고우타는 밝게 웃으며 리키에게,

"제 걱정일랑 마십시오. 오싱상도 모처럼 어머님이나 친정 식구들 이야기를 듣고 싶을 테니 천천히 계시다 가도록 하시지요."

"고맙습니다. 아까는 엉뚱하게 사람을 잘못 보고 정말 실례했어요. 틀림없이 오싱의 서방님이 사가에서 찾아오신 것으로 착각하고는……"

멋쩍게 웃다가 리키는 이내 아무렇지도 않은 듯 오싱에게 말을 돌렸다.

"내가 성급한 것은 어제오늘 일도 아니잖아. 그렇지?"

"어쨌든 이상한 일이네. 류조상이 오싱의 거처를 알지 못해서 야마가다의 친정으로 그걸 알아보려 했다니 말이야."

가요가 의문을 제기했다.

"그래요. 후지상은 오싱이 사가의 시댁에도 소식을 알리지 않았나 보다 하고 걱정하고 계셨거든요."

그런 말을 곰곰이 새겨듣다가 오싱은 얼른 화제를 바꾸었다.

"자, 무딘 솜씨로 만든 요리니까 대단치는 않지만 맛이나 좀 보세요."

하고 고우타와 가요, 리키의 잔에 차례로 술을 따랐다.

"새해 복 많이 받으세요."

"복 많이 받으십시오."

고우타는 오싱의 신년 하례를 마주 받았다. 그리고 가요와 리키에게도 새해 인사를 주고받았다.

"오싱네 집에서 이렇게 대접을 받다니 믿어지지가 않아. 후지상도 얼마나 여길 오고 싶으실까. 아들 내외가 살림을 물려받고 나서는 며느리가 주머니를 꽉 틀어쥐고 있기 때문에 후지상은 아무리 허리가 부러지게 일을 해도 용돈 한 푼 없으시다구."

"나도 짐작하고 있어요. 가가야 댁에서 식당 개업에 투자해 주신 돈만 다 갚고 나면 여비를 보내서 사카다에 오시게 하겠어요. 그때까지만 참으시라고 어머니께 전해 줘요."

"그럼 희망을 가지시라고 전할게. 그런데 후지상 대신에 지금은 내가 이렇게 후한 대접을 받고 있으니…… 죄송하지 뭐야."

"리키상께는 정말 많은 덕을 봤어요. 옛날에 가가야 댁에 와서 일을 하게 된 것도 리키상의 덕택이고…… 리키상이 없었다면 내가 어머니께 편지를 띄울 수도, 그리고 어머니의 답장을 받을 수도 없을 것 아니에요. 언제나 고맙게 생각하고 있어요."

"그 말을 듣고 보니 나도 읽고 쓰는 법을 배운 보람이 있군."

"그렇다면 다노쿠라상이 보낸 편지를 리키상이 틀림없이 읽어 보았다는 것이죠?"

곰곰이 생각에 잠겨 있던 고우타가 다짐하듯 물었다.

"네, 후지상은 읽지를 못하니까 언제나 제가 읽어 주고 대필했지요. 벌써 한 달 전 일인걸요."

고우타의 얼굴에는 어떤 확신의 빛이 떠올랐다.

"오싱상, 다노쿠라상은 오싱을 포기한 게 아닌 것 같소. 걱정이 돼서 친정에 편지까지 보냈으니까."

"하지만 이상하잖아요. 오싱이 시댁에 편지를 띄운 것이 벌써 몇 번째인데 아직 오싱상의 소식을 모르고 있다니."

"아닌 게 아니라 정말 이상해."

가요와 고우타는 정색을 했다. 그러자 오싱은 애써 그들의 말을 피하려는 듯 둘러댔다.

"정월 초하루부터 그런 얘기를 할 필요 없잖아요. 게다가 고우타상은 내일부터 당분간 여행을 떠나셔야 하는데 오늘만큼은 따분한 얘기는 안 하기로 해요."

그 말이 떨어지자마자 가요가 불쑥 물었다.

"고우타상, 여행 가세요? 어디로요?"

"쇼오나이 지방을 돌면서 강연도 하고 지주들과 협의도 해야 하니 상당히 바빠질 거요."

"그럼 혼인 문제는 언제쯤 결정이 날지 모르겠네요."

"가요 아가씨, 또 그런 소리!"

오싱은 한마디로 일축해 버렸다.

"오싱이야말로 아직도 고우타상의 마음을 몰라주고 있는 거야!"

리키는 그 말에 깜짝 놀라며,

"오싱, 이분과 혼인을 한다는 거야?"

하고는 새삼스럽게 고우타를 살펴보았다.

"아니에요! 아무것도 아니에요."

"하지만 오싱, 고우타상의 본심은······"

가요의 그 다음 말을 고우타가 가로챘다.

"오싱에 대한 내 마음은 지금도 변함이 없소. 그렇지만 다노쿠라상이 오싱상과 헤어질 의사가 없다면 나는 체념하는 수밖에 없소."

"고우타상, 무슨 그런……"
"버릴 생각이라면 오싱을 찾을 까닭이 없지 않소."
그 말에는 가요가 대답할 말을 찾지 못했다.
"오싱, 어째서 그런 착오가 생겼는지 알 수가 없소. 그렇지만 다노쿠라상이 이쪽에서 띄운 편지를 필경 한 통도 받아보지 못했다고 봐야 하지 않을까."
오싱은 아무런 반응도 보이지 않았다.
"어쨌든 다노쿠라상의 마음이라도 알게 되었으니 다행이오. 리키상의 얘기를 들었으니 망정이지 그렇지 않았더라면 돌이킬 수 없는 잘못을 저지를 뻔했소."
오싱은 고우타가 자신의 마음을 한 겹씩 들춰내고 있다고 생각했다.
"다노쿠라상은 그분 나름대로 오싱상과 유의 일을 걱정하고 있을 거요. 아무튼 무슨 방법을 써서라도 오싱상의 심정을 다노쿠라상에게 알려 줘야겠는데…… 오싱상도 그분의 본심을 믿고 말이오."
고우타는 뜨거운 시선으로 오싱을 바라보며 말을 이었다.
"언젠가는 반드시 다노쿠라상과 함께 지낼 수 있게 될 거요. 단념하지 말아요. 오싱상, 유를 위해서라도 다노쿠라상을 기다려야 되오. 나도 도와주겠소."
착잡한 표정으로 오싱은 유를 지켜보았다. 고우타의 팔에 안긴 유는 이제 제법 낯이 익은지 방글거리며 재롱을 떨었다.

사가의 다노쿠라가에서는 한낮인데도 부자가 서로 마주하고 술잔을 기울였다. 정초도 어떻게 지나갔는지 모르게 보내 버리고 어느덧 보름을 맞을 때였다. 외출복을 입은 기요가 방 안으로 들어와 술을 마시는 광경을 보고는 대뜸 짜증스럽게 쏘아붙였다.

"대체 언제까지 마실 셈이에요?"

"오늘은 대보름이잖아. 내일부터는 또 바빠질 텐데 오늘 하루쯤 실컷 마시게 내버려 두구려."

"그렇게는 안돼요. 오늘은 게이코상의 부모가 류조를 초대한 날이에요. 류조, 너도 그만 마시고 갈 준비를 해라."

"제가 왜 거길 가야 합니까?"

강경한 류조의 반응에 기요는 잔뜩 눈살을 찌푸렸다.

"전 그런 여자는 마음에 안 들어요."

"이제 와서 무슨 소리야. 작년 가을에 혼인하자는 걸 여러 가지 핑계로 올 봄으로 연기했잖니. 이제는 더 이상 변경할 수가 없다. 오늘은 저쪽 집에서 널 초대했어. 게이코상의 체면을 세워 주는 게 네 도리야. 너 분명히 게이코상을 아내로 맞겠다고 했지 않느냐?"

"만날 때마다 점점 마음이 내키지 않는 걸 어떡해요. 싫은 건 어쩔 수 없잖아요."

"그런 무책임한 말이 어딨느냐. 이렇게 마음이 변할까 봐 작년 가을에 혼인하자고 했던 것 아니겠어요. 그런데 당신이 류조의 말을 들어 줘서……"

기요는 공격의 화살을 남편에게 돌렸다.

"얘, 오싱을 단념할 수 없겠니. 너도 네 실속을 차려서 오싱을 잊고 새 출발을 해야 돼. 이렇게 혼자 살다가는 오싱을 잊을 수 없어. 그건 너한테도 괴로운 일이잖느냐. 우리도 다 너를 위해서 하는 일이니까 말이다."

"제 일은 저 혼자 알아서 하겠어요. 진절머리가 납니다."

류조는 일어서서 나가려고 했다.

"너는 아직도 오싱에게 미련을 두고 있는 거지! 오싱이 지금 어떻게 살고 있는지 알지도 못하면서."

류조의 뒷모습에 대고 기요가 날카롭게 소리를 질렀다. 그 말에 류조는 주춤거렸다.

"오싱은 말이다, 지금 다른 남자와 살고 있다."

그 얘기가 떨어지자 류조는 어안이 벙벙하여 선뜻 입을 열지 못했다.

"내 말이 믿어지지 않니? 그렇다면 증거를 보여 주마."

기요는 서랍 깊이 들어 있던 봉투를 꺼내 류조의 코앞에다 밀었다. 그때 쓰네코가 살며시 들어와 거실 쪽을 기웃거렸다.

"이걸 읽어 봐라. 오싱과 결혼하겠다는 남자한테서 온 편지다. 너도 이런 걸 읽으면 기분이 좋을 리 없을 테니까 보여 주지 않으려고 했다만 이대로 끌다가는 네 눈이 영영 뜨이지 못할 성싶어서……"

"나한테 온 편지가 아닙니까. 그런데 왜 어머니가 맘대로 뜯습니까?"

"사카다라는 곳에서 온 편지가 아니니. 천상 오싱과 관계된 사연이려니 싶어서 뜯은 거다. 과연 그따위 너절한 사연을 적어 보냈잖니."

류조는 어머니의 손에 들린 편지를 빼앗듯이 낚아채고 정신없이 고우타의 편지를 읽기 시작했다.

"류조가 오싱과 유를 버린다면 그 남자가 대신 맡아 주겠다는 거예요. 오싱의 하는 수작으로 봐서는 벌써 그 남자와 손을 잡은 거라구요. 그러기에 류조에게 편지 한 장 안 보낸 거지 뭡니까. 일 년이나 지난 지금에 와서 그것도 다른 남자를 시켜서 호적에서 빼 달라고 하다니⋯⋯그러면서 자신은 시치미를 뚝 떼고 말예요."

기요는 류조에게 들으라고 더 기승을 부리며 남편을 향해 떠들어 댔다. 편지를 다 읽고 난 류조는 어머니에게 따져 물었다.

"오싱이 몇 번이나 나한테 편지를 띄웠다고 하는데, 그 편지도 어머니가 모두⋯⋯"

"그런 말 말아라. 보내지도 않은 편지를 내가 어떻게 없앤단 말이냐. 보나마나 오싱이 그 사내에게 적당히 꾸며 댔겠지. 아무리 편지를 보내도 남편이 답장을 보내 주지 않는다고 말이다. 그러니까 그 남자는 오싱이 너한테 버림받았다고 생각하겠지. 오싱이 꾸며 댈 만한 거짓말이지 뭐냐."

류조는 입을 다물었다.

"오싱 따위는 그 남자에게 줘 버리자꾸나. 나는 그래도 다노쿠라 집안의 며느리라고 생각해서 부드럽게 대해 주었는데 뒷발로 모래를 끼얹듯이 하고 나가 버렸어. 그때부터 남자가 있었는지도 모른다. 그렇지 않고서야 유까지 데리고 나갈 수 없잖겠니. 여자 혼자 집을 나가서 어쩔 셈으로……."

기요는 흘끔 류조의 표정을 살피며 쐐기를 박았다.

"이제는 너도 오싱의 본성을 꿰뚫었겠지? 눈을 좀 떠라. 그리고 네 장래를 이제부터 잘 생각해서……."

류조는 거칠게 방문을 뛰쳐나갔다. 오고로는 류조를 뒤쫓아 가려는 기요의 앞을 가로막았다.

"이봐! 당신이 류조에게 얼마나 혹독한 짓을 하는지 모르겠어? 류조는 지금도 오싱을 잊지 못하고 있어!"

"나도 류조를 사랑하고 측은해 한다구요. 어서 새 출발해 주기를 바라고 있어요. 그게 부모 마음이라는 것 아니겠어요?"

기요는 몹시 불만스러운 표정을 감추지 못했다. 처음부터 줄곧 그 광경을 지켜보던 쓰네코는 살며시 거실 쪽으로 나왔다. 한쪽 구석에 걸터앉아 멍하니 마당을 바라보는 류조가 눈에 들어왔다. 그의 시선이 머문 마당에는 류조의 조카들이 놀고 있었다. 쓰네코는 아이들을 보러 온 것처럼 다가와서는 지나가는 말투로,

"류조 서방님, 저 좀 보세요."

하고 눈짓을 했다.

류조는 쓰네코의 눈짓을 알아채고 그녀를 따라 헛간 옆으로 갔다. 쓰네코는 주위를 두리번거리더니 소맷자락에 숨기고 있던 봉투를 꺼내어 류조에게 건네주었다.

"오싱상한테서 온 편지예요."

그러자 깜짝 놀라며 류조는 봉투 속에 들어 있는 것을 급히 꺼냈다. 갈기갈기 찢긴 편지가 뒤에 종이를 대어 말끔히 붙여져 있었다.

"형수님, 이거……"

순간 오싱의 낯익은 필체를 알아본 류조는 기가 막힐 뿐이었다.

"어머님께서 찢어 버리신 것을 제가 붙여 놓은 거예요. 동서의 애절한 마음이 담긴 편지를 함부로 없애 버릴 수가 없어서요. 류조 서방님께 꼭 보여 드리겠다는 생각에서도 아니었구요. 그저 오싱상이 측은해서 견딜 수가 없었어요."

누더기처럼 기워진 편지를 류조는 순식간에 읽어 내려갔다.

"류조 서방님, 오싱은 서방님을 잊은 게 아니에요. 그러기에 몇 통이나 편지를 보냈잖아요. 그런데 서방님한테서 답장이 없으니 얼마나 상심하고 괴로웠겠어요. 서방님을 단념하고 다른 사람을 생각하는 것도 무리가 아니겠죠. 유짱도 딸려 있고…… 오싱상은 제멋대로 생각하고 행동할 사람이 아니잖아요. 믿어야 한다구요. 동서도 그걸 얘기하고 싶었을 거예요. 그러지 않고서는 오싱상이 설 땅이 없어요. 류조 서방님도 밑도 끝도 없는 일 때문에 괴로워하는 걸 보기가 딱했어요."

"형수님, 난 전혀 모르고 있었어요. 설마 어머니가 이런 일을 하실 줄은……"

"어머님을 원망하면 안돼요. 어머님도 서방님을 위해서 하시는 일이니까요. 전 어머님의 마음도 이해할 수 있어요. 동서는 다노쿠라 집안의 며느리라는 명분을 팽개치고 나가 버렸고…… 어머님은 그걸 용서하지 못하는 거예요. 더구나 오싱상이 집을 나가기 직전에는 어머님도 오싱상의 마음을 돌려 보려고 상당히 기가 꺾여 있었거든요. 그것을 짓밟고 유짱까지 데리고 나가 버렸으니 오싱상을 미워하는 것도 당연하지 않겠어요. 하지만 나는 똑같은 며느리 입장에서 오싱상의 쓰라린 심정을 짐작할 만해요."

류조는 무엇인가 깊은 생각에 사로잡혔다.

"류조 서방님, 동서에게 편지를 보내세요. 오싱상이 얼마나 서방님의 답장을 기다리고 있겠어요. 아직 늦지 않았어요."

"형수님, 고마워요."

갑자기 쓰네코의 얼굴이 어둡게 변해 갔다.

"나는 어머님을 배신한 셈이에요. 하지만 동서가 너무 가여워서…… 동서와 마찬가지로 남의 집 며느리로서의 쓰라림을 참고 살아온 여자로서의 한인지도 모르겠어요. 그러니 저한테 고맙다는 말은 하지 마세요."

씁쓸한 표정을 짓는 쓰네코를 말없이 지켜보다가 류조는 갑자기 안방으로 들어갔다. 마침 무슨 이야기를 심각하게 나누고 있던 오고로와 기요는 흠칫하며 입을 다물었다.

"어머니, 분명히 말씀드리죠. 저, 재혼할 생각 없어요. 저쪽에도 딱 부러지게 거절해 주세요."

"아니, 류조야!"

"누가 무슨 소리를 하든 오싱은 제 아내입니다. 그리고 유는 제 자식이에요. 그것만은 분명히 기억해 주십시오."

"그따위 여자를 기다리겠다는 것이냐!"

기요는 펄쩍 뛰며 언성을 높였다.

"간척 공사가 성공해서 내 땅이 생기면 사가로 불러오겠어요. 그때까지는 집에 얹혀 고생하느니 사카다에서 장사를 하며 지내는 것이 좋을 거예요. 서로 믿는 사이에 걱정할 거 없어요."

어이없다는 듯이 기요는 아들의 얼굴을 쏘아보았다. 부엌에서 무표정하게 엿들으며 쓰네코는 두근거리는 가슴을 억눌렀다.

오싱의 식당은 정초와 보름이 지나면서 다시 바빠지기 시작했다. 마침 점심시간이라 가요도 오싱도 눈코 뜰 새 없이 바쁘게 움직이고 있을 때 오싱에게 등기 우편이 날아들었다.

편지의 행방 145

오싱은 정신없이 편지 봉투를 뜯었다. 그 속에서 종잇조각이 툭 떨어져 나왔다. 가요가 재빨리 그것을 집어 들어 보니 우편환이었다.

"오싱, 20엔짜리야!"

두 사람은 동시에 얼굴을 마주 보았다.

"뭐라고 써 있지? 어서 읽어 봐."

종이가 뚫어지도록 오싱은 들여다보았다. 그렇게도 그리던 류조의 필적이었다. 일 년도 더 지나서 비로소 받아 보는 류조의 편지는 몇 장이나 겹쳐져 있어 오싱의 손에 제법 묵직하게 느껴지기도 했다. 오싱의 가슴은 뜨거워졌다. 그동안 단 한 통의 편지도 없어 부부의 인연도 끊어졌는가 절반쯤 체념하고 있던 중이었다. 류조의 편지를 받고부터 오싱의 마음은 말로 표현할 수 없이 뿌듯해졌다.

저녁때도 훨씬 지난 시각에 오싱의 식당은 술 마시는 손님들로 들끓었다. 정신없이 술병을 나르던 가요는 누군가가 식당 문을 들어서는 기척에 무턱대고 인사부터 했다.

"어서 오세요. 아니 고우타상 아니세요. 언제 돌아오셨어요?"

"조금 전에 사카다에 도착했는데 하숙집으로 가지 않고 곧장 이리로 오는 길입니다."

"그럼 시장하시겠네. 오싱, 고우타상 오셨어!"

오싱은 주방에서 내다보며 그를 반가운 얼굴로 맞았다. 가요는 마냥 즐거워하며 고우타를 안으로 재촉했다.

"식당에는 손님이 많으니 방으로 들어가셔야겠어요. 오싱, 아주 맛있는 것 좀 해 드려. 여행 중에 제대로 먹지도 못하셨을 거야."

"여전히 번창하는군."

고우타는 흡족한 미소를 지었다.

"아직 정초 기분이 덜 가셔서 그래요. 아 참, 사가에서 편지가 왔어요. 류조상한테서요."

그 말을 듣는 순간 고우타의 얼굴에 여린 동요가 일었다.

고우타는 방에 엉거주춤 걸터앉았다. 가요가 손님들과 주방을 오가며 음식을 나르는 동안 오싱은 술과 안주를 내놓으며 고우타의 곁에 앉았다.

"이런 자리밖에 없어서 미안해요."

"오히려 여기가 맘이 편해요. 얘기를 하면서 먹을 수도 있고."

고우타는 잠들어 있는 유를 건너다보며,

"하지만 실망인걸. 유가 기뻐하는 모습을 보려고 선물까지 사 가지고 왔는데."

하고 온화한 미소를 보였다.

"늘 폐만 끼쳐서 어떡하죠. 아닌 게 아니라 그동안 고우타상이 안 보이시니까 아찌 어디 갔느냐면서 찾던걸요."

그 말에 고우타는 다시 한번 잠든 유의 얼굴을 물끄러미 바라보았다. 그러다가 그의 표정이 문득 심각하게 굳어졌다.
"이제 사카다에 머물러 있을 시간이 없겠소. 땀 흘려 농사 짓는 사람들이 자기 땅을 가지고 고생한 대가를 얻을 수 있도록 해야 하오. 그러자면 아무래도 벽에 부딪칠 테고 장애물도 많겠지. 오싱이 손수 만든 음식을 먹어 보는 것도 지금이니까 가능해요. 이 식당을 찾아오지 못하게 될 날도 머지 않았어요."
"고우타상?"
"누군가는 해야 될 일이오. 누구보다도 오싱은 이해해 주리라고 믿어요. 언젠가 갑자기 내가 발길을 끊더라도 너무 걱정하지 말라는 뜻으로……"
오싱은 불안하여 눈빛이 흔들렸다.
"다노쿠라상한테 소식이 왔다면서요?"
"네."
"다행이오. 이젠 나도 오싱상과 유의 일을 걱정하지 않아도 되겠소. 그런데 어째서 일 년 이상이나 오싱과 아이를 방치했던 것이지?"
"다노쿠라의 시어머니가 내 편지를 그이에게 보여 주지 않았다는 거예요. 고우타상이 띄우셨던 편지까지도요. 그리고 우리 친정어머니가 내 소식을 알려 준 편지까지도요."
"저런…… 어지간히 시어머니의 미움을 샀던 모양이군."
"애당초 어른들이 반대하는 결혼을 했고, 또 시집살이를 못 참고 도망친 며느리를 아들과 떼어 놓으려고 하는 것은 누구나 마찬가지니까요."

"다노쿠라상도 딱한 처지로군."

"그이가 보낸 편지는 만리장서예요. 유에게 뭐든지 사 주라면서 20엔까지 동봉했더군요."

"역시 아버지의 정이니까 그럴 수밖에."

"유의 사진을 찍어 보내 달라고 하더군요."

"사진이라고? 그럼 다노쿠라상은 사카다로 달려오지 않는다는 것이오?"

오싱은 이야기를 하는 동안에도 가요에게 술병이나 안주 접시를 내주었다.

"모두 일곱 병째예요."

"오싱, 주문 그만 받을까? 고우타상도 모처럼 왔고 얘기도 하고 싶고 말이야. 계속 술을 날라다 주면 저 사람들 언제 일어설지 모르겠군."

오싱은 웃으며 그 말을 받아들였다.

"또 주정뱅이 손님이 들이닥칠지도 모르고요. 그만 문을 닫는 게 좋겠어요. 부탁합니다."

가요는 고개를 끄덕여 보이고는 술병을 날랐다. 오싱은 고우타에게 말했다.

"그이는 사가에서 하는 일이 있어서 거길 떠날 수가 없대요."

"말도 안되는 소리……"

"제가 사가를 떠날 당시에도 그 일 때문에 혼자 남아 있던 사람이니까요. 아리아케 해의 간척 사업을 성공시켜 자기 땅을 소유하게 되면 그때 저랑 유를 데리러 오겠다는 거예요."

"그것이 어느 세월이냔 말이오. 간척 사업이라니."

"그 사람에게도 남자의 고집이 있는 거겠죠. 밥집의 주인이 되어 달라고 해 봤자 받아들일 사람은 아니니까요. 때가 올 때까지 저는 저대로 여기서 버텨 나가야 할까 봐요."

"오싱상……"

그래도 무엇인가 할 말이 있었던 듯 고우타는 아쉬운 여운을 남기며 오싱을 불렀다. 그러나 그녀는 급히 고우타의 말을 가로챘다.

"그것으로 충분해요. 서로가 믿고 기다리노라면 언젠가는 함께 살 날도 오겠지요."

고우타는 말없이 오싱을 지켜보았다. 이미 그 눈길에는 모든 것을 받아들이는 그윽함이 가득했다.

그때 갑자기 식당에서 접시 깨지는 소리가 들렸다. 흠칫하여 오싱과 고우타는 소리 나는 곳을 바라보았다. 새파랗게 질린 표정으로 가요는 주방으로 도망쳐 왔다. 식당 안은 순식간에 어지럽게 흐트러졌고 식탁이 뒤집혀 있었다. 선원인 듯한 남자가 험상궂은 얼굴로 나이프를 손에 들고 버티고 서 있고, 그 앞에는 하역 인부인 상대편 남자가 눈을 부릅뜨고

단검을 들이대고 있었다.

　식당 안에 있던 손님들은 일제히 주춤거리며 가장자리로 비켜 섰다. 숨을 죽이는 묘한 긴장감이 감돌았다. 손님 하나가 그들을 중재하려고 끼어들다가 칼날이 번뜩이자 흠칫하여 물러서고 말았다.

　그 순간, 무슨 생각을 했던지 오싱의 눈이 반짝 빛났다.

유랑의 길

 밥집을 하면서 술을 판다는 것부터가 무리였다. 별의별 일을 다 겪으며 식당을 꾸려 나간 오싱이었지만 막상 뱃사람들의 거친 행동에 부닥치고 나니 섬뜩한 것도 사실이었다.
 서로 칼을 들이대고 대치하고 있던 두 남자를 노려보던 오싱은 갑자기 벌떡 일어섰다. 그녀를 붙잡는 가요와 고우타의 손길을 뿌리치고, 오싱은 재빨리 손님들 사이를 비집고 나가 대치하고 있던 두 사람 사이로 선뜻 들어섰다.
 "이봐요, 안돼!"
 누군가가 놀라 이렇게 소리쳤으나 오싱은 태연했다.
 "싸움이라면 밖에 나가서 하세요."
 "끼어들지 마, 비켜!"

그리고 그 입에서 거친 욕설이 서슴없이 쏟아졌다.

"여긴 내 가게예요. 그러니 내 말을 들어야 해요."

"뭐라구? 여자가 어딜 나서! 다치기 싫거든 물러나!"

하지만 오싱은 눈 하나 꿈쩍하지 않았다.

"싸움질이나 칼부림이 무서워서는 이런 장사 못해 먹어요. 좋아요. 내가 방해가 된다면 나를 찌르고 싸움을 하면 돼. 내가 살아 있는 한은 여기서 싸움 못해! 자, 나를 베든지 나가든지 둘 중에 하나를 택해요!"

의연하고 당당한 오싱의 태도는 주위 사람들을 압도하기에 충분했다. 숨을 죽이고 지켜보던 손님 중의 하나가,

"오싱! 최고다!"

하고 탄성을 질렀다. 그러자 두 남자는 날카롭게 그를 쏘아보았다.

"자, 베고 싶거든 어서 하라구. 사람 죽이는 것을 무서워해서야 어디 싸움인들 하겠어. 어느 쪽 배짱이 더 두둑한지 구경이나 해 봅시다. 여자를 베었다고 하면 남자 체면깨나 설 거야."

오싱의 태도는 어지간한 남자를 능가할 정도로 당당했다. 그러자 선원은 칼날을 늘어뜨리고 주춤하더니,

"나와! 밖에서 붙자."

하고 다른 한 남자를 데려가려 했다.

그러자 오싱은 대뜸 소리쳤다.

"술값은 계산해 주고 나가야죠. 싸우다가 죽어 버리면 우린 어디서 돈을 받아요!"

"이런 지독한……"

태연하게 남자를 노려보는 오싱의 눈초리에 아니꼽다는 듯 그는 호주머니에서 돈을 꺼내 신경질적으로 바닥에 집어 던졌다.

"아니, 이게 뭐예요. 돈을 제대로 줘요. 이래서는 얼만지 알 수가 없잖아."

오싱은 주방에 몸을 숨기고 있던 가요를 돌아보았다.

"아가씨, 이 손님 얼마예요?"

가요는 떨리는 목소리로,

"1엔 15전이야."

오싱은 그 말을 건네받아 남자에게 들이댔다. 가요는 눈짓으로 또 다른 남자를 가리켰다.

"그 손님은 95전이야."

이번에도 역시 오싱은 거침없이 싸움꾼들에게 스스로 돈 계산을 하라고 다그쳤다. 그러자 두 사람 모두 어딘지 맥빠진 얼굴로 돈을 세어 식탁에 놓고는 밖으로 나가려 했다.

"잠자코 훌쩍 나가 버리는 법이 어딨어요! 우리 집의 소중한 손님들 앞에서 소란을 피웠잖아요. 정중히 사과를 하고 나갔으면 좋겠어요."

"아니 뭐야! 가만 놔두자니까 겁없이 기어오르고 있네."

거친 남자의 말에 오싱은 오히려 한술 더 떴다.

"아, 내가 하는 짓이 마음에 안 들거든 날 죽이면 될 것 아냐. 대신 당분간 콩밥 좀 먹어야 되겠지만."

화가 머리끝까지 치민 그 남자는 금방이라도 폭발할 기세였다. 그러자 다른 남자가,

"그만둬! 이런 여자 상대해 봤자 별 볼 일 없어. 떠들어서 미안합니다."

하고 오싱과 손님들을 둘러보며 떨떠름하게 인사를 했다. 그러고는 남자의 팔을 잡아끌듯이 밖으로 나갔다.

오싱은 갑자기 태도를 바꿔 애교가 철철 넘치는 얼굴로,

"고맙습니다. 다음에 또 찾아 주세요."

하며 그들을 배웅했다. 그러고는 식당 내의 손님들에게,

"손님들, 죄송합니다. 여러분께 술 한 병씩 갖다드릴 테니 기분 풀이로 입가심이나 하세요."

하고 상냥하게 말했다. 그러고는 재빨리 깨진 식기들이랑 흐트러진 식탁들을 치웠다. 그제야 가요도 안심한 얼굴로 주방에서 나올 수 있었다.

"전부터 소문을 듣고는 있었지만, 아줌마, 보통 배짱이 아니로군 그래."

처음부터 끝까지 지켜봤던 손님들은 한결같이 혀를 내둘렀다. 그 손님 중 하나가 느닷없이 오싱을 끌어안았다.

"당신은 멋진 여자야. 큐슈에도 당신 같은 여자는 없어."

남자는 이미 잔뜩 취기가 올라 있었다.

"원통하군요. 좀 더 일찍 만났으면 기꺼이 아내가 되어드렸을 텐데요. 하지만 난 벌써 아이 엄마라구요."

오싱은 어린애를 다루듯 하고 요령껏 빠져나왔다. 고우타는 이 모든 광경을 뚫어지게 지켜보았다.

왁자지껄했던 오싱의 식당도 잠시 후 잠잠해졌다. 손님들도 하나둘 돌아가고 술 취한 남자들의 호기 있는 노랫소리도 아득히 골목길로 사라졌다. 가요가 간판을 들여놓는 동안 오싱은 부지런히 설거지를 했다. 고우타가 그녀를 바라보며 말했다.

"오싱상은 너무 무모해. 자칫하다간 목숨이 왔다갔다하는 판이라구. 상대는 취해 있으니까 말이오."

"그런 일쯤은 보통이에요. 술장사를 하고 있는 이상 그런 싸움질을 각오하지 않고서야 어떻게 버텨 나가겠어요."

오싱은 아무렇지도 않다는 듯이 웃었다.

"보기가 민망해서 그래요. 오싱상에게 이런 일을 시키고 싶지 않구려. 주정뱅이에게 예사로 포옹을 당하지 않나……"

"그런 일쯤으로 성미를 부리다간 손님이 끊겨요. 바다에서 일하고 있는 남자들은 모두 중노동에 시달리다가 이런 데 와서 비로소 몸도 마음도 해방감을 맛보는 셈이거든요. 그 정도는 웃어넘겨야지, 그렇지 않으면 이런 가게 못해 나갑니다."

오싱은 막힘없이 자기 주장을 펼쳐 나갔다.

"나중에 제가 다른 손님들에게 한 병씩 선심을 쓴 것도 장삿속이거든요. 겨우 한 병의 술이지만 공짜로 마시라면 술꾼들은 아주 좋아하니까요. 그래서 우리 집을 단골로 삼아 준다면 술 한 병이 그 몇 배로 돌아옵니다. 겉으로는 사납고 거칠지만 본바탕은 정에 주려 있고 모두들 좋은 사람들이에요."

"내 생각은 달라요. 오싱상이 이런 장사를 하지 않는 게 좋겠소."

시무룩한 표정을 짓는 고우타를 오싱은 똑바로 쳐다보았다.

"일껏 이만한 단계까지 끌어올린 가게를 놓고 찬물을 끼얹는 것 같지만 말이오. 정숙한 여자로서 할 장사가 못되오. 그야 지금까지는 무사히 이끌어 올 수 있었는지 몰라도 술주정뱅이를 상대로 하다간 언제 돌이킬 수 없는 일이 벌어질지 모른단 말이오. 섣불리 생각하다가는 큰일이 생겨요."

"염려 마세요. 이쪽 사람들의 성미를 잘 알고 있으니까요."

"난 말이오, 오싱이 이런 곳에 몸담고 있다는 사실이 견딜 수 없소. 아무리 애교라지만 알지도 못하는 사내에게 안기다니."

근심스런 고우타의 표정과는 달리 오싱은 갑자기 깔깔거리며 웃어 댔다.

"전들 뭐 진심으로 좋아서 그럴까 봐요."

"비록 그렇지 않다 하더라도 난 싫단 말이오. 가령 다노쿠

유랑의 길 157

라상이 그런 광경을 목격했다고 쳐요. 아마 나와 같은 기분이었을 거요. 아이처럼 투정을 부린다고 웃을지 모르지만 왠지 싫은 건 어쩔 수 없어요."

그제야 오싱은 고우타의 마음을 진지하게 받아들였다.

"오싱상이 이 다음에 다노쿠라상과 함께 살 생각을 하고 있다면 좀 더 자신을 소중히 해야 할 것 같소. 아무리 돈이 생기는 일이라도, 해서 좋은 일과 해서는 안되는 일이 있소. 이 다음에 다노쿠라상의 가슴에 응어리가 남을지도 모르는 이런 장사를 계속하다가는 일껏 두 사람이 함께 살 때가 오더라도 부부 사이가 자칫 불편하게 되는 원인이 될 수도 있으니까. 잘되라는 뜻에서 하는 말이오. 점잖고 평범한 장사도 얼마든지 있소. 돌이킬 수 없는 일이 벌어지기 전에 잘 생각해 보길 바라오."

심각하게 듣고 있던 오싱이 이윽고 어렵게 말문을 열었다.

"저도 아주 좋아서 하는 장사는 아니에요. 다만 자본도 없구요, 또 유를 데리고 있자니 달리 어떤 일을 찾아볼 수도 없어서……"

"오싱, 내 생각으로는 말이오……"

이렇게 말문을 열어 놓고 고우타는 선뜻 다음 말을 잇지 못했다.

"내 생각으로는, 가능하다면 다노쿠라상과 함께 해 나갈 수 있는 일이 없을까 하는 얘긴데…… 아무리 남자의 고집이라고 하지만 간척 공사를 해서 토지를 장만하다니 그게 어느 세월에 가능한 얘기란 말이오. 그때까지 부부가 따로 떨어져 산다는 것도 결코 바람직하지 않소. 오싱이 다노쿠라상을 밥집 주인 남자로 만들기 싫다면 지금이라도 다른 방도를 궁리해 봐요. 그래서 하루라도 빨리 다노쿠라상을 이쪽으로 오도록 하는 것이 좋잖소. 그렇게 안되면 나도 오싱의 일이 자꾸 마음에 걸려서……"

그때 가요가 주방으로 들어서며 무거운 분위기를 깨뜨렸다.

"어이구, 이제 겨우 다 치웠네."

가요를 보자마자 고우타는 밑도 끝도 없는 말을 던졌다.

"가요상만 해도 매일 이런 곳에서 심부름이나 해 봤자 별볼 일 없을 텐데……"

영문을 몰라 어리둥절한 가요에게 오싱이 거들어 말했다.

"고우타상이 이런 장사는 좋지 않대요."

"무슨 말씀. 집구석에 처박혀 지내는 것보다 훨씬 나은데요. 오싱에게 도움도 줄 수 있고."

하지만 고우타는 여전히 석연치 않은 표정이었다.

"고우타상이 아까 그 싸움 때문에 간담이 서늘했던가 봐. 그런 일쯤은 오싱에겐 아무것도 아니라구요. 그렇지, 오싱? 오싱의 그런 기질을 손님들이 좋아해서 이 가게가 유지되고 있다고도 볼 수 있는걸요. 걱정 마세요."

유랑의 길 159

태평스런 가요의 말에 고우타는 그만 입을 다물었다. 하지만 오싱으로서는 그의 말을 한 귀로 듣고 흘려 버릴 수만은 없었다. 자신의 모든 열성을 다 바쳐 매달려 온 장사였다. 이 길밖엔 살길이 없다고 생각했다. 물불을 가리지 않고 꾸려 온 식당인데…… 그러나 고우타의 말속에는 뭔가 오싱의 가슴에 묵직하게 파고드는 것이 있었다. 하지만 이 일을 그만두면 무엇을 할 수 있단 말인가. 오싱은 뾰족한 묘안이 생각나지 않았다.

　며칠 후 점심시간이 끝나고 조금 한가해진 무렵 고우타가 다시 식당에 찾아왔다.
　"오싱상의 일을 찾았습니다. 마음에 들지 어떨지는 모르지만 미에 현의 이세(伊勢)에 어머니 쪽 친척 중에 어부가 있어요. 어부라 해도 자기가 몇 척의 배를 가진 선주이죠. 거기서 아침에 잡은 생선을 싸게 나누어 주도록 부탁하고 왔어요. 그것을 여러 곳으로 팔러 다니는 일이오."
　"그렇다면 생선 행상이 아니에요?"
　가요는 문득 호기심을 나타냈다.
　"말하자면 그렇지. 하지만 생선가게에서 파는 것보다 훨씬 싸고 신선해서 단골이 생기면 괜찮게 팔린대요. 자기의 노력과 수단 여하에 달렸다고 하더군요."
　오싱은 꼿꼿이 시선을 박은 채 듣고만 있었다.

"오싱상이 결심만 한다면 셋집도 주선해 주겠다고 했소. 미망인인데 배짱이 두둑한 사람이니 잘 보살펴 줄 거요."

그러자 가요가 난색을 띠며 말을 막았다.

"뭣 때문에 오싱이 그런 일을 해요? 장사라면 여기서도 훌륭하게 하고 있잖아요. 우리 집 빚도 갚았고 이제부터 수입은 전부 오싱의 것이에요. 손님들 사이에 인기도 좋구요."

"이런 장사는 여염집 여자가 할 게 못돼요."

고우타는 한마디로 잘라 말했다.

"뭐라고요? 그렇다고 나쁜 짓을 하지는 않잖아요."

가요는 뽀로통해서 내뱉었다.

"그야 나도 잘 알고 있소. 그러나 거친 남자를 상대로 하는 장사는 정말 힘든 일이오. 오싱상과 가요상은 어떻게 생각하는지 알 수 없지만 나로선 보고만 있을 수가 없소. 술이 들어가면 남자들은 무슨 짓을 할지 모르오. 술을 파는 장사만은 하지 않았으면 좋겠소. 남들도 올바른 장사라고 봐주지는 않아요."

"남의 눈을 의식한다면 아무것도 할 수가 없어요."

"그래서는 안돼요. 오싱상은 남편이 있는 여자입니다. 다노쿠라상 마음도 생각해야 합니다. 무조건 돈만 벌면 되는 게 아니오."

한 치의 양보도 없이 가요는,

"그런 것은 남자들의 편견이에요."

유랑의 길 161

하고 한마디로 일축해 버렸다.

"그럴지도 모르지. 하지만 아무 상관없는 여자라면 모르지만 소중하게 생각하는 사람에게는 절대로 시키고 싶지 않은 장사요."

가요는 다시 발끈 화를 냈다.

"농담이 아니에요. 류조상은 여자를 먹여 살릴 능력도 없으면서 마누라 하는 일에 불평을 할 처지인가요? 무엇을 하든지 유와 함께 둘이 잘 살아가는 것만으로도 감사해야 돼요."

"가요상의 말이 맞아요. 남자들은 제멋대로지요. 나 역시 오싱상에게 아무런 도움도 되지 못하면서 간섭할 자격은 없소. 그렇지만 오싱상이 내 마음이 편한 일을 해 주었으면 좋겠소. 내겐 오싱상이 누구보다도 소중한 사람이니까 말하는 거요."

심각하게 듣기만 하던 오싱은 이미 굳은 다짐을 한 듯했다.

"잘 알았습니다. 고우타상의 마음…… 정말 고맙게 생각하고 있습니다."

가요는 깜짝 놀랐다. 고우타와 오싱은 이미 나름대로의 깊은 생각들을 정리하고 있었다.

"오싱상, 그곳은 정말 좋은 곳이오. 바다가 있고……"

그 말에 가요는 새침한 얼굴로 끼어들었다.

"사카다에도 바다는 있어요."

"겨울도 따뜻하고 생활하기 좋은 곳이오. 유를 위해서도…… 좋은 환경 속에서 자유롭게 쑥쑥 자라야지."

"잠시만 생각할 여유를 주세요."

"무슨 생각을 한다는 거야, 오싱? 애써 여기까지 키워 온 가게가 아니냐구. 이 가가야는 지금부터인데 고우타상 얘기를 너무 귀담아 들을 필요 없어."

노골적으로 불만을 털어놓는 가요를 물끄러미 바라보다가 오싱은 말없이 뒷정리를 계속했다. 그런 오싱의 깊은 속을 알 길이 없는 가요로서는 답답할 뿐이었다.

그날 밤, 가요가 집으로 돌아온 때는 한참 늦은 시각이었다. 조심스럽게 거실로 들어서는데 이미 오래 전부터 미노가 기다리고 있었던 듯했다. 약간 겁에 질린 듯 가요는 머뭇거리며 안으로 들어갔다.

"아직 주무시지 않았어요?"

"지금이 몇 시냐!"

근래 보기 드물게 쌀쌀맞은 어머니의 모습이었다.

"요즘 손님이 늦게까지 있어서요. 12시까지 영업해도 된다는 허가를 받았어요. 마감 시간이 다 될 때까지 문을 열어야 한 병이라도 더 팔죠."

"마사오군 생각을 조금이라도 해 봐라. 요즘은 딴생각 않고 일에만 열중하고 있잖니?"

"알아요. 매일 저녁 같은 말만 되풀이해서 듣고 있자니까 이젠 진저리가 나요."

가요는 갑자기 넌더리가 난다는 듯 고개를 흔들어 댔다.

그때 거실로 나오는 아버지의 모습을 보고 가요는 버럭 짜증을 냈다.

"설교는 이미 어머니한테 들었어요. 그만하세요."

횅하니 그 자리를 박차고 지나치려는 가요에게 기요타로가 일침을 놓았다.

"그래도 말을 듣지 않으면 오싱네 가게를 때려 부술 테다."

"아버지?"

"그 집은 가가야의 것이야. 때려 부숴도 아무 소리 못한다."

그러자 가요가 벌컥 언성을 높였다.

"오싱을 쫓아내면 나도 이 집을 나갈 테니까 마음대로 하세요."

"가요, 우리들 입장도 생각해 다오. 우리가 사위에게 면목이 서질 않는다. 마사오는 이제 가가야에서는 없어서는 안될 사람이 아니냐."

가요는 들은 척도 않고 거칠게 그 자리를 뛰쳐나갔다. 그 뒤를 쫓아가려다가 기요타로는 난감한 얼굴로 주저앉았다.

손님이 한창 붐빌 시간인데 오싱의 식당 문에는 '금일 휴업'이라는 글씨가 붙어 있고 문도 굳게 잠겨 있었다. 다른 때처럼 일손을 거들어 주러 왔던 가요는 문득 불안한 생각이 들었다.

"오싱, 오싱!"

세차게 문을 두드렸지만 안에서는 기척도 없고 문만 요란스럽게 흔들렸다. 바로 그때, 오싱은 가가야에 와 있었다.

오싱은 기요타로와 미노 앞에 꿇어 앉아 있었다.

"이세에 간다고 했지?"

"네, 거기에 돌봐 줄 분이 계세요."

"이세신궁(神宮)이 있는 이세 말이냐?"

"네."

오싱으로부터 대충 얘기를 듣고 나서도 기요타로는 재차 물었다. 이세가 결코 가깝지 않은 곳이어서 더욱 그러했다.

"이세에 한번 참배하러 가본 적이 있었어. 정말 경치가 좋은 곳이었다."

막상 떠난다는 말을 듣고 보니 미노는 서운한 듯했다.

"거기서 뭘 할 생각이냐?"

"가 보지 않았으니 상세한 것은 모르겠습니다."

"그저 듣기 좋은 얘기에 넘어간 건 아니냐."

"신뢰할 수 있는 분의 소개니까 안심하고 있습니다."

"괜찮겠니. 그런 낯선 땅에 가서……"

미노는 친딸을 보내는 것처럼 아쉬워했다.

"오싱은 어딜 가든지 환영받을 테니 잘됐어."

은근히 좋은 기색을 감추지 않는 기요타로를 흘겨보며 미노는 오싱에게 말했다.

"오싱, 우린 굳이 그 가게를 그만두라고 한 건 아니야. 다만 가요가 걱정이 돼서, 오싱더러 가요를 타일러 달라고 한 것뿐이야. 일부러 사카다를 떠나지 않아도 돼."

"아닙니다. 가요 아가씨 때문에 식당을 그만두려는 것은 아닙니다. 처음엔 밥만 팔려던 것이 술까지 팔게 되었어요. 이런저런 일로 여자가 할 수 있는 장사가 못 된다는 생각이 듭니다."

"그래, 사카다는 항구니까 아무래도 사람들이 거칠게 마련이지. 여자에겐 여자가 할 일이 따로 있다. 잘 결심했다."

기요타로는 매우 즐거운 듯 들떠서 말했다.

"정말로 신세 많이 졌습니다."

미노는 아쉬움을 떨쳐 버리지 못하고 오싱의 손을 끌어 잡았다.

"오싱, 이세는 너무 멀잖니. 굳이 거기까지 가지 않아도 될 텐데…… 가요도 나도 허전할 거야."

이때 씩씩거리며 가요가 뛰어들어왔다.

"오싱! 가게를 쉬고 여기서 뭘 하고 있는 거야."

"가게를 그만두려고 인사하러 왔단다. 이세에 가게 됐다고."

오싱은 어둡게 일그러진 얼굴로 가요를 바라보았다.

"아가씨께도 오늘 얘기할 생각이었어요. 여러 가지로 그렇게 하는 것이 가장 좋은 방법이라 생각했어요."

"오싱, 나 때문에 그만두는 거야?"

"아니에요. 나와 유 때문입니다."

많은 말들을 억지로 억누르며 가요는 입을 다물었다.

"저 집도 낡았으니까 오싱이 이세에 가면 바로 부숴야지. 사위가 쌀 창고가 좁다고 투덜대는데 마침 잘됐다. 창고를 짓도록 해야겠다."

그러고는 기요타로는 오싱의 환송을 후하게 해 주자며 호쾌하게 웃었다. 그에 더욱 화가 치민 가요는 오싱을 끌듯이 자신의 방으로 데려왔다.

"아가씨! 아가씨도 제발 가가야의 훌륭한 젊은마님이 되어 주세요. 그것이 가요 아가씨를 위하는 길이에요. 저는 어디에 있든지 아가씨의 행복을 빌겠습니다."

흥분을 가라앉히지 못하고 있는 가요에게 오싱은 고개를 숙였다.

"반드시 다시 만나러 오겠습니다. 아가씨, 몸 건강하세요."

그러나 가요는 뒤도 돌아보지 않았다. 오싱은 풀이 죽은 채로 가가야를 되돌아 나올 수밖에 없었다.

오싱은 식당으로 돌아오자마자 안을 깨끗이 정리하고 차림표 등이 걸려 있는 것도 모두 걷었다. 그런 오싱의 심정은 말로는 도저히 표현할 수 없을 정도였다. 그때 고우타가 들어왔다.

"내일 아침에 떠나면 모레 저녁에는 닿아요. 괜찮겠소?"
"……네."
"가요상은?"
오싱은 힘없이 고개를 흔들며,
"역시 용서해 주지 않아요."
하고 시무룩해 했다.
"미련이 남는 이별이 되겠군요."
"가요 아가씨를 배신한 것 같아서 마음 아파요."
"오싱상은 가요상을 생각해서 가게를 그만둘 생각까지 했는데……"
"반드시 그런 것만도 아니죠."
"언젠가 알아줄 날이 있겠지."
고우타는 위로하듯 말을 건넸다. 오싱이 무심코 고개를 돌렸을 때 이미 와 있었던 듯 가요가 버티고 서 있었다.
"가요 아가씨!"
놀란 오싱의 표정을 마주하며 가요는 느닷없이 손에 들고 왔던 술병을 앞에 내놓았다.
"고우타상도 있으리라 생각하고 오늘 저녁은 셋이서 송별회를 할 작정으로 왔어."
"잘…… 잘 오셨어요."
오싱은 겨우 말을 이으면서도 기쁜 표정을 감출 수가 없었다.

그날은 바로 청춘의 날이다. 사카다에서 만난 세 사람이 각자의 길을 걸었고, 다시 사카다에서 만난 뒤 또 한번 각자의 길을 가기 위해 헤어지려 하고 있다. 그것은 언제 다시 만날지도 모르는 기약없는 이별이었다.

다시 낯선 곳으로

 오싱이 사카다를 떠날 날이 다가왔다. 여덟 살 때 가가야에 더부살이를 와서 8년이라는 세월을 보냈고, 그로부터 몇 년을 객지에서 보낸 뒤 가가야의 도움으로 다시 돌아온 사카다였지만 오싱에게는 오래 자리 잡고 살 곳은 아니었다.
 오싱의 노력으로 겨우 자리가 잡히기 시작한 식당도, 고우타의 충고와 가요의 일을 생각하면 더 계속할 수 없었다.
 사카다를 떠나기 전날 저녁, 오싱은 고우타, 가요와 함께 작별을 아쉬워하는 술잔을 나누었다.
 "정말 아무것도 없어요. 이럴 줄 알았더라면 미리 준비를 했을 텐데."
 오싱은 술병과 안주 접시를 텅 빈 가게의 탁자에 앉아 있는 고우타와 가요 앞에 내놓으며 말했다.

"아무것도 필요 없어. 마지막 저녁에 조용히 이야기나 하고 싶었어."

가요는 주방으로 돌아가려는 오싱을 잡아끌어 자리에 앉혔다. 오싱은 머뭇거리다가 자리에 앉았다.

"유는 괜찮소?"

"네, 지금 잠들어 있어요."

고우타의 물음에 오싱은 이렇게 대답하며 고우타와 가요의 잔에 술을 따랐다. 고우타도 오싱에게 술을 따랐다.

"우리가 고우타상을 만난 지도 벌써 10년이나 지났어."

가요의 말에도 오싱은 묵묵히 술잔을 내려다볼 뿐이었다.

"오싱도 나도 열여섯이었어. 모래언덕에서 처음 고우타상을 만났을 때가."

고우타는 묵묵히 앉아 있었다.

"그래서 오싱이나 나의 인생이 뒤틀리게 된 거야."

"가요 아가씨, 지금 와서 그런 이야기를······"

오싱은 고우타를 의식하며 당황한 목소리로 말했으나 가요는 침착했다.

"나는 후회하지는 않아. 나는 내 생각대로 살아왔어. 나에게 고우타상의 추억이 없었다면 삶의 의미가 없었을 거야. 그런 청춘의 추억이 있기 때문에 나는 어떻게든 견뎌 나가고 있어. 다만 오싱에게는 미안하게 되었지만."

"이젠 돌이킬 수 없는 일이에요."

"오싱뿐만 아니라 고우타상에게도 용서받지 못할 짓을 했어."

가요의 말에 고우타는 쓴웃음을 지었다.

"그만해요. 지금 그런 소리를 한들 무슨 소용이 있겠소. 그때가 다시 돌아올 것도, 다시 시작할 것도 아닌데."

"그러니까 괴로워요. 마지막으로 다시 한번 용서를 빌고 싶어요."

"마지막이라니요. 언제든지 또 만날 수 있잖아요."

오싱이 위로하듯 말하자 가요는 고개를 저었다.

"이세는 너무 멀어. 고우타상 역시 바쁘면 사카다에 자주 들르지 못할 것이고, 오싱이 없으면 나 같은 것은 찾아와 주지도 않을 테니까."

"가요상……"

고우타가 나지막하게 불렀다. 가요는 고개를 저었다.

"좋아요, 그것으로 됐어요. 고우타상 일은 벌써 먼 옛날에 단념했어요. 이제 다시 못 만난다 해도 할 수 없는 일이에요."

"가요상에게 상처를 준 사람은 나요. 모두 내 탓이었소."

가요는 고우타의 말을 가로챘다.

"오싱, 나는 그때 고우타상에게 오싱이 시집간다고 말했어. 그날은 오싱의 사주단자가 들어오는 날이었지. 고우타상은 그 말을 듣고 절망했었어. 나는 그런 고우타상의 마음의 틈바구니에 뛰어들었던 거야."

오싱은 보일 듯 말 듯 엷은 미소를 지으며 나직이 말했다.

"가요 아가씨, 괘념치 마세요. 모두 전생에 이미 정해진 운명이니까요."

가요는 그윽한 눈길로 오싱을 바라보았다. 그리고 혼잣말처럼 중얼거렸다.

"우리 세 사람은 이상한 운명이야. 이 사카다에서 만나, 서로 사랑하는 사람과는 맺어지지 못하고…… 10년이 지난 지금 다시 사카다에서 만나 산산조각으로 흩어지는 이별을 하지 않으면 안되는 운명이라니."

오싱은 술기운 때문인지 상기되어 있는 가요를 위로해 주고 싶었지만 무슨 말을 해야 할지 얼른 떠오르지 않았다.

"누구나 제각기 걸어가는 길이 다른 거예요. 어쩔 수 없는 일이에요."

오싱의 이 말에 가요는 빙긋 미소를 띠며 오싱을 쳐다보았다.

"고우타상과 오싱이 부부로 맺어져서 아이도 낳고 그래야 되는 건데."

오싱은 약간 당황해 하며 가요의 말을 서둘러 가로막았다.

"나는 지금 고우타상과 아무런 인연도 맺지 않은 것이 잘된 일이라고 생각해요. 더욱이 고우타상을 위해서 잘된 일이라고요. 고우타상은 자기 나름대로 뜻 있는 일을 하고 있고,

내가 그것을 방해하는 존재가 되지 않기 때문에……"

침묵을 지키던 고우타가 입을 열었다.

"그럴지도 모르지. 나 역시 지금은 자유롭지만 지금까지의 10년간은 도저히 오싱상을 행복하게 해줄 수 있는 처지가 아니었소. 그때 일시적인 젊은 기분으로 오싱상을 도쿄에 데리고 갔더라면 지금쯤 후회하고 있었을 거요. 나는 가요상을 기다리게만 했었으니까."

가요는 술잔을 만지작거리며 중얼거리듯 말했다.

"나는 그것을 고통스럽다고는 생각지 않았어요. 고우타상은 언제나 나에게 싫증을 느꼈으니까 이제는 돌아오지 않는 것이 아닌가 하는 생각 때문에 고통스러웠어요. 그래서 사카다에서 결혼할 생각도 하게 된 거지."

"앞으로 또다시 그런 생활을 하게 될지도 모르오. 난 항상 하루 앞도 내다볼 수 없는 그런 생활을 하고 있으니까. 오싱상이 류조상과 잘되어서 정말 다행이오. 그렇지 않았더라면 오싱과 유를 더욱 고생스럽게 희생시킬 뻔했소."

고우타의 말에 오싱과 가요는 묵묵히 탁자만 내려다보고 있었다. 침묵이 한동안 계속되다가 가요가 먼저 입을 열었다.

"부러워요. 고우타상과 오싱은 서로를 진실로 사랑하고 있군요."

"가요 아가씨!"

오싱이 말을 가로막았으나 가요는 못 들은 척하며 말을 이었다.

"사랑이란 같이 생활하거나 육체적으로 맺어져야 하는 것만이 아니에요. 서로 진심으로 상대방을 생각해 주고 위하는 것이 진실한 사랑이에요. 나에겐 그런 사람이 없어요."

"가요 아가씨에게는 훌륭한 서방님이 계시지 않아요. 서방님을 위하는 것이 아가씨의 행복이에요."

오싱의 말에 가요는 고통스럽다는 듯이 고개를 흔들었다.

"앞으로는 얌전하게 가가야에 들어앉을 생각이야. 그렇지만……"

고우타가 가요의 말을 가로막았다.

"가요상, 이 세상에 뜻대로 살아가는 인간이란 한 사람도 없소. 모두들 무엇인가에 부닥치며, 그것을 견뎌 내거나 단념하거나 하면서 자신도 예측할 수 없는 인생길을 가고 있는 것이오. 원망하거나 후회한다고 해도 어쩔 수 없는 일이오. 그때그때의 행복을 발견하기 위한 노력을 해야지요."

"가가야에 갇혀 있는 내게는 아무런 꿈도 희망도 없어요."

가요는 쓸쓸한 미소를 머금었다. 고우타는 차분한 목소리로 가요를 달래듯 말했다.

"행복이란 남이 주는 것이 아니라 자기가 발견하는 것이오. 한 그릇의 밥 때문에 배고픔을 겪어 본 사람만이 그 밥의 고마움을 알지요. 가요상은 그것을 몰라요. 너무 호강만 했기 때문이오. 조금만 사고방식을 달리하면 가요상에게도 자신의 행복이 보이게 될 것이오. 꼭 그렇게 되기를 바랍니다. 언젠가 다시 만날 때는 웃으며 자신이 살아온 길을 이야기할 수 있었으면 합니다."

"다시 만날 수 있을까요?"

가요가 울먹이듯 말하자 고우타는 고개를 끄덕였다. 가요는 감정에 복받쳤던지 얼굴을 탁자에 묻고 흐느끼기 시작했다.

"오싱, 또 만나게 되겠지? 꼭 만날 수 있겠지?"

"그럼요. 틀림없이 다시 만나게 될 거예요. 사카다에서 고우타상과 세 사람이 다시 만나요."

오싱도 울먹이며 가요의 등을 어루만졌다.

"오싱!"

가요는 오싱을 부둥켜안고 울음을 터뜨렸다. 오싱의 눈에서도 눈물이 넘쳐흘렀다. 묵묵히 두 사람을 바라보고 있는 고우타의 눈에도 깊은 감회가 안개처럼 서려 있었.

다음 날 아침, 오싱은 유의 손을 붙잡고 가게를 나섰다. 기쁜 일도, 괴로운 일도 많았던 사카다이다. 오싱은 몇 번이고 가게를 뒤돌아보며 어차피 떠나야 할 길이라고 다짐하며 가가야를 향해 무거운 걸음을 옮겼다.

가가야에서는 미노와 가요가 오싱을 기다리고 있었다. 오싱이 작별 인사를 하자 미노가 아쉬움을 가득 담은 얼굴로 오싱을 바라보았다.

"기어코 가는 거냐?"

오싱은 말없이 고개를 숙였다. 가요가 말했다.

"고우타상이 이세까지 바래다주는 거지?"

"아니에요. 급한 볼일이 있다면서 아침 일찍 떠났어요."

오싱의 말에 가요는 펄쩍 뛰었다.

"그런 무책임한 일이 어디 있어. 그러지 말고 고우타상이 바래다줄 때까지 늦추면 되잖아. 고우타상이 올 때까지 집에서 기다려."

"괜찮아요. 이세에서 신세질 분의 주소는 잘 가지고 있어요. 이제부터는 어차피 혼자니까 혼자서 가겠어요."

미노는 그러한 오싱이 안쓰러워 혀를 찼다. 기요타로가 방에서 나와 오싱에게 봉투를 내밀었다.

"오싱, 내 조그만 성의다. 넣어 두어라."

"아니에요. 그렇지 않아도 신세를 많이 진걸요."

한사코 사양을 하는 오싱의 손에 기요타로는 억지로 봉투를 쥐어 주었다.

"사양할 것 없어. 오싱이 돈이라도 갖고 있다고 생각하면 아무래도 안심이 되니까. 짐이 될 정도는 아니니 넣어 두도록 해."

미노는 보퉁이를 꺼내 오싱에게 내밀었다.

"이틀분 도시락이다. 기차에서 먹어라."

오싱은 고마워서 어쩔 줄을 몰라하며 받았다.

"여러 가지로 폐만 끼칩니다."

"이세에서 뜻대로 안되면 즉시 돌아오너라. 무리하지 말고."

미노가 집을 나서는 오싱을 따라 나오며 말했다.

"그래, 건강을 해치면 아무것도 안되니까."

기요타로도 당부했다. 미노는 유를 어루만지며 목이 메었다.

"유짱과도 이별이구나. 끝내 우리 집 아이가 못되는구나."

"안녕히 계십시오."

오싱은 인사를 마치자 유의 손을 잡고 돌아섰다. 기요타로와 미노, 가요는 손을 흔들며 이별을 아쉬워했다.

"가자마자 편지하거라."

오싱은 몇 번이고 가가야를 뒤돌아보았다. 오싱에게 있어서 가가야는 야마가다의 집보다 훨씬 추억이 많은 곳이었다. 큰방마님 구니에게 귀여움을 받으며 자랐던 소녀 시절의 추억이 새삼스럽게 밀려왔다.

한번도 가보지 못한 곳을 향해 혼자서 하는 여행은 불안하고 지루했다.

달리는 열차 안에서 차창을 통해 바깥 풍경을 내다보고 있는 오싱은 밀려오는 외로움을 달래려는 듯 철모르는 유를 힘주어 끌어안았다.

도쿄에서 야마가다로, 그리고 사카다로 향한 열차 여행은 언제나 어두운 마음의 여정이었으나, 이번 여행은 더욱더 오싱에게 불안하고 가슴 아프게 다가왔다.

오싱과 게이는 이세시마 해안에서 바다를 내려다보고 있었다. 바다는 언제나처럼 푸르렀다.
"그랬었군요. 이곳 호텔에서 쉬어 가자고 한 것은 역시 그런 추억 때문이었군요."
게이의 말에 오싱은 싱긋 웃었다.
"그때만 해도 지금처럼 교통이 편리하지 않았지. 이곳까지 오는 것이 정말 큰일이었다. 낯설고 먼 곳에 떨어져 버렸다고 생각하니 울고 싶도록 한스러웠지."
"할머니도 어지간히 복이 없으셨군요. 사가를 떠나서도 좀처럼 안착할 곳이 없었으니까."
오싱은 가느다랗게 한숨을 쉬며 바다를 내려다보았다.
"자기가 살 집이 없다는 것보다 더 어둡고 비참한 일은 없을 거야. 찾아간 집이 어떤 곳인지도 알 수 없고…… 정말 암담한 심정이었다."
"어디쯤 있었어요, 그 집이? 지금도 있어요?"
하고 게이가 물었다.
"자식들이 고기잡이를 이어받기 싫어했어. 도쿄에서 대학을 나와, 모두 그냥 도쿄에 주저앉아 버렸지. 결국 돌아오는 사람이 없으니 집을 처분해 버리고 지금은 다른 건물이 들어섰단다. 항구도 콘크리트 제방이 되어 버리고, 옛 모습은 없지만 푸른 바닷물은 변하지 않았구나."

오싱은 옛날이 그리운 듯 일렁거리는 바닷물을 하염없이 바라다보고 있었다.

어둑어둑해지는 저녁, 오싱은 유를 업고 가미야마 히사의 집 앞을 서성거리고 있었다. 오싱은 가까스로 문패를 읽고 반가운 듯 소리쳤다.

"유, 찾았다! 여기야!"

순간 팽팽히 당겨진 실이 끊어지듯 오싱은 쌓아 둔 어망 위에 털썩 주저앉았다. 그때 갑자기 머리 위에서 어떤 여자의 엄한 고함 소리가 들렸다.

"그런 곳에 앉다니! 벌받으려고!"

이 집의 안주인 히사였다. 오싱은 깜짝 놀라 고개를 들었다.

"소중한 어망이야. 어부의 목숨줄이란 말이야."

"미안합니다."

오싱은 일어서려고 했으나 피로에 지친 몸이 말을 듣지 않았다. 히사는 비틀거리는 오싱을 쳐다보다가 목소리를 부드럽게 해서 말했다.

"당신, 처음 보는 얼굴이구먼."

"미안합니다. 아무것도 모르고……"

오싱의 말에 히사는 깜짝 놀라며 물었다.

"그렇구나. 당신 사카다에서 왔죠. 그렇죠?"

"네."

"듣지 못하던 사투리다 했더니, 그렇다면 고우타의 소개로?"

"네, 그렇습니다."

오싱은 가까스로 몸을 가누고 일어섰다. 히사는 오싱의 팔을 잡으며 말했다.

"길을 못 찾고 헤맨 모양이구먼. 고우타에게 오늘 도착할 것이라는 연락을 받고 몇 번이나 동네 어귀까지 마중을 갔었는데. 자, 빨리 들어와요."

"네."

"나는 가미야마 히사라고 해요. 당신의 신원 인수인이에요."

히사가 자기 소개를 했다.

"이렇게 뵙게 돼서 반갑습니다."

오싱은 히사를 따라가려고 하다가 다시 비틀거리며 그 자리에 주저앉았다. 히사는 깜짝 놀라며 오싱을 부축했다.

"당신, 어디 아파요?"

"아니에요. 온종일 굶고 돌아다녀서 다리에 힘이 빠져서 피곤할 따름이에요. 이곳을 찾을 때까지 불안해서 아무것도 먹히지 않았거든요."

 오싱이 부끄러운 듯이 말하자 히사는 오싱의 등을 두드리며 웃었다.

 "그렇게 마음이 약해서야…… 여자 혼자 살아가자면 기운을 내야 해요."

 히사가 이끄는 대로 거실로 따라 들어간 오싱은 차려 준 밥을 정신없이 먹었다.

 히사는 만족한 듯이 오싱을 바라보고 있었다.

 "이 생선조림이 아주 맛있군요. 무슨 생선인가요?"

 "아이나메란 고기요. 오늘 아침에 잡은 것인데 조금 전까지 펄떡거리던 것을 조린 거요."

 히사는 어깨를 으쓱했다.

 "이 근처 사람들은 이렇게 맛있는 생선을 먹는 거예요?"

 오싱의 말에 히사는 고개를 끄덕이며 물었다.

 "오랫동안 야마가다에만 있었어요?"

 "아니에요. 도쿄나 사가에서도 살았습니다만, 이렇게 맛있는 생선은 처음이에요. 아 참, 저는 다노쿠라 오싱이라고 해요. 앞으로 신세를 지게 되었습니다. 잘 부탁드립니다."

 "아 아, 인사는 먹고 난 다음 천천히 해도 좋아요. 생선 같으면 얼마든지 있으니까 실컷 들어요."

 "고맙습니다."

 히사는 자고 있는 유를 다독거려 주며 말했다.

"이 아이를 데리고 사카다에서 왔다면 지친 것도 무리가 아니겠구먼. 이런 낯선 곳까지 잘도 왔소. 고우타도 너무했지. 당신 혼자 보내다니."

오싱은 젓가락질하던 손을 멈추고 애써 변명했다.

"갑자기 일이 생겨서 그리 됐습니다."

히사는 못마땅한 듯이 얼굴을 찡그렸다.

"일은 무슨 일이야! 부모 속 썩이는 일만 하고 다니면서…… 돈이 없는 것도 아니고, 얌전하게 대학 나와서 관리라도 될 일이지. 아버지는 대지주에 고액 납세자인 귀족 의원이야. 부모 후광으로도 출세는 얼마든지 할 수 있을 텐데."

"고우타상이 귀족 의원의 아들인가요?"

오싱이 놀라서 물었다.

히사는 그 말에는 대답을 않고 정색을 하며 유를 가리켰다.

"이 아이는 고우타의 아들이오?"

"네?"

오싱은 어이가 없다는 듯이 웃으며 고개를 저었다.

"아니에요. 애 아빠는 따로 있어요."

"그렇구면. 설마 하긴 했지만…… 고우타가 당신 일을 하도 간곡히 부탁하길래 내가 그만 오해를 했군. 자기의 소중한 사람이라고. 아무튼 건달 같은 사람이니까."

"고우타상은 결코 건달이 아니에요."

오싱이 변명을 하려들자 히사는 손을 내저으며 사람 좋은 웃음을 지었다.

"알아요. 잘 알고 있으니까 고우타의 부탁을 들어주기로 했지. 부모와는 절연 상태에 있고 친척들이 있다 해도 모두 못 본 척하고 있어요. 왕래가 있대야 겨우 나 정도지."

"아주머니는 고우타상과 어떤 사이신가요?"

"고우타의 어머니와 나는 사촌간이에요. 그렇긴 해도 저쪽은 대가의 안주인이고 나는 어부의 여편네지. 어쩌다 보니 왕래가 뜸하게 되었지만 고우타는 어렸을 때부터 여기가 좋다고 자주 왔지. 중학교 다닐 때도 여름방학이면 우리 집에 놀러오곤 했었지. 지금도 가끔 들르지만…… 마음씨 착한 아이였는데 그만 엉뚱한 일에 정신이 팔려서 걱정이라우. 아무튼 고우타에게 부탁받은 일을 거절 할 수도 없고, 고우타가 소중하게 여기는 사람이라면 나쁜 사람은 아니겠지 싶어서…… 힘닿는 데까지 도와줄 작정이라오."

"미안합니다. 염치없이 신세를 지게 되었어요. 무슨 일이라도 하겠습니다. 무엇이든 시켜만 주세요."

오싱의 말에 히사는 손을 내저으며,

"아니, 오늘은 편히 쉬어요. 여독을 푸는 일이 우선이야."

하고 말했다.

그때 갑자기 이층에서 쿵쾅거리며 남자들 대여섯 명이 내려왔다. 오싱은 깜짝 놀랐다. 남자들도 오싱을 보고 놀라는 것 같았다. 오싱은 당황하여 상을 들고 부엌으로 갔다.

가미야마 히사란 여자는 어떤 사람인가? 이층에서 내려온 남자들은 무엇을 하는 사람일까? 내일부터는 어떤 생활이 시작될 것인가? 오싱으로서는 전혀 짐작이 가지 않았다.

그러나 고우타가 신뢰하고 있는 사람인 만큼 믿고 내일부터 운명을 히사에게 맡기는 수밖에 없었다.

이튿날 아침, 눈을 뜬 오싱은 처음에는 자신이 어디에 있는지 알 수가 없었다. 낯선 방이었다. 더구나 곁에서 잠자고 있어야 할 유가 보이지 않았다. 오싱은 깜짝 놀라 벌떡 일어났다. 그제야 오싱은 어제 가미야마 히사의 집에 왔던 일을 기억해 냈다.

그렇다. 오늘부터 새로운 생활이 시작되는 것이다. 오싱은 갑자기 자신에게 덮쳐 오는 어두운 불안을 느꼈다. 이제부터는 어떤 나날이 펼쳐질 것일까.

오싱은 옷을 갈아입고 밖으로 나갔다.

"유짱! 유짱!"

오싱이 유를 찾고 있는데 히사가 유를 데리고 들어왔다.

"유짱!"

오싱이 반갑게 유를 부르자 히사가 말했다.

"바다를 보여 주었지. 유는 벌써부터 일어나 있는데 오싱은 정신없이 자고 있더군. 몹시 고단했던가 봐."

"미안합니다. 긴장이 풀렸던가 봐요. 덕분에 잘 잤습니다. 이곳 일은 잘 모르지만 뭐든 도와 드리겠습니다. 가르쳐 주세요."

"오싱은 우리 집 일을 돕기 위해 온 것이 아니라오."

하며 히사는 빙긋이 웃었다.

"아침 식사 준비는 어떻게 해야 하죠?"

"우리 집 젊은이들은 벌써 고기잡이에서 돌아와 조반을 다 먹었다오."

"이렇게 빨리요?"

벽시계를 보니 시계는 6시 반을 가리키고 있었다.

"저녁에 고기잡이 나간 배는 다음 날 아침 5시면 돌아와요. 먹을 것 먹고 자고들 있지."

오싱은 첫날부터 늦잠을 잔 것이 미안했다.

"미안해요. 내일부터는 일찍 일어나 부엌일을 하겠어요."

"그런 일은 내가 할 일이야. 오싱의 일은 따로 있다오."

하며 히사는 오싱의 말에 고개를 저었다.

"그래도 이곳에서 신세지고 있으니까……"

"나는 오싱에게 방을 빌려 주는 것 뿐이야. 고우타한테서 오싱이 살 수 있는 방을 구해 달라는 부탁을 받았는데 다행히 우리 집에 방이 있었소. 자식들은 셋 다 도쿄와 나고야의 학교에 가 버리고 나 혼자 있어. 그러니 걱정 말고 여기서 묵어요. 앞으로 장사가 잘되면 오싱의 남편도 불러올 날이 오겠지. 그때는 부부가 같이 살 집을 찾아야겠지만."

히사의 말에 오싱은 겸연쩍어 하면서도 이 집에 신세를 지는 만큼 일을 해 주어야 한다고 생각했다.

"집안일이 많을 텐데, 제가 할 수 있는 일이 있으면 시키세요."

"집안일은 내가 할 일이오. 오싱은 내일부터 행상을 나가야 한다우."

"행상을요?"

깜짝 놀라는 오싱을 보고 히사는 웃었다.

"오싱은 그것 때문에 이곳에 온 게 아니우? 고우타에게 이야기 못 들었소?"

그제야 오싱은 고우타의 말이 생각났다. 어렴풋이 고우타가 그런 말을 했던 것 같기도 했다.

"우리 배에서 잡은 생선을 싸게 내줄 테니 그것을 팔아요."

"팔러 가다니, 어디로요?"

오싱은 히사의 말에 반문했다. 히사는 어이없다는 듯이 웃었다.

"어디인지 내가 알 수 있나. 나는 오싱에게 생선을 내주는 일만 하는 거요. 다른 곳보다 싸게 내주는 것밖엔 없어. 그것을 어디에 얼마를 받고 파는가는 오싱의 수완에 달렸어요."

어리둥절해 하는 오싱에게 히사는 차근차근 설명을 해 주었다. 행상이란 가게보다 물건값이 싸야 한다는 것과, 중간상인이 없으니 싸게 팔아도 벌이가 된다는 것과, 행상들이 많으니 경쟁이 심하다는 것 등을 이야기했다.

"아무리 자세히 이야기해 본들 별 도움이 안되지. 실제로 해 봐야 요령이 생기는 법이라우. 아무튼 내일부터 나서 봐요. 유짱은 내가 맡아줄 테니."

"별말씀을, 제가 데리고 다니겠어요."

"아직 잘 걷지도 못하는 아이를 어떻게 데리고 다녀요."

오싱은 행상 나가는 일이 두렵기는 했으나 부닥친 일이라면 열심히 해야 한다고 마음을 다잡아 먹었다.

"손수레를 사겠어요. 그 정도의 돈은 있거든요. 생선과 함께 유짱을 수레에 태워서 다니겠어요."

오싱의 말에 히사는 펄쩍 뛰었다.

"그런 가엾은 일을! 날씨가 좋은 날만 있는 게 아니에요. 어쨌든 나는 종일 집에 있으니까 유짱 걱정은 말아요."

"마음을 써주시는 것은 고맙지만 그런 폐를 끼치게 된다면 아이를 키울 자격이 없습니다."

오싱의 단호한 말에 히사는 아무 말 없이 잠자코 유의 머리를 쓰다듬었다.

"유짱에게는 고생일지도 모르지요. 그러나 어미가 열심히 일하는 모습을 본다면 유짱에게도 좋은 교육이 될 겁니다."

히사는 고개를 끄덕였다.

"당신이 어떤 사람인가 알 것 같아요. 그러니 유짱의 문제는 하고 싶은 대로 해요."

두 사람은 서로 마주 보고 웃었다. 그 웃음 속에는 두 사람이 서로에게서 느끼는 따스한 감정이 배어 있었다.

"당분간 지금의 방을 쓰도록 해요. 먹는 것도 나와 젊은이들과 같이 먹겠다면 그렇게 하기로 하지. 오싱은 장사만 생각하도록 해요. 아무것도 마음 쓸 것 없어요. 방값과 식대는 어김없이 받을 테니까. 열심히 벌지 않으면 하숙비를 내지 못할 테니 쫓겨나지 않도록 억척같이 벌어요."

"네, 명심하겠습니다."

히사는 그러면 됐다는 듯이 자리에서 일어나며 혼잣말처럼 말했다.

"그렇다면 집에 있는 손수레를 고쳐 쓰면 되겠군."

행상

 히사는 젊은이들에게 유모차를 수리하게 했다. 젊은이들은 히사가 시키는 대로 생선 상자 다섯 개 외에도 어린이 한 명 정도를 실을 수 있는 손수레를 만들었다.
 오싱이 나와서 보고 미안해하자 히사는 오싱의 등을 떠다밀었다.
 "미안해할 것 없어. 자, 들어가서 다른 준비나 해요."
 히사는 싱글벙글했다. 그날 오싱은 하루 종일 바빴다. 행상에 맞는 옷이나 신발도 준비해야 했고 주변 동네의 지리도 대충 익혀 두어야 했다.
 처음 나서는 행상에 대한 불안으로 일이 손에 잡히지 않아 허둥지둥 하루를 보낸 오싱은 유를 안고 잠자리에 들었다.

이튿날 아침 오싱이 아직 잠들어 있는 유를 두고 부엌으로 나오자 히사는 벌써 식사 준비를 하고 있었다.

"편히 주무셨어요?"

"오싱도 잘 잤어? 곧 배가 들어올 시간이야. 나도 지금 바닷가에 나갈 참이야."

"잘 부탁드립니다."

"그전에 아침 식사를 마치는 편이 좋겠어. 준비해 놓았으니까. 자, 이것은 도시락."

히사는 오싱에게 보퉁이를 건네주었다. 오싱은 그것을 받으며 인사를 했다.

"여러 가지로 죄송합니다."

마당으로 나오자 유모차를 수리해 만든 손수레가 오싱을 기다리고 있었다. 오싱은 그것을 밀고 히사의 뒤를 따라 바닷가로 나갔다.

새벽의 부두에는 많은 아낙네들이 고깃배가 들어오기를 기다리고 있었다. 잠시 후, 배가 닿고 잡아 온 생선들이 부두에 부려졌다. 오싱은 신기해 하며 이것저것 들여다보았다.

히사는 모여 있는 여자들에게 오싱을 소개했다.

"이제부터 이 사람도 당신들의 동료가 되었으니 잘 부탁해요."

히사가 오싱을 가리키자 여자들은 일제히 오싱을 쳐다보았다. 오싱은 당황하여 고개를 숙였다. 히사는 목소리를 낮추어 오싱에게 말했다.

"이 사람들뿐만 아니야. 딴 곳에서도 행상을 하는 사람이 많아요. 그 속에서 경쟁을 하며 장사를 해야 하니 여간 힘들지 않지. 하지만 오싱이 열심히만 하면 모든 게 잘될 거야."

오싱은 고개를 끄덕였으나 불안한 마음은 어쩔 수 없었다.

히사는 여자들을 향해 큰 소리로 말했다.

"오늘은 너무 고기가 적은 것 같은데. 자, 시작해 볼까."

그러고는 오싱에게 귓속말을 했다.

"잘 팔릴 것 같은 것만 골라서 가져가도록 해야 해. 꾸물거리면 안돼."

여자들은 생선을 둘러싼 채 고르기 시작했다. 오싱도 황급히 그 사이에 끼어들었으나 다른 여자들에게 떠밀려 나오고 말았다.

여자들은 빠른 손놀림으로 고른 생선을 각자의 통에 담았다. 히사가 오싱에게 말했다.

"오싱은 뭘 가지고 가겠어? 오늘은 가자미가 물이 좋아. 보리멸과 공미리도 좋구."

오싱이 어리둥절해 있는 사이 다른 여자들이 히사에게 말했다.

"오늘은 이것만 가지고 가겠어요."

"응, 모두 3엔 50전이야."

"난 도미를 가져가겠어요. 잔칫집에서 부탁 받았거든."

"당신, 좋은 단골 따 났구먼."

"이거 얼마예요?"

"4엔이지만 3엔 80전에 해 주지."

오싱은 이런 왁자지껄한 소리를 들으며 멀뚱멀뚱 서 있을 뿐이었다. 도대체 엄두가 나지 않았다.

이윽고 여자들이 돌아가고 오싱은 남아 있는 생선을 골라 수레에 싣고 히사와 함께 집으로 돌아왔다.

"놀랐어요. 마치 전쟁 같아요."

오싱의 말에 히사는 웃었다.

"좋은 생선을 남에게 빼앗기면 곤란하지. 이런 것이 잘 팔리겠다고 생각되면 남보다 먼저 차지해야 해요."

"네."

"누구보다도 빨리 서둘러야 하고, 조금이라도 좋은 생선을 손님에게 내보내야 하고, 또 단골이 생기면 단골손님이 원하는 것을 가져가야 해요. 하다 보면 전쟁처럼 되는 법이지."

오싱은 고개를 저었다.

"난 도저히 그런 걸……"

"오싱도 곧 마찬가지가 될걸. 처음에는 생선 이름도 모르지만 하다 보면 싫어도 알게 될 거야. 오늘은 내가 골라 주었지만 다음부터는 오싱이 직접 하도록 해요. 며칠간 해 보면 요령이 생길 테니까. 아무튼 사들인 값의 곱절을 받아도 소매상보다 싼값이니까 다른 행상들과의 경쟁이 문제지."

히사의 말을 듣고 보니 알 것도 같았지만 오싱은 불안했다.

"오늘 생선 같으면 그 사람들은 얼마나 받아요?"

오싱의 물음에 히사는 고개를 저으며 대답했다.

"그런 것을 이야기해 줘도 별 도움이 안돼. 모두 각자의 흥정이 있으니까. 그것을 빨리 알아내어 자기의 값을 정하는 것은 오싱의 수완에 달린 일이야."

오싱은 잘 알았다고 대답은 했으나 잘 해낼 자신이 없었다. 그러나 우물쭈물 할 수 없어서 유를 손수레에 태우고 집을 나섰다.

이렇게 해서 무엇이 어떻게 되는지도 모른 채 오싱은 생선 행상을 시작했다. 출장 미용, 양복지 장사, 기성복 제조, 밥 장사, 노점에서 동동구이도 해 본 오싱이었다. 그것도 모두 밑바닥부터 시작한 것이었다.

그 경험으로 어느새 오싱에게는 장사꾼의 육감과 근성이 배어 있었다. 자기도 모르는 사이, 어떤 어려움에 부닥쳐도 이겨 낼 수 있다는 용기와 신념을 가지고 살아왔었다.

한 발짝 내디뎠을 때 오싱은 본래의 자신으로 되돌아와 자신에게 주어진 길을 힘차게 걷기 시작했다.

"싱싱한 생선이 왔어요. 오늘 아침에 잡은 싱싱한 생선이에요. 가자미, 보리멸, 공미리가 있어요."

시내로 나온 오싱은 목청을 돋우어 소리쳤다. 유를 태우고 있는 모습이 신기한지 쳐다보는 사람은 많았으나 생선을 사는 사람은 없었다.

"생선 사세요. 싱싱한 생선이 왔어요."

오싱이 어느 집 대문을 향해 소리쳤으나 주인은 귀찮다는 듯이 대꾸했다.

"생선은 벌써 샀어요."

"그럼 다음에 부탁합니다."

오싱은 다시 손수레를 밀고 걸었다. 생선을 한 마리도 팔지 못한 채 오싱은 다른 동네로 들어섰다.

"생선 사세요. 싱싱한 생선 사세요."

오싱은 목청을 높였다. 노파 한 사람이 오싱을 보고 말했다.

"이봐요, 당신 처음 보는 얼굴이구먼."

"네, 오늘 처음 시작했어요."

"애쓰는데 안됐지만, 우리는 단골이 있으니까 다른 데 가서 팔아요."

노파는 그냥 들어가려고 했다.

"싸게 드릴게요."

"그렇지만 다른 일도 여러 가지 부탁하고 있으니까 당신한테 살 수는 없어요."

"그렇다면 다음에 부탁합니다."

오싱은 인사를 하고 그냥 지나치려고 했다. 그러자 노파가 딱하다는 듯이 말했다.

"당신, 이 근처에서 돌아다녀 봐야 소용없어요. 대개 단골에게만 사니까. 나쁘게 생각 말아요. 보기가 딱해서 하는 말이오."

"네, 알겠습니다. 고맙습니다."

오싱은 실망하여 또 손수레를 밀며 걸어갔다.

시장기가 느껴지자, 한적한 길가에 앉아 오싱은 유와 함께 점심으로 싸가지고 온 주먹밥을 먹었다.

"꽤 걸었는데 한 마리도 팔리지 않으니 어쩌면 좋지?"

오싱은 천진난만하게 주먹밥을 먹는 유에게 말했다.

오후가 되어 오싱은 다른 동네에 도착했다. 오싱은 밭을 갈고 있는 여자에게 말을 걸었다.

"생선을 팔러 왔는데요, 이 동네에도 정해진 생선 장수가 옵니까?"

그 여자는 허리를 펴고 일어서며 말했다.

"네. 하루나 이틀 사이를 두고 오는 아주머니가 있어요."

"그럼 여기서도 안 팔리겠네."

"오늘은 오지 않았으니까 살 사람이 있을지도 모르지요."

"아주머니는 어때요?"

그 여자는 웃으며 고개를 흔들었다.

"필요 없어요. 우리 집에 오는 아주머니는 시내에 있는 딸에게 심부름을 해 주기도 하고, 여러 가지 신세를 지고 있으니 그 아주머니한테 사야지요. 매일 생선을 사 먹을 수도 없고요."

오싱은 한심한 생각이 들었다. 이 동네에서도 생선을 팔기는 틀렸고, 그렇다면 시간도 늦었으니 그냥 생선을 싣고 들어갈 수밖에 없는 노릇이었다. 오랫동안 생선을 두면 상하기만 할 뿐이다. 오싱은 생선을 그냥 주고 가기로 했다.

"아주머니, 이 가자미 그냥 가지세요. 그냥 두면 상하기만 할 테니까."

그 여자는 의아한 듯이 오싱을 바라보았다.

"도로 가져가 봤자 짐만 되니 다 드리고 가지요. 다른 분들도 가지고 가시라고 해요."

여자는 어리둥절해서,

"정말이에요?"

하고 물었다.

"그럼요. 버리게 되면 아까우니 거저라도 드리는 게 낫지요."

여자는 밭에서 일하는 사람들을 불러 생선을 나누어 주었다.

한 마리도 팔지 못하고 공짜로 다 줘 버린 오싱은 완전히 어두워진 뒤에야 지친 다리를 끌고 집으로 돌아왔다. 히사가 나오며 반갑게 맞이했다.

"늦었군. 어디까지 간 걸까 걱정하고 있었지."

오싱은 그냥 맥없이 웃어 보였다. 히사는 오싱의 수레를 들여다보았다.

"아니, 모두 팔렸구먼. 이거 대단한데. 첫날부터 한 마리도 남기지 않고 다 팔다니. 난 오싱이 삼 분의 일만 팔아도 대단한 솜씨라고 칭찬하려고 했지. 도대체 어떻게 판 거야?"

오싱은 뭐라고 대꾸해야 좋을지 몰라 당황했다. 팔리지 않아서 그냥 나누어 주고 왔다는 말은 도저히 할 수 없었다.

오싱이 묵묵히 부엌으로 들어가자, 히사도 따라 들어왔다.

"목욕물을 데워 놓았으니까 저녁 먹고 나면 목욕을 해요. 유도 같이 해요. 종일 끌려 다녀서 먼지투성이야."

"미안합니다. 신세만 끼치게 되어서……"

"일일이 그런 눈치 보지 않아도 좋다고 했지 않아. 그런데 용케 모두 팔았구먼. 얼마나 벌었수?"

히사가 궁금한 듯 물었으나 오싱은 대답을 하지 못했다. 오싱이 우물쭈물하자 히사는 알았다는 듯 웃었다.

"그야 아무래도 좋아. 설사 거저 주다시피 싸게 팔았다 해도 물건을 비우고 오는 배짱이 마음에 들어. 헤엄을 가르칠 때는 우선 물속에 처넣고 본다지 않아. 물먹지 않으려고 어떻게든 물에 뜨려고 하지. 그러면서 물의 무서움도 알고, 수영도 배우는 법이지."

오싱은 밥을 차려 먹으면서 히사의 말을 귀담아 들었다. 히사는 자상하게 이야기를 계속했다.

"장사는 남이 가르친다고 알게 되는 것이 아니야. 자기가 고생해 보고서 스스로 터득하는 거지. 실패를 무서워해서는 안돼요. 실패가 제일가는 성공의 밑거름이 되는 법이야."

오싱은 밥을 먹다 말고 묵묵히 앉아 고개를 숙였다. 히사는 그런 오싱이 안쓰럽다는 듯이 등을 툭툭 쳤다.

"이런 말이 오싱에게는 어떻게 들릴지 모르지. 어쨌든 고생이 심하군. 나에겐 사내아이들뿐이어서 모두 집을 떠나 있지. 오싱 같은 딸이라도 있으면 얼마나 좋을까하고 생각될 때도 있어. 고우타에게 오싱의 이야기를 들었을 때, 여자 한 사람이나 두 사람쯤 먹여 주는 것은 아무것도 아니니까 내가 맡겠다고 했지. 그러나 고우타는 오싱이 스스로 자립할 수 있게 되기를 바란다고 했어."

오싱은 젓가락을 놓고 우두커니 히사를 바라보았다. 히사는 말을 계속했다.

"그런 부탁을 받고 받아 주었으니 내게도 책임이 있어. 당신이나 유짱을 편하게 해 주는 것쯤은 아주 쉬운 일이야. 정말 편하게 해 주고 싶어. 하지만 그렇게 되면 고우타의 부탁을 저버리는 일이 될 것이고, 오싱을 위해서도 좋지 못한 일이야. 그래서 힘드는 줄 알면서도……"

오싱은 히사의 말이 무척 고마웠다. 그런 말이 아니더라도 오싱이 바라는 것은 자립을 위한 노력이지 동정을 받는 것은 아니었다.

"아무튼 하루라도 빨리 장사를 익혀 서방님과 같이 살 수 있게 되어야지."

"네, 잘 알고 있어요."

히사는 빙그레 웃었다.
"행상이란 장사의 기본이야. 행상도 제대로 못한다면 무엇을 해도 마찬가지지. 그런 마음으로 열심히 해 보는 거야."
"네."
오싱은 히사의 말을 듣는 동안 씻은 듯이 피로가 가시고 새로운 힘이 솟는 것 같았다. 열심히 하면 잘되겠지. 오싱의 얼굴에는 밝은 표정이 떠올랐다.
다음 날도 오싱은 유를 데리고 장사를 나섰다.
"싱싱한 생선이 왔어요. 최고로 싸게 드립니다. 싱싱한 생선이 왔어요."
시내의 큰길을 따라 수레를 밀며 오싱은 큰소리로 외쳤다. 수레에는 생선 이름과 한 마리당 값이 크게 써 붙여져 있었다.
이때 마침 거리에 서서 이야기를 하고 있던 요시와 사다라는 두 여자가 오싱의 모습을 보고 이상하다는 듯이 고개를 갸웃거리다가 오싱을 불렀다.
"잠깐, 생선 좀 보여 주세요."
"네, 고맙습니다."
오싱은 수레를 세우고 생선을 보여 주었다. 요시는 생선을 살펴보고는 말했다.
"이것 정말 거기에 쓰여져 있는 가격대로 파는 거예요?"
"네."
"너무 싼데. 어제 남은 것을 팔고 있는 게 아닌가 했더니 그게 아니군."

"네, 오늘 아침 거예요."

사다도 생선을 살펴보고는 말했다.

"정말, 집에 생선을 가지고 오는 아주머니 것은 이것과 같았는데 5전이나 비쌌는데……"

"그렇다니까. 우리도 어제 가자미를 샀는데 이렇게 싸지는 않았어."

요시도 맞장구를 쳤다. 오싱은 공손하게 두 사람에게 말했다.

"저는 어제 처음 장사를 시작해서 다른 사람들 일은 모릅니다만, 손님들이 부담 없이 살 수 있도록 싸게 드리고 있습니다."

오싱의 말에 요시는 고개를 끄덕거렸다.

"어쩐지 낯선 사람이라고 생각했지."

"당신 동북 지방 사람이구먼. 말씨가 틀려, 여기하고."

사다가 말했다.

"네. 야마가다에서 왔어요."

"저런, 먼 데서 오셨구먼. 아이를 데리고 고생이 많겠어. 오늘은 보리멸이나 사 가지고 갈까?"

요시는 생선을 골랐다.

"나는 가다랭이 회를 사고 싶은데 통째로는 너무 많군요."

사다의 말에 오싱은 싹싹하게 대꾸했다.

"반 토막도 돼요. 반만 가지고 가세요."

오싱은 재빠르게 도마를 내놓고 썩썩 고기를 잘랐다. 오싱의 손놀림을 보고 요시가 감탄했다.

"어마, 당신 어제 생선 장사 시작한 사람 같지 않은데요?"

"더부살이할 때 익힌 솜씨예요."

지나가던 사람들과 근처의 여자들도 모여들었다.

사람들은 이리저리 생선을 살펴보고는 오싱에게 달라고 했다. 오싱은 갑자기 바빠졌다. 여러 사람이 줄을 설 지경이었다.

다른 생선 장수들이 지나가다가 그 모습을 보고 자기네들끼리 수군거렸으나 오싱은 생선 팔기에 바빠 그것도 모르고 있었다.

오전 중에 생선을 다 팔아 버린 오싱은 가벼운 걸음으로 집으로 돌아왔다. 마루를 닦고 있던 히사가 깜짝 놀라며 물었다.

"아니, 어떻게 된 거야? 아직 점심 전인데."

"모두 팔았어요."

오싱이 수레를 치우고 마루로 돌아왔다. 놀라는 히사를 보고 오싱이 말했다.

"내일은 생선을 좀 더 많이 가지고 가야겠어요."

"오싱, 도대체 어떻게 장사를 하는 거야?"

히사가 물었으나 오싱은 대답 없이 웃기만 했다.

"아무튼 좋아. 오싱은 오싱대로의 생각이 있겠지. 내가 이러쿵저러쿵할 건 아니야."

"오후에는 집안일을 돕겠으니 뭐든지 말씀해 주세요."

히사는 흐뭇해 하면서도 알 수 없다는 듯이 오싱을 쳐다보았다.

그날 저녁, 오싱은 히사와 바느질을 하며 이런저런 이야기를 했다. 도쿄에서 미용 일을 한 이야기를 하자 히사는 감탄했다.

"그래, 머리 손질도 할 수 있다는 거야?"

"네. 머리 손질하러 출장 가서 손님 옷을 수선하기도 했어요."

"그렇다면 오싱, 구태여 생선 행상 같은 것을 하지 않아도 되겠구먼."

히사의 말에 오싱은 고개를 저었다.

"팔을 다쳐서 지금은 안돼요. 그리고 오른쪽 손가락이 생각대로 움직이지 않아요. 머리 손질은 손끝이 예민해야 하는데 지금은 바느질도 잘 안돼요. 나나 유의 것이라면 거칠어도 좋으니 할 수 있지만 손님들 것은 곤란해요."

"쯧쯧, 그랬었군. 그 말을 듣고 보니 바늘 쥐는 것도 불편해 보이는군."

오싱은 한숨을 쉬었다.

"이 정도는 그래도 많이 나아진 거예요. 전에는 가위나 칼도 쓰지 못했어요."

"정말 고생했겠구먼. 머리 손질을 할 수 있다면 고생하지 않아도 될 텐데."

히사는 위로하듯 말했다.

오싱은 히사와 같이 이해심 많은 사람을 만난 것이 더없이 고마웠다.

히사는 바느질감을 치우며 말했다.

"그건 그렇고 저녁 준비나 할까? 오늘은 이세 새우를 구해 놓았지. 오싱은 이세 새우 못 먹어 봤지? 여기 왔으니 어디 한번 먹어 보라구."

"아니에요. 그런 귀한 것을 어떻게 먹어요. 벌받아요."

오싱의 말에 히사는 큰 소리로 웃었다.

"아, 나는 오싱에게 먹이고 싶으니까 아무 소리 말아요."

오싱과 히사가 부엌으로 가려는데 생선 행상을 하는 도메와 히데가 찾아왔다. 히사는 두 사람을 반갑게 맞았다.

"오, 무슨 일이야? 벌써 끝났어?"

도메는 히사의 인사를 건성으로 받아넘기고 상기된 목소리로 말했다.

"끝나고 안 끝나고, 오늘 혼이 다 났어요. 우리들 생선이 비싸다고 야단이야."

히데도 거들었다.

"이래 가지고는 장사고 뭐고 안돼요. 도대체 어떤 생각에서 그랬는지 들어 보려고 왔어요."

두 사람이 잔뜩 화가 나서 따지려 들자 히사가 물었다.

"느닷없이 무슨 소리야?"

도메는 히사를 제쳐 놓고 오싱을 향하여 금방 싸울 듯한 기세로 다그쳤다.

"당신은 잘 알고 있겠지. 우리가 무슨 말을 하는지."

오싱은 묵묵히 그냥 서 있기만 하고 히사는 오싱에게 어찌 된 영문인지를 눈으로만 물었다. 오싱이 입을 굳게 다물고만 있자 도메가 못 참겠다는 듯이 설명을 했다.

"우리는 아주머니가 나누어 준 생선을 보통 사입 가격에다 3할을 붙여서 팔고 있어요. 그 벌이로 겨우 살아가고 있어요. 그것보다 적은 벌이로는 먹고살 수가 없다는 것을 잘 아실 테지요. 그런데 이 사람은 겨우 1할만 붙여 싸게 팔고 있다구요."

도메가 삿대질을 하듯 오싱을 가리키자 히데도 지지 않고 언성을 높였다.

"그런 짓을 하면 같은 장사를 하는 우리는 어떻게 하란 말이에요. 이 사람 혼자서 덤핑을 하기 때문에 다른 사람들의 생선은 비싸다고 사 주지를 않아요. 당신 한 사람 때문에 모두가 얼마나 피해를 입고 있는지 알기나 해?"

도메는 오싱을 보고 윽박지르듯 말했다.

"두 번 다시 이런 엉터리 같은 짓은 하지 말아요. 결국은 당신 목을 죄는 결과가 될 테니까."

오싱이 두 사람의 말을 잠자코 듣기만 하자 도메는 히사에게 더욱 화가 난 기세로 퍼부었다.

"아주머니도 아주머니예요. 이런 엉터리 같은 일을 시키다니!"

오싱은 도메의 이 말에는 가만히 있을 수가 없었다.

"아주머니는 아무것도 모르고 있어요. 나 혼자 생각으로 한 일이에요."

히사는 잠자코 있다가 분명한 어조로 두 사람에게 말했다.

"설사 알고 있었다고 해도 나는 간섭하지 않았을 거야. 얼마에 생선을 팔든 그건 그 사람의 장사 방법이니까. 그렇게 경쟁을 하는 게 장사의 재미지. 그런 일로 따지러 온 당신들이 이상하지 않은가?"

히사의 말에 도메는 펄쩍 뛰었다.

"아주머니!"

"그뿐 아니에요. 어제는 공짜로 생선을 나누어 주고 다녔다고 소문이 났어요."

히데의 말에 히사는 소리 내어 웃었다.

"말인즉 옳은 말이구먼. 상해서 버리는 것보다야 어엿하게 식탁에 올라 사람의 입맛을 돋우어 준다면 그 생선들도 좋아하겠는데. 안 그래요?"

그러자 히데는 화를 내었다.

"웃을 일이 아니에요. 그 뒤에 생선 팔러 간 사람의 입장을 생각해 봐요. 혼자 손해 보고 말 일이 아니잖아요."

히사는 히데의 불만에 딱 잘라 말했다.

"앞으로 이 사람이 어떻게 할지는 나도 몰라요. 그건 아무도 말릴 수 없어. 이 사람이 어떻게 하든 그걸 불평하지 말고 당신들도 이 사람과 경쟁할 방법을 생각하라구. 그것이 장사 아닌가."

도메와 히데는 원망스럽다는 듯이 히사를 쳐다보았으나 하는 수 없이 단념하고 돌아갔다.

오싱은 미안해서 어쩔 줄 몰라하며 고개도 제대로 들지 못하다가 한참만에야 기어드는 목소리로 겨우 말했다.

"뜻하지 않은 폐를 끼쳐서 미안합니다. 싸게 판 건 손님들이 저를 기억해 주십사 하고 한 거예요. 그렇게라도 하지 않으면 많은 행상들 가운데 저 같은 것은 눈에 띄지도 않을 거예요. 기억해 주지 않으면 사 주지도 않을 것 같아서 그랬어요."

히사는 고개를 끄덕거리며 오싱의 말을 듣고 있었다.

"생선을 거저 나누어 주고 온 것도 이유가 있었어요. 그렇게 해 두면 나를 잊지 않을 거고, 다음에 가면 틀림없이 사 줄 테니까요. 식당을 할 때도 팔리지 않아 남은 밥은 주먹밥으로 만들어 거저 나누어 주었더니, 나중엔 제일 좋은 손님이 되더라구요."

히사는 오싱의 말을 듣고 빙그레 웃었다.

"그게 오싱의 장사 비결인가? 손해 본 뒤 득을 본다? 거참 잘한 거야."

오싱은 히사의 말에 용기를 얻어 자기의 생각을 털어놓았다.

"행상을 하겠다고 나선 이상 남들에게 지고 싶지는 않아요. 나는 내 방법으로 손님을 끌고 싶어요. 그만한 근성이 없으면 아무것도 안된다고 생각해요."

히사는 오싱의 어깨를 툭툭 쳤다.

상혼

  고기잡이배가 들어오는 날이면 오싱은 언제나 유와 생선을 실은 수레를 밀고 주변 시내와 변두리를 돌아다녔다. 다른 행상들보다 1전이든 2전이든 싸게 해서 많이 팔았다. 그것은 남보다 곱절이나 일하지 않고는 할 수 없는 일이었다. 결국 오싱의 젊음과 노력과 누구보다도 싼 생선이 날이 갈수록 신용을 쌓고 단골손님을 확보하게 되었다.

  어느 날 이른 새벽, 오싱이 부두에서 다른 행상들 틈에 끼어 고기를 고르고 있는데 히사가 오싱에게 말했다.

  "폭풍우가 와서 오늘 저녁부터 바다가 거칠어진다니까 내일은 고기잡이를 할 수 없어."

  오싱은 걱정이 되어,

"그럼 내일은 장사를 쉬어야 하나요?"

하며 초조하게 물었다.

"폭풍우가 있는 날은 행상을 쉬는 날이야. 이럴 때 푹 쉬면 돼."

오싱은 히사의 말을 듣고 더욱 손놀림을 빨리 했다.

"그렇다면 이 상자에 있는 정어리를 모두 가져가겠어요. 그리고 이 도미도 주세요."

히사는 오싱의 말에 깜짝 놀랐다.

"오싱, 아무리 해도 오늘 하루 동안에 그만큼은 팔 수 없어."

"괜찮아요. 모두 주세요."

히사가 말렸으나 오싱은 걱정 없다는 듯이 생선을 챙겼다. 히사는 오싱의 속셈을 알지 못하니 말리지 못했다. 다른 여자들도 의아하다는 듯이 오싱을 쳐다보았다.

그날 저녁 히사의 말대로 폭풍우가 몰아닥쳐 바다는 온통 성난 파도로 변했고 고기잡이배는 한 척도 출어를 못했다. 히사의 집에 있는 젊은이들도 집에서 쉬면서 폭풍우가 멎기를 기다릴 수밖에 없었다.

오싱은 부엌에서 부지런히 생선을 손질했다. 부뚜막에는 큰 냄비가 올려져 있었고, 오싱은 때때로 아궁이에 장작을 집어넣었다.

한 젊은이가 부엌을 기웃거리며 물었다.

"좋은 냄새가 나는걸요. 뭘 끓이고 있어요?"

"정어리 간장조림을 만들고 있어요."

오싱의 대답에 다른 젊은이가 말했다.

"이렇게 많이 조려서 뭘 하겠다는 거요?"

"팔 거예요."

"조림 가게로 전업하는 거요?"

젊은이가 웃으며 묻자 오싱은 일손을 멈추지 않고 대꾸했다.

"앞으로 여름이 되면 태풍이다 뭐다 해서 바다가 거친 날이 많겠죠. 그때마다 장사를 쉬면 손해이니까 이런 걸 만들어 두었다가 팔자는 거죠."

다른 젊은이가 참견을 했다.

"나는 조림을 먹어 본 적이 없어요. 그것 맛있어요?"

"여기서는 일 년 내내 싱싱한 생선을 먹을 수 있지만 동북 지방의 산간에는 생선이라곤 소금절임이나 말린 것밖에 없어요. 그것도 웬만해선 구경하기 힘들어요. 이 지방 사람들은 그런 사정을 잘 모를 거예요."

오싱의 말에 젊은이들은 고개를 끄덕거렸다.

"하긴, 일본은 넓으니까."

"같은 나라에 태어났으면서도 지방에 따라 생활 방식이 아주 달라요. 나는 이곳이 정말 마음에 들어요. 평생 여기에 살고 싶어요. 그러니까 손님을 소중하게 여겨야죠. 장사를 하려면 손님이 가장 소중한 재산이 되니까요."

젊은이들은 오싱의 말에 고개를 끄덕였다. 그때 히사가 유를 데리고 들어오자 오싱은 벌떡 일어나서 유를 받았다.

"미안합니다. 유를 또 맡겨서……"

오싱의 말에 히사는 웃음을 지었다.

"아니야. 내가 아이를 보는 건지, 유가 나와 놀아 주는 건지 알 수 없구먼. 정말 착한 아이야. 얼마나 귀여운지 모르겠어. 정어리는 잘 조렸나?"

오싱은 냄비에서 정어리 조린 것을 꺼내 쟁반에 담아 히사에게 가져왔다. 히사는 그것을 받아 한입 먹어 보았다.

"아주 좋구먼. 뼈까지 부드러워."

"고기잡이가 없는 날이면 조림이나 된장절임, 조림콩, 계란구이 같은 것을 만들어서 팔 작정이에요."

오싱의 말을 듣고 한 젊은이가 말했다.

"그러면 다른 행상 아주머니들이 불평할 텐데요."

"무슨 소릴 듣더라도 손님들이 좋아하고 한 푼어치라도 더 파는 일이라면 쉴 수 없어요."

다른 젊은이가 오싱에게 물었다.

"그렇게 돈을 벌어서 도대체 뭘 하려는 거요?"

오싱은 빙긋 웃었다.

"내 가게를 갖는 게 꿈이에요. 아무리 작은 가게라도 좋아요. 내 가게만 마련하면 유를 수레에 싣고 온종일 돌아다니지 않아도 되거든요. 어느 세월에 가능할는지는 모르지만."

순간 오싱의 얼굴은 마치 감상에 젖어든 것 같았다. 오싱의 소원은 마을에 생선가게를 여는 것이었다. 그리고 사가에 있는 남편 류조를 불러와서 세 사람이 한집에서 생활하게 되는 것이 꿈이었다. 지금 그녀가 끔찍이도 손님을 소중하게 여기는 것도 언젠가 가게를 열었을 때 그 신용을 바탕으로 좋은 단골을 확보하기 위한 장기적인 포석인 것이다.

세월이 흘러 여름이 가고 가을이 오고, 또 겨울이 와도 오싱은 비가 오나 눈이 오나 하루도 빠짐없이 유와 생선을 실은 수레를 밀고 다녔다.

오싱이 히사의 집에서 신세를 지기 시작한 지도 어느덧 일 년이 지났다. 오싱은 스물일곱, 유는 다섯 살이 됐다. 어느 날 오싱이 보통 때처럼 유를 태운 수레를 밀고 집으로 오자 그날따라 히사가 반갑게 맞아 주었다.

"늦었구먼."

"네, 결혼식에 쓸 음식에 대해 손님과 상의하고 왔어요."

오싱은 이렇게 말하고 안으로 들어가려다가 문 앞에 서 있는 사람을 발견하고는 발이 얼어붙은 듯 그 자리에 서 버렸다.

"건강해 보이는군요, 오싱상."

고우타였다. 오싱은 뜻하지 않은 고우타의 출현에 몹시 놀랐다.

"고우타상!"

"오싱과 유를 보고 가겠다고 아까부터 기다리고 있었어."

고우타는 유를 안아 올리며 말했다.

"일 년 못 본 사이에 많이 컸구나."

오싱은 뜻밖의 만남이라 할 말을 찾지 못하고 멍하게 그냥 서 있을 뿐이었다. 히사가 들어가자고 재촉을 했다.

거실로 들어온 세 사람은 한동안 말없이 앉아 있었다. 이윽고 오싱이 고우타에게 물었다.

"아직 사카다에 계십니까?"

"사카다에만 정착해 있지는 않아요. 여기저기 뛰어다녀야 하니까요."

"바쁘실 텐데 용케 이곳에 오셨군요."

"미안하오. 어떻게 지내는지 궁금했지만, 여간해서 시간을 낼 틈이 없었소."

"오싱의 소식을 알리고 싶었으나 자네가 어디에 있는지 알 수가 있어야지. 그래서 편지도 못했지."

히사가 고우타에게 책망하듯 말하자 고우타는 겸연쩍어하며 머리를 긁적거렸다.

"미안해요. 아주머니께 부탁만 드리고."

"그래, 지금도 여전히 도망다니고 있나?"

히사가 한심하다는 듯이 묻자 고우타는 쓴웃음을 지었다.

"그렇지는 않아요. 지금은 농민운동도 공식적으로 인정받고 있으니까요. 다만 사회의 변천과 더불어 우리의 운동도 양상이 많이 달라졌어요. 지금까지는 소작농측에서 지주에게 소작료를 싸게 해 달라는 투쟁이었는데, 최근에는 지주 쪽에서 소작인들로부터 토지를 거둬들이려고 하거나 소작료를 올리려는 경우가 늘었어요. 지주가 폭력단을 고용해서 소작인들을 쫓아내려고 하거나 소작인들을 괴롭히는 경우도 있어요. 약한 사람을 도우려는 우리에게 여러 가지 어렵고 복잡한 일이 많아 걱정이에요."

고우타의 말을 듣자 오싱의 마음은 무거워졌다. 문득 고향에서 고생하고 있는 가족들 일이 걱정스러웠다.

고우타는 이야기를 계속했다.

"점점 불경기가 되어서 지주도 경제적으로 어려워지니까 필사적이에요. 게다가 우리처럼 순수한 마음에서 약자의 편을 들려고 하는 사람에게 관헌의 탄압은 심해지기만 하죠."

"고우타도 좀 어지간히 해. 그런 일 해서 무슨 득이 있다는 거야. 불효만 하고."

"누군가 편이 되어 힘써 주지 않으면 농민들은 영원히 인간다운 생활을 할 수 없습니다. 지주와 소작이란 제도가 있는 한, 사람은 평등해지지 못해요."

"굳이 고우타가 나설 게 뭐람. 딴 사람에게 맡겨 두지."

히사의 말에 고우타는 쓴웃음을 지으며 오싱을 보았다.

"이러시니 이야기가 되지 않아요."

오싱도 같이 웃으며 말했다.

"아주머니는 고우타상을 아끼는 마음에서 하시는 말씀이에요."

"누가 뭐래도 나는 내 길을 갈 뿐이오."

고우타는 결연하게 말했다. 오싱은 아무 대꾸도 없이 방바닥만 내려다보았다. 유가 오싱의 옆에서 새록새록 잠들어 있었다.

이윽고 고우타가 입을 열었다.

"오싱상은 여전히 억척스럽게 일하고 있는 것 같군요."

"모두가 아주머니와 고우타상 덕분입니다."

오싱의 말에 히사는 손을 내저었다.

"나는 아무것도 한 게 없어. 하숙비도 꼬박꼬박 받고, 생선도 다른 사람과 같은 값으로 내주고 있으니까."

오싱이 히사의 말을 받았다.

"아주머니는 제게 쓸데없는 부담을 주지 않으려고 그러신 거예요. 덕택에 일에만 전념할 수 있었어요."

두 사람의 말을 듣고 고우타는 밝은 표정으로 말했다.

"오싱상의 형편을 듣고 나니 마음이 놓여요. 사카다에서 술꾼들을 상대로 장사를 하고 있었다면 내 마음이 아팠을 거예요."

오싱은 고마움을 가득 담은 눈빛으로 고우타를 바라보았다. 고우타도 그윽한 눈길로 오싱을 바라보다가 서둘러 자리에서 일어났다.

"그럼, 나는 기차 시간이 다 되었으니까 이만 가봐야겠습니다."

"오늘 저녁에 가셔야 하나요?"

오싱은 아쉬운 듯 물었다.

"오싱상과 유를 봤으니 됐습니다. 얼굴이나 보고 싶어서 들렀으니까. 그럼 잘 부탁합니다."

고우타가 히사에게 말하자 히사는 말없이 고개를 끄덕였다. 세 사람은 밖으로 나왔다.

고우타가 오싱에게 나직이 말했다.

"지금 정세로는 언제 다시 피해 다녀야 할지 모르겠어요. 앞으로 다시 만나지 못하더라도 어디서나 오싱상의 행복을 빌고 있겠습니다. 하루빨리 다노쿠라상과 함께 살 수 있기를 바랍니다."

오싱은 아무 말 없이 고개를 숙이고만 있었다.

"가요상도 이젠 얌전하게 가가야의 젊은 마님으로 들어앉아 있어요. 그것으로 된 거지요."

고우타는 문득 지난날의 감회가 새로운 듯 눈길을 어두운 허공으로 던졌다.

"반드시 다시 만나게 되겠지요. 뵐 수 있는 거지요?"

오싱의 말에 고우타는 내심 괴로운 듯 더 이상 머뭇거리지 않고 작별 인사를 하고 나서 복잡한 상념들을 떨쳐 버리듯 빠른 걸음으로 떠났다. 오싱은 어둠 속으로 사라지는 고우타의 뒷모습을 지켜보며 오래도록 그 자리에 서 있었다.

"저런 바보 같으니! 부잣집에서 태어나 호강할 수 있는데 사서 고생을 하며 뛰어다니기만 하니……"

히사는 이렇게 말하며 눈물을 흘렸다.

그날 밤, 오싱은 사가에 있는 남편 류조에게 편지를 썼다. 고우타의 정성에 보답하는 길은 가족 셋이 함께 어울려 사는 일이라고 생각했기 때문이었다.

그러나 이세로 오기 바란다는 오싱의 편지에 대한 류조의 답장은 끝내 오지 않았다. 간척 사업에 꿈을 걸고 있는 류조에게는 역시 사가를 떠날 마음이 없는 것일까. 이런저런 생각을 해 보면 부부의 인연도 점차 희미해지는 느낌이 들어 오싱은 안타까웠다.

어느덧 초여름이 되었다.

"다녀왔습니다."

히사는 오싱의 수레에서 유를 안아 올리며 걱정스러운 듯 말했다.

"오늘도 편지가 오지 않았어. 도대체 어찌 된 일이야? 사가의 서방님은……"

오싱은 아무 말도 없이 수레를 치웠다. 저녁을 먹고 설거지를 하는 오싱에게 히사가 말했다.

"서방님한테서 답장이 없어도 상관없잖아. 서방님이 없다고 장사가 안되는 것도 아니고 말이야. 장사는 어디까지나 오싱이 하는 것이니까."

"여러모로 걱정해 주셔서 감사해요. 다만 아버지가 없으면 집을 갖더라도 유가 외로울 거라고 생각해요. 유도 잘 알아요. 아주머니가 귀여워해 주시는 걸요. 나와 단둘이 사는 것보다 좀 더 이곳에 신세지는 편이 좋으리라 생각해요. 만약 폐가 안된다면요."

"폐라니…… 나는 저녁때 유짱과 오싱이 돌아오는 걸 기다리는 즐거움으로 지내고 있는걸. 자식이 셋이나 있어도 다 객지로 나가 버리고…… 그건 할 수 없지. 사내자식은 교육을 시켜야 하니까. 그래도 그렇지, 돈만 보내라 하고 돌아올 기색이란 없단 말야."

히사의 얼굴에 쓸쓸한 빛이 어렸다.

"사내아이가 어머니가 보고 싶다고 돌아온다면 그것도 우습잖아요."

오싱이 웃으며 말하자 히사도 따라 웃었다.

"하긴 그래. 유짱처럼 어릴 때가 좋지."

"유짱도 언젠가는 그렇게 되겠지요."

오싱은 앞일을 생각하면 불안하기도 했지만, 가슴 설레기도 했다. 오싱의 꿈꾸는 듯한 얼굴을 보고 히사가 말했다.

"유는 효도할 거야. 엄마가 고생하며 기르는 걸 잘 아니까. 그나저나 유짱의 아버지는 유짱이 보고 싶지도 않은가 봐. 죽은 우리 영감은 바람둥이라 나를 고생시켰지만 아이들만큼은 귀여워했지. 지금 생각하면 아이들이 있었기 때문에 바람을 피워도 헤어지지는 않았어. 자식이 꺾쇠라는 말이 맞아."

오싱은 히사의 말을 들으며 다시 류조를 생각했다. 이렇게 헤어져 있다고 생각하니 가슴이 미어지는 듯했다.

"내가 나빴어요. 내가 참고 사가에 있었으면 이렇게 헤어져 살지도, 유가 외롭게 되지도 않았을 거예요."

히사는 감정이 격해진 오싱을 잠자코 쳐다보았다.

"남편도 역시 힘들 거예요. 사가를 떠나고 싶어도 그렇게 하지 못할 사정도 있을 거고."

"나는 사가에서의 일은 아무것도 모르니 말할 자격이 없는지 모르지만, 오싱 같은 사람이 참지 못하고 뛰쳐나왔다면 그럴만한 사정이 있었던 게지."

히사는 한동안 침묵한 끝에 말을 이었다.

"이렇게 말하기는 뭣하지만 서방님을 이쪽으로 오라는 것도 무리구먼. 사가에는 서방님 부모님도 계시지?"

"네."

"아들을 두고 집을 나간 며느리에게 자식을 보내고 싶은 부모가 어디 있겠어. 서방님이 아무리 오고 싶어도 체면이라는 게 있지. 부모님 보기에도 그렇고……"

오싱은 말없이 듣고만 있었다.

"서방님이 오지 못한다면 굳이 가게를 낼 필요도 없어. 여기 집에 있으면 되는 거지. 행상을 그만두어도 상관없어. 나는 가게만 가지면 서방님이 오게 되는 줄 알고 행상도 도와준 거야. 그렇지만 오싱과 유짱만이라면 내가 얼마든지 보살펴 줄 수 있어. 내 딸과 손자라고 생각하고 있으니까. 오싱을 만난 것도 분명 무슨 인연이지. 평생 우리 집에 있어도 돼. 서방님 일은 잊어버리는 게 현명할 듯해. 고우타도 부부가 같이 살기 바란다고 했지만 사실은 그렇지 않을 거야. 오싱이 혼자 있으면 혹 누가 돌봐 줄지도 모르잖아."

오싱은 히사의 엉뚱한 말에 깜짝 놀랐다.

"아주머니!"

오싱이 외쳤으나 히사는 못 들은 척하고 말을 계속했다.

"어차피 기다리자면 고우타 쪽이 정이 깊지. 아무튼 나에게 맡겨요."

히사는 이렇게 말하고는 의미 있게 웃었다. 오싱은 어이가 없어 히사를 쳐다보기만 했다.

오싱도 류조가 이세에 오리라고는 거의 기대를 하지 않았다. 그렇기 때문에 히사의 말이 더욱 충격적이었다.

사가에 있는 다노쿠라의 방에 수염이 텁수룩하게 자란 류조가 멍하니 누워 하염없이 천장만 바라보고 있었다.

기요가 방으로 들어오다 류조를 보고 짜증스럽게 말했다.

"아직도 그렇게 멍청하게 있어? 밭일이라도 좀 도우면 어때서!"

류조는 귀찮다는 듯이 돌아누웠다.

"그렇게 허송세월을 하고 있으니 아무리 점잖은 네 형도 좋아할 리가 없지. 모심기도 시작되었으니 하다 못해 밥값은 해야지."

"알고 있어요."

"알기는 뭘 알아. 오싱이 쓸데없는 편지를 해서, 밭에도 안 나가고 간척 일도 남에게 맡긴 채로 있으니 도대체 어쩔 셈이냐."

류조는 기요의 말이 지겨운 듯 벌떡 일어나 나가려고 했다.

"류조! 행여 너 망설이고 있는 건 아니겠지? 오싱의 말에 넘어가 생선 장수의 서방 노릇을 하려는 건 아니겠지?"

기요의 말에 류조는 화난 눈초리로 돌아보았다.

"내가 아무리 염치없는 놈이라도 오싱이 애써 번 돈으로 연다는 가게에 서방꼴하고 들어서는 짓은 못해요. 그렇지 않다면 이런 집을 벌써 나갔지."

기요는 류조를 멀뚱히 바라보았다. 류조가 말을 이었다.

"나도 고집이 있어요, 어머니. 내 힘으로 땅을 가꾸고 오싱과 유를 사가에 불러올 거예요. 그때까지가 고생이지."

"아직도 그런 꿈 같은 소릴 하니? 간척인가 뭔가로 바다가 밭이 되려면 까마득하다. 정신을 차려야지. 네가 일을 해서 가족들을 먹여 살릴 여력은 아직 있으니 네 형을 돕겠다는 마음만 있으면 마누라에 아이까지 얻어 불편 없이 살 수 있을 거야."

어머니의 말에 류조는 버럭 역정을 냈다.

"나에겐 오싱과 유가 있어요. 다른 여자를 얻을 생각은 없어요."

기요는 픽 웃었다.

"아직도 오싱이 돌아올 거라고 생각하고 있는 거냐? 오싱은 제멋대로, 자기가 갈 길을 찾아 나간 여자야."

"나는 오싱을 믿어요."

"다노쿠라의 가문에 뒷발질로 재를 뿌리는 짓을 하고 나간 여자를 다시 이 집 문전에 들일 것 같으냐? 설사 염치없이 돌아온다 하더라도 내 눈에 흙이 들어가기 전까지는 절대로 용납 못한다."

류조는 말없이 밖으로 나갔다. 기요는 한심하다는 듯이 류조의 뒷모습을 보고 있었다. 류조가 뒤뜰에서 밭에 나갈 채비를 하고 있는데 그때 마침 오고로가 와서 말했다.

"네 어미가 하는 말도 틀린 게 아니야. 뭘 생각하고 있는지 답답해서 그러는 거야. 오싱에게 답장은 했느냐?"

류조가 묵묵히 있자 오고로는 엄하게 나무랐다.

"이세에 가든 안 가든 확실히 답해 주지 않으면 오싱이 곤란하지 않겠느냐. 앞으로의 처신을 생각해야 할 테니까."

"그런 것 일일이 답장 보낼 필요는 없어요. 제 생각은 몇 번이고 써 보낸 셈이에요. 간척 일에 성공하고 우리 땅이 생기면 본가에 의지할 것도 없어요. 그때는 오싱에게 돌아오라고 해 두었어요. 그렇지 않다고 해도 제가 갈 생각이 없다는 것은 잘 알 거예요."

오고로는 한참 침묵을 지키다가 무겁게 입을 열었다.

"류조, 네가 오싱에게 갈 생각이 없다면 오싱은 단념하는 것이 좋다."

"아버지도 그런 말씀을……"

류조는 펄쩍 뛰었으나 오고로는 침착하게 말했다.

"간척이란 앞으로 몇 년이 걸릴지 모른다."

"아버지는 10년이라고 말씀하셨지요. 벌써 3년이 지났으니 앞으로 7년이 지나면……"

오고로는 답답하다는 듯이 류조를 쳐다보았다.

"그동안 오싱을 혼자 살게 내버려 둔단 말이냐?"

류조는 말없이 먼 산을 바라보았다.

"그래서는 부부라고 할 수 없다. 오싱은 사가에 돌아올 생각이 없는 모양이고, 너도 이세에 갈 생각이 없다면 확실하게 헤어지는 것이 서로를 위해 좋을 거야. 오싱은 오싱, 너는 너…… 서로가 다른 길을 가는 편이 옳아."

"저는 몇 년이고 오싱을 기다릴 거예요. 그것으로 족해요."

류조는 괴로운 듯 말했다. 오고로는 답답하다는 듯 류조를 쳐다보았다.

"오싱은 어떻게 되어도 좋단 말이냐?"

"오싱도 기다리겠다고 했어요. 떨어져 산다 해도 부부란 마음이 통하면 문제없어요."

"그렇다면 네가 이세로 가거라."

류조는 아버지의 말이 의외라는 듯 돌아보았다.

"더 이상 고집부리지 말고 이세로 가는 게 좋아."

"아버지의 간섭은 받지 않겠어요. 저는 유의 아비입니다. 간척 사업에 성공해서 유에게 땅을 물려주고 싶어요. 생선 장수 아들로 만들고 싶지는 않아요. 오싱에게는 역시 이세에 가지 않겠다고 답장을 해야겠어요."

오고로는 단념한 듯 아들을 바라보았고 류조는 맥없이 연장을 챙겨 들고 터덜터덜 밭으로 나갔다.

한마음

 오싱은 류조의 편지를 손에 쥔 채 잠든 유를 내려다보고 있었다. 그때 히사의 목소리가 들렸다.
 "사가에서 편지가 왔는데 오싱이 아무런 말도 하지 않으니까 궁금해서 견딜 수가 있어야지."
 하고 히사가 문을 열며 말했다.
 "죄송합니다. 별로 이야기할 게 없어서요. 이쪽으로 올 생각이 없대요."
 오싱은 힘없이 말했다.
 "그럴 거라고 생각했지. 그렇다면 오싱과 헤어질 작정인가?"
 "아니, 언젠가는 사가로 불러들일 테니, 그때까지 기다려 달라고 했어요."

"그런 자기 멋대로의 얘기가 어디 있어! 게다가 언제가 될지 확실치도 않으면서."

히사가 흥분하여 소리쳤다.

"그는 그대로 우리를 불러 함께 살기 위해 애쓰고 있어요."

오싱이 변명하듯 말했다.

"그때까지는 유를 데리고 열심히 살아야지요."

"그렇다면 다시 생선 행상을 계속하겠다는 건가?"

히사가 물었다.

"유가 학교에 입학하기 전까지는 마을에 가게를 가질 수 있도록 해야지요. 학교에서 돌아왔는데 어미가 행상 나가고 없으면 얼마나 허전하겠어요?"

"역시 내 딸이 되고 싶은 생각은 없는 모양이로군."

하며 히사는 쓸쓸히 웃었다.

"저는 어려서 남의 집 더부살이를 시작하여 줄곧 남의 집에서만 일해 왔습니다. 고된 더부살이를 참으면서 언젠가는 내 가게를, 내 집을 갖겠다는 꿈을 키웠어요."

"우리 집에서 편히 지내는 것이 오싱을 위해서는 오히려 해로울지도 모르지. 오싱에겐 오싱대로의 꿈이 있으니까."

"저는 힘든 일을 하는 것쯤은 아무렇지도 않아요."

이처럼 밝게 말하는 오싱을 바라보며 히사는 고개를 끄덕였다.

그 후로도 오싱의 행상은 변함없이 계속되었다. 자기를 기다려 주는 사람들이 있다고 생각하면, 먼 장삿길도 고되지 않았다. 또 나날이 성장해가는 유를 보며 어머니로서의 행복을 가슴에 사무치게 느낄 수도 있었다.

그해 여름도 거의 다 지나간 어느 날 저녁, 행상을 마친 오싱은 심한 비바람이 몰아치는 가운데 유에게는 비옷을 입히고 자신은 흠뻑 젖은 채 수레를 밀고 돌아왔다.

"아유, 흠뻑 젖었구먼. 어서 들어와."

히사가 그를 맞아 거실로 데리고 들어갔다. 히사가 유의 몸을 수건으로 닦아 주는 동안, 오싱은 유에게 갈아입힐 옷을 가지고 들어왔다.

"유짱 옷은 내가 갈아입힐 테니까 어서 젖은 옷이나 벗어요."

히사가 걱정스럽게 말했다.

"오늘 밤은 비바람이 꽤 심해질 것 같군요."

"조금 전에 라디오를 들은 사람이 이야기하는데, 이번 태풍이 굉장해서 큐슈 지방은 벌써 여러 군데 피해를 입었대. 사가와 나가사키는 만조와 겹쳐서 제방이 무너진 곳도 있다더군."

순간 오싱의 얼굴에 불안한 빛이 지나갔다.

"오싱 서방님 있는 곳은 괜찮을까? 사가라 해도 넓으니까 그다지 걱정할 건 없겠지만……"

사가에 태풍의 계절이 닥쳤을 때, 다노쿠라가 얼마나 강인하게 대처했는가 오싱은 잘 알고 있었다. 그러나 그날 밤 오싱은 심한 바람과 물결 소리에 잠 못 이룬 채 불길한 예감에 시달렸다.

태풍이 몰아치던 밤이 가고 구름 한 점 없이 맑은 가을 하늘 아래 상쾌한 아침이 펼쳐졌다. 그 상쾌함에 밀려 오싱의 불안도 씻은 듯이 가셨다.

오싱은 그날 아침에도 수레를 밀고 이세 시내로 들어가서 집 앞에 모여 있는 요시와 사다에게 밝게 인사했다.

"안녕하세요?"

"아무래도 오늘은 쉬는가 보다 하고 이야기하던 중이에요."

"어제의 폭풍으로 고기잡이를 못해 싱싱한 생선은 없지만, 가다랭이 조림과 전복, 도미 된장절임은 있어요."

"반가운 얘기로군요. 오늘 시골에서 친척이 온다고 했는데 어떻게 하나 걱정하던 참이었어요."

두 여자는 각기 가다랭이 조림과 전복, 된장절임을 산 다음, 지나가는 말처럼 물었다.

"어젯밤은 비바람이 심했는데, 오싱상 집은 괜찮았나요?"

"네, 덕분에…… 그렇지만 우리 집 젊은이들이 밤새도록 제방을 순찰했어요."

"큐슈 일대는 굉장했나 봐요. 오싱상, 신문 봤어요?"

사다가 물었다.

"아뇨."

한마음 229

"사가에서도 나가사키에서도 제방이 무너지고 강물이 넘치는 바람에 사람이 많이 죽었대요."

순간, 오싱의 얼굴은 불안으로 어두워졌다.

"미안하지만, 신문 좀 보여 주시겠어요?"

기요가 다노쿠라가의 뒤뜰에서 불안하게 서성거리고 있는데 쓰네코가 들어오며 물었다.

"아버님과 류조상은요?"

"아직 안 돌아왔어. 무슨 일이 생긴 게 아닐까?"

"논에 물이 넘쳐서 모처럼 여문 벼가 모두 쓸려 버렸어요."

쓰네코의 말에 기요는 입술을 깨물었다.

"기어코……"

"지금이라도 물을 뿜어내면 얼마쯤은 건질 수 있겠는데. 아버님과 류조상의 힘이 필요해요. 어머님도 도와주시면 더 좋구요."

"지금 벼가 문제냐? 누구에게 부탁해서 아버지와 류조를 찾아봐라. 어서!"

기요와 쓰네코가 흥분해서 소리치고 있을 때, 흙투성이가 된 오고로와 류조가 초췌한 얼굴로 들어섰다.

류조는 갑자기 흐느껴 울기 시작했다. 기요와 쓰네코는 깜짝 놀라며 류조를 바라보았다.

"류조! 왜 그러느냐?"

어머니가 물었으나 류조는 소리 내어 엉엉 울기만 했다. 한동안 모두 말이 없다가 오고로가 침통하게 말했다.

"간척 중이던 것이 모두 떠내려갔다."

"류조의 것도?"

기요가 묻자 오고로는 고개를 끄덕였다.

"운이 나빴어. 태풍이 가장 심할 때 만조와 부딪쳤으니."

류조는 머리를 움켜쥐고 비통하게 울부짖었다.

"나는 4년간 무엇 때문에 사가에서 고생을 했나. 모든 게 끝장이다, 끝장!"

태풍이 지나가고 사가의 다노쿠라가에 다시 고요가 깃들었으나 그 고요는 평정과 안락의 고요가 아닌 허탈과 실의에 찬 침묵일 따름이었다.

누구보다 깊은 상심에 빠져 있는 류조가 안쓰러워서 기요는 어떻게든 아들을 위로해 주려고 했으나 허사였다.

며칠이 지난 어느 날 아침, 쓰네코는 거실로 나오다가 책상 위에 놓인 흰 봉투를 발견했다. 이상하다는 듯이 봉투를 살펴보던 쓰네코는 허둥지둥 안으로 들어갔다.

"어머님, 류조상이……"

쓰네코는 봉투를 시어머니에게 내밀었다.

"뭐냐?"

"이게 책상 위에 있었어요."

기요는 쓰네코가 내미는 봉투를 받아 펴 보았다.

  오랫동안 폐를 끼쳐 드려서 죄송합니다. 제멋대로 일을 저질러 심려를 끼쳐 드린 것을 용서해 주십시오. 간척 사업은 저의 꿈을 건 일이었습니다. 그것이 무참하게 무너져 버린 지금 저는 더 이상 사가에 머물 이유가 없습니다. 이대로 사가에 뼈를 묻는다는 것은 남자로서 너무 무기력한 일입니다. 다시 한번 새롭게 출발해 보겠다는 결심으로 떠납니다. 언젠가 제가 갈 길을 발견했을 때 소식 전하겠습니다. 아버님, 어머님, 건강에 유념해 주십시오. 형님과 형수님에게도 마음속 깊이 감사드립니다. 안녕히 계십시오.

류조.

편지를 읽고 난 기요는 넋이 나간 듯 중얼거렸다.
"바보 같은 놈…… 이 불경기에 뭘 하겠다는 건가."
기요의 눈에는 눈물이 맺혔다.

  저녁놀이 진 어촌은 아름다웠다. 오싱은 유와 함께 노래를 부르며 수레를 밀고 집으로 갔다. 유도 즐거워하며 밝은 목소리로 따라 불렀다.
  그때 해변에 홀로 서서 오싱과 유를 바라보는 그림자가 있었다. 류조였다. 류조는 눈물이 글썽한 눈으로 유를 멀리서 바라보기만 할 뿐 섣불리 그들 앞에 나설 수가 없었다. 오싱과 유는 류조의 존재를 까맣게 모른 채 히사의 집 대문을 들어서려 했다. 류조의 걸음은 자신도 모르는 사이에 오싱에게로 향했으나 곧 멈추었다. 그러나 인기척을 느끼고 뒤돌아보는 오싱과 마주치고 말았다.

오싱은 한눈에 류조를 알아보았다. 오싱은 수레를 그대로 둔 채 류조에게 달려갔다. 그러나 류조는 뒷걸음질쳤다. 이윽고 류조는 뒤돌아서서 뛰기 시작했다. 오싱은 정신없이 류조를 쫓았다.

"여보!"

오싱이 울먹이며 소리쳐 부르자 류조의 발걸음은 차츰 느려졌다. 오싱은 류조에게 매달렸다. 두 사람은 한데 엉켜 모래밭에서 나뒹굴었다.

류조는 헐떡거리며 말이 없었다. 오싱은 원망스럽다는 듯이 류조를 쳐다보았다.

한동안 침묵이 흐른 뒤 오싱이 말했다.

"왜…… 도대체 왜 도망치는 거예요?"

류조는 오싱을 똑바로 쳐다보았다.

"헤어지려고 왔소. 당신과 유를 한번만 보고 싶었소."

"헤어지다니요?"

"당신과 유는 행복한 것 같았소. 그것을 본 것만으로 미련은 없소. 어디든 마음 놓고 갈 수 있겠소."

한마음 233

"여보!"

오싱은 류조의 품에 매달리며 눈물을 흘렸다. 류조는 오싱을 떼어 놓으며 말했다.

"시모노세키에서 관부연락선을 타고 조선의 부산으로 건너갈 작정이오. 거기서 만주까지 기차를 탈 것이고…… 대련(大連)에 가면 소학교 때 친구가 있소."

"만주라고요? 뭣하러 만주까지 가겠다는 거예요?"

감정에 복받쳐 있는 오싱과는 달리 류조는 침착하게 말했다.

"만주는 신천지요. 일본은 불경기로 실업자가 갈수록 늘고 있소. 대학을 나와도 취직을 못하고 있는 형편이오. 그러나 만주는 이제부터 시작이오. 다만 그곳에 가면 언제 다시 돌아올지 알 수 없소. 그래서 한번만 당신과 유를 만나 보고 싶어서 왔소."

"여보!"

"지금은 당신과 유를 볼 면목이 없소. 그러나 언젠가는 반드시 데리러 오겠소. 그때까지 부탁하오."

류조는 말을 마치고 결연히 일어섰다.

"기다려요!"

오싱은 류조를 잡았다.

"만날 생각은 없었소…… 그러나 차라리 잘되었소."

"어째서, 어째서 만주까지 가야 하는 거예요? 이유도 모르고 헤어져야 하다니 그럴 순 없어요."

오싱은 안타깝게 류조에게 매달렸다.

"이야기해 봐야 소용없는 일이오. 이러는 수밖에 도리가 없소."

"그런 말씀을 하시다니…… 우린 부부가 아니에요?"

"여보!"

"부부가 아니라면 그것으로 좋아요. 그러나 유는 당신 아들입니다. 적어도 유만은 안아 보고 싶다는 생각을 할 거예요."

오싱은 필사적으로 말했으나 류조는 고개를 저었다.

"만나면 괴로울 뿐이오. 미련만 남기는 거지. 저쪽에 도착하는 대로 소식 전하겠소."

류조는 뿌리치듯 발걸음을 떼어 놓기 시작했다. 그때 유가 아장아장 걸어 류조 앞에 나타났다.

"유!"

오싱은 유를 불렀다. 류조도 유를 한동안 쳐다보다가 정신없이 안아 올렸다.

"유짱이 수레에서 정신없이 울고 있길래 무슨 일인가 했지."

유의 뒤를 따라오며 히사가 말했다. 히사는 유를 안고 있는 류조를 보았다. 오싱은 히사에게 말했다.

"다노쿠라상이에요."

히사는 깜짝 놀랐다.

한마음 235

"유의 아버지 아닌가!"

류조는 말없이 유를 안고 있었다. 대강 상황을 짐작한 히사가 나서서 반강제로 류조를 끌고 집으로 왔다.

"여기까지 와서 그냥 가 버리다니, 당신이 뭐라고 변명하든 그건 나빠요. 아무튼 천천히 이야기해 봅시다. 자, 들어가요."

류조는 마지못해 히사에게 이끌려 거실로 들어왔다. 오싱이 찻잔을 들고 나오자 히사가 소리쳤다.

"차 같은 걸 내와서 어쩌자는 거야. 술을, 빨리 술을 내와요."

류조가 손을 저었다.

"아닙니다. 저는 곧 실례하겠습니다."

"또 그런 소리를! 별일이 있더라도 오늘 밤은 여기서 주무시고 가세요."

오싱은 류조 곁에 앉아 물었다.

"사가에 무슨 일이 있었어요?"

"이번 폭풍으로 간척하던 것이 모두 떠내려가 버렸소. 4년 걸린 사업이 하룻밤 사이에 수포로 돌아갔소. 더 이상 다노쿠라의 집에 신세를 지고 싶지 않았소. 그렇다고 형님을 도와 농사를 지으며 일생을 보낼 생각도 없소."

오싱은 남편의 심정을 알 것 같았다. 류조는 얼마나 가슴이 아팠을까. 오싱의 눈에 눈물이 어렸다.

"4년간 나는 나름대로 힘껏 일했지만, 당신과의 약속을 지키지 못했소. 용서하오. 그러나 만주에 가서 성공하면 당신과의 약속도 지킬 수 있소. 조금만 더 기다려 주기 바라오. 모든 것이 운명인 것 같소. 다시 처음부터 시작할 수밖에 없소."

류조의 말을 들으며 오싱은 눈물을 닦았다.

"당신이 좋은 분을 만나 잘 지내는 걸 보니 정말 안심이오. 만주로 떠나기 전에 당신과 유의 모습을 보았으니 이제 여한이 없소."

류조의 말을 히사가 가로막았다.

"아까부터 계속 만주, 만주 하는데 굳이 그런 곳에 가지 않아도 되잖아요. 오싱과 여기서 생선 장사라도 하면 될 거 아니오. 당신에게 그럴 생각이 있다면 언제든지 가게 하나쯤은 차릴 수 있어요. 오싱도 그날이 오기만을 기다렸소."

"이미 결심한 겁니다."

류조는 차분하게 말했다. 그러는 류조를 히사는 못마땅하다는 듯이 질책했다.

"당신, 생선 장사 따위는 시시해서 못하겠다는 건가? 생선 장사보다 만주에 가서 일하는 편이 더 사내답다고 생각하는 건가? 처자를 버리더라도 남자다운 일을 해야겠다는 거요?"

"아주머니, 전 괜찮아요. 이 사람에게는 이 사람의 길이 있으니까 말릴 수가 없죠."

오싱의 말에 히사는 한숨을 쉬었다.

"오싱, 그래서 어떡할 거야. 지금 다노쿠라상을 말리지 않으면 평생 후회하게 될걸."

오싱은 말없이 고개를 숙였다. 오싱은 류조의 마음을 잘 알고 있었다. 간척의 꿈이 깨어진 류조의 실의에 찬 마음을 메울 수 있는 것은 아내도 자식도 아니었다. 역시 다른 꿈을 갖는 길밖에 없을 것이라고 오싱은 생각하고 있었다.

그날밤 류조는 유의 머리맡에서 잠든 아들의 얼굴을 보고 있었다. 잘못이라도 하다 들킨 듯 쑥스러워하며 류조가 말했다.

"유가 정말 많이 컸소. 지난 3년이 눈깜짝할 사이에 지나간 듯했는데 애가 자란 것을 보니 새삼 긴 세월이 지난 걸 알겠소. 겨우 걸음마를 하던 녀석이 뜀박질을 하게 됐으니 말이오. 이 녀석 날 몰라보는 게 당연하지. 아비 노릇한 게 하나도 없으니 안 그렇겠소? 정말 고생했구려. 미안하오."

"고생할 걸 뻔히 알면서 각오하고 사가에서 나온 건데요."

"이 녀석을 데리고 혼자 장사를 하느라 얼마나 고생스러웠겠소. 정말 미안하구려."

"아니에요. 아이가 있어서 더 고생스럽다는 생각은 한번도 하지 않았어요. 유가 있어서 얼마나 위안이 되고 힘이 되었는지 몰라요."

유에게서 눈을 떼지 않은 채 한동안 말없이 앉아 있던 류조가 씁쓸한 미소를 지으며 다시 입을 열었다.

"아버지가 없어도 애란 잘 자라게 마련인가 보오."

"그런 말씀 마세요. 저 애가 조금만 더 커 보세요. 다른 아이들에겐 아버지가 다 있는데 왜 내겐 없을까 하고 이상하게 생각할 거에요. 여보, 제발 부탁이에요. 유 곁에 있어 주세요. 세 식구 호강은 못하지만 먹고 살아갈 수는 있어요. 그런 날이 오길 얼마나 그리며 살아왔다고요. 만주 같은 데 가실 생각은 제발 그만두세요."

"생선 이름 하나 모르는 날더러 생선 장사를 하란 말이오?"

"장사는 제가 전부 할게요. 여태까지도 제가 해 왔잖아요? 당신한테 그런 일은 시키지 않겠어요."

"그렇다면 무엇 때문에 내가 여기 있단 말이오. 오싱 혼자 다 해낼 수 있다면 내가 옆에 있어서 무슨 소용이 있겠소."

"우린 부부예요. 당신은 유의 아빠예요. 우리가 함께 사는 건 당연한 일이에요. 거기에 무슨 이유가 필요하겠어요."

"오싱, 난 내 땅이 갖고 싶었던 거요. 그런 꿈이 있었기에 마음을 모질게 먹고 당신이 사가를 떠날 때도 혼자 남았던 거요. 당신이 겪어 봐서 누구보다도 잘 알지 않소. 자기 땅을 갖지 못한 막내아들이 장남의 그늘 밑에서 신세지는 게 얼마나 고통스런 일인가를 말이오. 땅만 있다면 본가에 눈치 볼 일도, 꿀릴 일도 없소. 당신과 유를 위해 꼭 땅을 갖고 싶었던 거요."

"알고 있어요. 그러니까 혼자 고생하면서도 견뎌 온 게 아니에요. 당신을 원망하거나 탓해 본 일은 한번도 없었어요."

"그렇다면 조금만 더 참아 줘. 사가의 간척은 완전히 실패했소. 다시 처음부터 시작해 볼 마음도 있었으나 어머니가 극구 반대하시는데다, 형님의 식객인 처지에 끝내 내 욕심대로만 할 수가 없었소."

"난 땅 같은 거 바라지도 않아요. 장사라도 열심히 하면 세 식구 굶어 죽는 일은 없을 거예요. 꼭 농사만 지으라는 법은 없잖아요."

"그러기에 나도 만주에 갈 생각을 한 거요. 그동안 남편 노릇도 아비 노릇도 못해 왔소. 사가에서는 당신에게 마음 아픈 일만 겪게 하다가 끝내는 집을 나오게까지 했소. 3년 동안이나 처자식을 팽개쳐 두고 매달렸던 간척 사업도 그 꼴이 되어 버렸으니 정말 볼 낯이 없소. 그래서 마지막으로 만주 땅에 꿈을 거는 거요."

"여보……"

오싱이 격렬해지는 감정을 추스르지 못하고 무슨 말인가를 꺼내려 했으나 류조는 말할 기회를 주지 않고 하던 말을 계속했다.

"오싱, 나도 남자요. 배알도 체면도 있소. 날 믿어 주구려. 변변치 못한 남자를 남편으로 삼은 걸 원망하겠지만, 난 당신과 유를 위해 낯선 만주에 가는 거요. 꼭 데리러 오겠소. 기다려 주오."

말을 마치자 류조는 와락 오싱을 껴안았다. 가슴 저 밑에서부터 치밀어 오르는 오열을 씹으며 남편 품에 머리를 기댄 오싱의 얼굴에 서서히 체념의 빛이 어렸다.

다음 날 새벽, 동이 트기 전에 일어난 오싱은 살며시 방을 나와 부엌으로 갔다. 소리 내지 않고 조심스럽게 밥을 지은 다음, 주먹밥을 만들고 있는데 부엌문이 슬며시 열리더니 히사가 얼굴을 내밀었다.
"아니, 꼭두새벽부터 뭘 하는 거야? 아직 4시도 안됐는데."
"아주머니. 미안해요. 조용히 한다고 조심을 했는데도 잠을 깨웠군요. 유 아빠에게 주먹밥이라도 만들어 주고 싶어서요."
"그럼 끝내 떠나가는 거야?"
"저이는 저이 나름대로 생각이 있으니까요. 더는 말릴 수 없었어요."
"그야 남자들에겐 고집이 있게 마련이지만 유 녀석 생각한다면 어찌 그럴 수가 있겠나? 그런 건 쓸데없는 체면치레야. 아무 소리 말고 붙잡아요."
"그럴 수 없어요. 유가 소학교에 들어갈 때나 와 주었으면, 하고 바랄 뿐이에요."
"그렇게 이해심 많고 도량이 넓기만 해선 이 세상에서 못 사는 거야. 남편 고집만 키워 주게 되는 거지. 함께 있길 바란다면 바짓가랑이에 매달려서라도 못 가게 해야 하는 거야."

"억지를 부려 붙잡는다고 될 일이 아니에요. 마음에서 우러나 머물지 않는다면 언젠가 크게 후회하게 될지도 모르는 일 아니에요? 나를 원망하게 되면 어쩌겠어요. 그러면 둘 다 불행해질 거예요. 그래서 그이 속 시원하게 한번 뜻대로 해보도록 놓아 주기로 했어요."

"모두들 만주, 만주 하니, 만주에 가면 길바닥에 금덩이라도 떨어져 있는 줄 아나 보지, 원……"

안쓰러운 눈길로 자신을 바라보고 있는 히사를 부엌에 두고 오싱은 주먹밥을 두 뭉치로 싼 다음 방으로 들어갔다. 류조는 유를 꼬옥 끌어안은 채 깊이 잠들어 있었다. 그런 두 사람을 한동안 보고 있던 오싱은 남편 품에서 유를 살그머니 끌어냈다. 그 바람에 잠이 깬 류조가 일어나 앉았다.

"당신은 좀 더 주무세요. 난 유를 데리고 장사를 나가야 해요. 하루 쉬고 싶지만 그럴 수가 없겠어요."

"알고 있소. 장사는 성의껏 해야지. 나도 함께 나가겠소. 예정보다 떠나는 게 늦어졌소. 벌써 관부연락선을 탔어야 하는 건데. 그래도 당신에게 와 보길 잘했다고 생각하오."

다시 한번 가지 말라는 말을 하려다 겨우 삼키고 오싱은 만들어 놓은 주먹밥과 약 꾸러미를 남편 앞에 내밀었다.

"주먹밥 이틀분이에요. 이건 비상약이구요. 물을 갈아 먹으면 배탈이 날 테니 몸조심하고 편지 자주 하세요."

"그러리다. 유를 부탁하오."

눈에 눈물이 가득 고였지만 오싱은 억지로 미소를 지으며 머리를 끄덕였다. 떠나가야 할 사람의 마음을 더 아프게 해서 보내면 무엇하랴 싶어서였다. 오싱은 자신의 감정을 뿌리치기나 하듯 벌떡 일어나 부엌으로 나갔다.

이른 조반을 마친 후 둘은 서로 채비를 차려 서둘러 집을 나섰다. 수레를 밀며 포구 쪽으로 가는 오싱을 따라 유를 안아 든 류조가 성큼성큼 걸어갔다.

고깃배가 들어찬 포구에는 벌써 많은 장사꾼과 아낙네들이 모여 법석을 떨고 있었다. 오싱도 뒤질세라 그 틈에 끼여들어 고깃배 뱃머리 앞 모래톱에 쌓아 놓은 생선 상자들을 기웃거리며 이것저것 골라냈다. 생선값을 치른 다음 오싱은 손수레를 끌고 부리나케 마을 쪽으로 갔다.

오싱과 류조를 번갈아 보고 있는 히사에게 류조가 작별 인사를 했다.

"폐만 끼치고 갑니다. 오싱과 유를 보살펴 주셔서 감사합니다. 안녕히 계십시오."

"네, 잘 가요. 몸 건강하시고. 오싱과 유짱은 걱정 마세요."

꾸벅 절을 한 다음, 류조는 얼른 오싱에게 다가가 손수레의 손잡이를 빼앗아 자신이 끌고 앞장섰다.

"여보, 내가 마을까지 끌어다 주리다."

그러나 얼마 가지 못하고 류조의 이마에는 송골송골 땀이

배어 나왔다.

"여보, 이리 주세요. 힘들죠?"

"응, 생각보다 힘든데…… 마을까지 얼마나 되는 거요?"

"한 십오 리 길 돼요. 내가 욕심이 많아서 많이 사 오는 바람에 그래요. 처음 왔을 때, 남의 단골을 뺏으려니까 남보다 싸게 팔기 위해 수량이라도 많이 채우지 않고는 헛장사를 하게 되니, 다른 여자들의 배나 받아 오니 그렇지요. 그래도 다 팔고, 집에 갈 때에는 유만 태우고 가니 가뿐해요. 어떤 때는 유가 걷기도 하고요. 고달프기만 한 것도 아니에요. 그런 대로 재미있기도 해요."

"여자 몸으로 매일 삼십 리 길을 무거운 수레를 끌고 다니는 게 어디 쉬운 일이겠소?"

"할 수 없지요, 뭐. 가게를 낸다면 좀 더 편하겠지만, 그렇게 되면 유와 단둘이서만 살게 될 테니 너무 외로울 것 같아서요. 히사 아주머니가 밑천을 대 주겠다면서 자꾸 권하는데 그런 이유도 있고 또 남의 신세를 너무 지는 게 싫어 안 하고 있는 거예요."

"장사하는 낮에는 유를 누구에겐가 맡기는 게 어떻겠소?"

"아니에요. 왜 내 자식을 남에게 신세지면서까지 맡기겠어요? 그리고 난 자라나는 유에게 엄마의 일하는 모습을 보여 주고 싶어요. 그래야 어려서부터 노동의 고귀함도, 세상 물정도 알 게 아니에요?"

"그렇지만 당신이 너무 힘이 드니 하는 소리지."

"유와 함께 있으면 아무것도 힘들지 않아요. 아유, 저 땀 좀 봐. 이리 주세요. 내가 끌게요."

그러나 막무가내로 수레를 끄는 류조의 고집에 오싱은 할 수 없이 뒤로 돌아 수레를 밀어 주었다. 이윽고 마을 어귀의 쌍갈랫길에 다다랐다.

"여보, 여기서 헤어져야겠어요. 이 길로 바로 가면 정거장이 나와요. 난 빨리 마을에 가야겠어요. 내가 늦으면 날 기다리던 손님이 다른 사람의 생선을 사게 되니까요. 그럼 잘 가세요."

오싱은 인사를 마치고 뒤도 돌아보지 않고 마을 길로 접어들었다. 혹시라도 따라와 준다면, 다시 한번 불러 준다면, 얼굴이라도 볼 수 있기를 기대했지만 끝내 류조에게선 부름이 없었다.

"생선이 왔습니다. 생선이요. 펄펄 뛰는 오징어와 전갱이가 있습니다."

집집에서 여자들이 나와 오싱의 수레를 둘러쌌다.

"전갱이는 조리세요, 슬쩍 소금을 쳐 구워 잡숴도 좋습니다. 지금이 제철이라 제일 맛이 있을 때지요. 네? 오징어요? 슬쩍 데쳐서 회로 잡수시면 그만이지요. 오징어는 연하니까 노인들께서 좋아하실 겁니다."

오싱은 이 여자 저 여자의 주문대로 생선을 토막 내어 주거나 오징어를 골라 주는 등 분주했다.

한 여자가 작은 것을 들다가 오싱이 오징어는 크나 작으나 값이 같다고 말을 하자 들고 있던 것을 내던지고 얼른 큰 것으로 골라 들어 까르르 웃음판이 벌어지기도 했다.

활기차고 바쁜 아침나절을 보낸 오싱은 언제나처럼 빈 수레를 끌고 동구 밖 언덕으로 갔다.

나무 그늘 아래 유를 내려놓고, 싸 온 점심을 꺼내 먹었다. 오랜 습관이나 되듯 잠시 후에 마을 여자 하나가 물그릇을 들고 나와 오싱에게 건네주었다.

"번번이 고맙습니다."

"참, 지난번 제사 때는 도와준 덕에 아주 잘 치렀어요. 고마워요. 그리고 내일 손님이 오시기로 해서 그러니 좋은 횟감을 좀 갖다 줘요."

"알았습니다. 고맙습니다."

돌아가는 마을 여인의 등에 대고 오싱은 공손히 절을 했다. 그 사이 밥을 다 먹은 유는 근처의 어린애와 어울려 흙장난을 하고 있다. 오싱은 그런 유의 모습을 대견스럽게 바라보고 있을 때 갑자기 등 뒤에서,

"오싱."

하고 부르는 소리가 났다.

소스라치게 놀라 뒤돌아보던 오싱은 다시 한번 크게 놀라고 말았다. 류조가 장승처럼 우뚝 서 있었다.

"아니, 당신…… 당신이 어떻게?"
"생선 장사하기가 여간 힘든 게 아니구려."
"당신 어찌 된 거예요?"
"어떻게 장사를 하나 구경하다가 그만 여기까지 왔구려. 몇 번이나 돌아가려다 가지 못했소. 당신이 가여워서 말이오."
"여보……"
"그렇게 좋은 분에게 신세지고 있는 것을 알고 어제는 정말 마음이 놓였소. 게다가 장사까지 잘하고 있다니 안심하고 만주에 갈 수 있겠다 생각했었지."
"네, 잘하고 있어요. 아까 그렇게 많이 받았던 생선을 벌써 다 팔았지 않아요? 장사를 끝내고 여기 와서 점심을 먹는 게 낙이에요. 내 일은 너무 걱정 마세요."
"그렇지만 이렇게 힘든 일인지는 몰랐소. 남자인 나도 아까는 쩔쩔맸으니까."
"몸에 배면 아무것도 아니에요."
"온 마을을 애교 떨며 팔러 돌아다니고, 게다가 남들보다 몇 배로 친절하게 생선 손질까지 해 주며 일 년 넘도록 버텨 왔다니, 나는 도저히 흉내도 못 낼 일이오."
"이렇게 장사를 안 하면 아이와 먹고살 수 없다고 생각하면 누구나 할 수 있어요. 많은 여자들이 그렇게 하고 있는걸요."
"하지만 그게 어디 아무나 해낼 수 있는 일이겠소?"
"아무튼 고마워요, 여보. 당신이 날 이렇게 생각해 주시는

한마음 247

걸 알았으니 더 힘이 나서 열심히 할 거예요."

"오싱……"

"이제 걱정 마시고 떠나세요. 난 정말 잘해 나갈 테니까요."

"만주엔 안 가겠소. 당신과 여기 있겠소."

류조의 뜻밖의 말을 듣고 오싱은 반신반의했다

"오싱, 당신만 이렇게 고생시키며 떠날 수 없소. 더 이상 고생시킬 수 없소. 내가 도우리다. 나도 팔 걷어붙이고 생선 장사를 할 생각이오."

한동안 넋이 나간 듯 멍하게 류조를 바라보던 오싱이 와락 류조의 품을 파고들며 통곡을 했다. 한없이 고마웠다. 정말 기뻤다. 오랜 세월 슬픈 일로만 울어 온 오싱이 생전 처음 기쁨의 울음을 터뜨려 본 것이다.

해질 무렵까지 그들은 그동안 쌓였던 가슴속의 말을 털어놓았다. 집으로 돌아가는 그들의 발걸음은 참으로 가벼웠다. 유를 태운 빈 수레를 밀며 둘은 함께 노래를 부르기까지 했다. 집에 닿자 오싱은 유를 안아 들었고 류조가 수레를 한쪽으로 치웠다.

"지금 돌아왔습니다."

하고 소리치는 오싱의 목소리가 밝기만 했다.

"아유, 어서 와. 녀석, 잠이 들었구나. 이리 줘요. 아가, 물 데워 놨으니 나하고 목욕하자."

방 안에서 나오며 수선을 떨던 히사가 뒤따라 들어오는 류조를 보고 흠칫 놀랐다.

"다노쿠라상, 떠나는 걸 늦추셨어요?"

"아니…… 저……"

"늦출 수 있으면 하루라도 더 유와 있다 가셔야지, 암. 참, 미처 그걸 모르고 오늘도 저녁 찬이 신통치 못하구려. 오싱, 내 한달음에 갔다 올게. 새우나 전복이 있는 집이 있을 거야."

말을 끝내고 뛰어나가는 히사를 오싱이 말렸다.

"아주머니, 그렇게까지 수고하실 거 없어요. 그냥 두세요."

"엊저녁은 갑작스러워 아무 대접도 못했지만 오늘까지 그럴 수야 있나? 내일이라도 떠나시면, 새우의 본고장인 이세에 와서 새우 구경도 못하고 가시게 하는 꼴이 되잖아? 그럴 수 없어."

"아니에요. 이미 여기 머물러 있기로 했어요. 앞으로 얼마든지 먹을 수 있으니, 너무 마음 쓰지 않으셔도 돼요."

"그럼 만주에 안 가시는 거유?"

"네."

"그게 정말이에요, 다노쿠라상? 잘한 거예요. 정말 잘하셨어요. 이런 반가울 데가 있나. 자, 우리 들어갑시다."

하고 호들갑을 떨며 히사는 마치 그냥 두면 류조가 마음이 변해 가 버리기라도 할 듯, 등을 밀어 집안으로 끌고 갔다.

"다노쿠라상, 정말 잘 생각하셨어요. 유 녀석이 철이 든 나이라면 얼마나 좋아했을까?"

"생선 장사가 그리 힘든 건 줄 몰랐습니다. 오늘 제가 수레를 끌어 보고야 알았지요. 저 사람이 장사하는 걸 먼 발치에서 보며 내가 그동안 저런 고생을 시켜 왔구나 하고 생각하니 발이 떨어지지 않았습니다."

"그러길래 이 세상엔 부부가 제일이라는 거예요."

"제가 만주에 가더라도 금세 오싱에게 돈을 부쳐 주게 될지 어떨지 모르는 일이고요. 아무래도 자리를 잡으려면 시간이 걸릴 텐데 그동안 오싱이 겪을 고생을 생각하니 내가 무턱대고 가려고만 하는 게 잘못이라고 느꼈습니다."

"아무렴요. 말이 쉽지 낯설고 물선 멀고 먼 나라에 가서 벌이를 한다는 게 보통 어려운 일이겠어요?"

"그래서 결심했습니다. 행상을 한다면 수레를 밀어 주고 생선이 어떤 건지를 배워 오싱을 도울 겁니다. 또 장차 가게를 내게 된다면 모든 일을 해서 도와주기로 했습니다."

"오싱, 정말 잘됐네! 다노쿠라상이 여기 있길 그리도 바라면서 말은커녕 눈치도 안 보이더니, 바라는 대로 되었구먼. 그게 모두 오싱이 착한 덕을 보는 거야."

"감사합니다. 앞으로도 잘 부탁드립니다."

"내가 무얼 했다구요. 참 오싱, 전부터 오싱이 가게를 한다면 저 집이 좋겠구나, 하고 점찍어 놓은 집이 있었어. 내가 잘 아는 사람인데 독채를 셋집으로 내놓았어. 아직 안 나갔다면 그게 제일 나을 거야. 마을 한복판은 아니지만, 그 대신

집세가 싸지."

"어디쯤인데요?"

오싱은 눈을 빛내며 물었다.

"좀 떨어지긴 했지만 장사 수완만 좋다면 상관없을 거야. 당장 알아보자구."

"그렇지만 갑자기 가게를 차리려면……"

류조의 근심 어린 말에 히사는 미리 준비나 하고 있었던 듯 서슴없이 대답했다.

"장사 밑천이라면 염려 말아요. 내가 변통해 드리겠어요. 오싱은 부부가 합쳐 가게를 갖는 게 소원이었는데, 이제 그럴 기회가 왔으니 그 꿈을 이루게 해야지요."

"아니에요, 아주머니. 그동안 제가 좀 모아둔 게 있어요. 셋집이면 그리 큰돈이 안 들 테니 어떻게 될 것 같아요."

이렇게 시작한 가게 얘기는 곧 구체적으로 추진되었다.

다음 날 오싱은 약속대로 장사가 끝나자마자 빈 수레를 끌고 가게를 보러 갔다. 히사의 안내로 오싱은 곧 집안으로 들어가서 여기저기 살펴보았다.

"아, 이제 생각났어요. 이 집 한 반년 전까지 다다미가게 하던 집이 아니에요?"

"그래, 맞아. 그래서 이렇게 헛간이 넓은 거야."

"이 헛간을 가게로 쓰면 아주 적격이에요."

"그럼. 진열대만 놓으면 아주 제격이구먼."

"아주머니, 진열대는 놓지 않겠어요. 생선을 늘어놓으면 아무래도 쉬 상하니까요."

"내놓지 않으면 손님들이 무엇이 있는지 모를 게 아닌가?"

"이 가게에 오면 원하는 것으로 물 좋은 걸 살 수 있다는 평판만 얻으면 그때부터는 진열대 없는 게 이상하지 않을 거예요. 생선은 통이나 상자에 넣고 얼음을 잔뜩 채우면 싱싱하게 둘 수 있을 거예요."

"생선가게에 진열장도 없이 통과 상자만 둔다?"

"그리고 가게를 차리더라도 당분간은 전처럼 아침나절에 마을을 돌아다닐 거예요. 가게가 널리 알려지기까지 그렇게 하지 않으면 일부러 찾아와 주시겠어요?"

"하긴 하루아침에 손님이 몰려들 수는 없겠지."

"앞으로는 주문도 받을 거예요. 아예 요리를 만들어 배달하기도 하고요."

잠자코 듣고만 있던 류조가 끼어들었다.

"거참, 무슨 소린지 나는 영 모르겠군. 혼자서 그렇게 척척 해 나가면 난 영 쓸모가 없겠는걸."

"쓸모가 없다니요? 당신 몫이 제일 커요. 새벽에 포구로 가서 아주머니한테 생선을 받아 와야 하거든요."

류죠는 어떨떨해서 할 말을 찾지 못했고, 오싱과 히사는 마주 보며 웃기만 했다.

그 길로 히사와 오싱은 집주인을 만나러 가기로 했고 류조는 혼자 남아서 청소를 하기로 했다.

집주인과 얘기가 잘 진행되어 가게는 그날부터 사용하는 것으로 마무리 지었다.

이튿날 이사를 하기로 한 두 사람은 집으로 돌아가서 곧 짐을 꾸리기 시작했다.

개업

 다음 날 이른 새벽, 류조는 가뿐한 옷차림에 짚신을 신고 짐수레를 마당에서 끌어내고 있었다. 그런 류조를 오싱은 믿어지지 않는 듯한 눈길로 곁에서 지켜보았다.
 "여보, 결혼하기 전만 해도 도쿄에서도 알아주던 멋쟁이인 당신을 이런 꼴로 만들었군요."
 "오늘부터는 생선 장수요. 생선 장수면 생선 장수에 걸맞는 차림을 하는 건 당연한 노릇이오. 그리고 삼십 리 길을 다니는 데는 구두보다야 짚신이 한결 편하지."
 "당분간만 다녀 보다가 너무 힘들면 생선 구입하는 일은 다른 방법으로 연구해 보도록 해요."
 "한번 정한 거니 끝까지 밀고 나갑시다. 내 고집, 끈기도 알아주어야 한다는 걸 당신도 알지 않소? 자, 다녀오리다."

하고 류조는 기운차게 수레를 끌고 나갔다.

저런 힘든 일을 과연 해낼까 하고 걱정스런 눈길을 보내는 오싱을 뒤로하고 류조는 부지런히 포구로 갔다. 포구에는 벌써 많은 사람들로 붐비고 있었다. 류조는 수레를 히사의 배 앞으로 끌고 갔다.

"아주머니, 안녕히 주무셨습니까?"

"다노쿠라상, 일찍도 오셨군. 둘이 함께 오는 게 아닌가 했죠."

"다시는 오싱에게 수레를 끌게 하지 않겠습니다."

"그 댁에 보낼 거 저기 골라 놓았어요. 오늘 시세를 상자마다 넣어 두었으니 거기에 맞추어 팔면 될 거요. 계산은 월말에 하기로 했으니 그냥 가시면 돼요."

"고맙습니다."

"오늘 가게에 간판을 건다기에 팥밥(축하할 일이 있을 때 먹음)을 지었어요. 이거 오싱에게 갖다 주세요. 내가 바빠서 가보지 못하는 대신에 이걸 지었다고 오싱에게 전해 줘요."

"여러 가지로 정말 고맙습니다."

류조는 서둘러 생선 상자를 수레에 실었다. 단 1분이라도 빨리 가게로 갖고 가서 얼음을 채워야 하는 것이다. 울퉁불퉁한 시골길을 류조는 한번도 쉬지 않고 땀을 뻘뻘 흘리며 수레를 끌었다. 마을 어귀까지 오싱과 유가 나와서 기다리고 있었다.

"여보, 힘들지요?"

"아니, 왜 여기까지 나와 있소?"

"걱정이 돼서요."

"원, 내가 그렇게 못 미더울까? 저번에 다녀 본 길이라 첫날처럼 그렇게 멀게 느껴지지 않더구먼."

"여보, 빨리 집으로 가요. 당신한테 보여 드릴 게 있어요."

하고 오싱이 수레 뒤로 돌아가서 밀자 유도 엄마를 따라 고사리 손으로 수레를 밀었다. 그들이 도착한 새로 얻은 가게의 정면에 못 보던 간판이 걸려 있었다.

'다노쿠라생선집'

"어때요? 당신이 포구에 간 사이 간판집에서 와 달아 주었어요. 재수 있으라고 우리 것을 제일 처음 한 거예요."

"이제 정말 생선가게가 됐군. 여보, 정말 열심히 합시다."

"그럼요. 꼭 성공해야 해요. 그동안 이것저것 해 봤지만 당신과 처음부터 합심해서 시작하기는 이게 처음 아니에요? 혼자서는 안될 일도 둘이 힘을 합하면 될 거예요. 우린 꼭 해낼 거예요."

류조는 말없이 오싱의 손을 잡아 꼬옥 쥐었다.

"자, 이제부터 장사를 해야지요. 난 지금부터 생선을 갖고 마을을 한 바퀴 돌고 오겠어요. 그 사이 당신은 눈 좀 붙이세요. 유는 내가 데리고 가겠어요."

"아니야, 유는 내가 데리고 있겠소. 종종 둘이 함께 있어야 빨리 사귈 게 아니오. 유짱, 우리는 집을 보자, 응?"

하고 류조는 오싱을 도와 가게에서 팔 생선과 행상용 상자를 구분하여 손수레에 실었다.

오싱은 손수레를 끌며 마을에 들어서서 큰소리로 외쳤다. 그러자 많은 여자들이 몰려들었다.

"오늘은 좀 늦었습니다. 이건 어제 주문하신 거예요."

수레를 둘러싼 여자들이 저마다 어제 주문했던 생선을 받아 가고 다시 주문을 하느라고 한동안 부산을 떨었다.

"저어, 도쿄로 시집간 아이에게 절인 생선을 좀 보내 주고 싶은데 어떤 게 좋을까요?"

"그거야 옥도미가 제일이지요."

"지금 있어요?"

"미안합니다. 있던 걸 아까 다 팔았습니다. 가게에는 있는데요. 괜찮으시면 조금 후에 갖다 드릴 수 있습니다."

"어머, 가게를 냈어요?"

"네, 잠시 후에 생선을 다 나눠 드리고 나서 인사 말씀드리려 했습니다. 저기 세 번째 신작로에 술집과 담뱃가게가 있지 않습니까? 그 모퉁이를 돌면 전에 다다미가게를 하던 집이 있습니다. 그 집에 가게를 차렸습니다."

"아, 그 집, 알아요. 그 집 오래 비어 있었지요?"

"앞으로 주문을 받으러 여러분 댁에 다니고 또 요리도 말씀만 하시면 해 드리기로 했습니다. 잘 부탁합니다."

"가게를 냈으면 이제 아침에 허겁지겁 사 둘 필요가 없네. 필요할 때 얼른 가서 사면 되니 말이에요."

"물론입니다. 가게에 있는 생선들은 신선도가 떨어지지 않도록 각별히 신경 쓰고 있습니다."

"우리 집에 내일 제사가 있어요. 댁한테 생선을 사면 와서 도와준다고 들었는데 정말 그래요?"

"네, 그렇게 해 오고 있습니다. 그렇지만 이제 가게를 내었으니 앞으로는 주문만 해 주시면 말씀대로 요리까지 해다 드리겠습니다. 요리 종류와 몇 인분이 필요한지만 알려 주시면 됩니다."

"그렇잖아도 우리 집 부엌이 좁아서 걱정이었는데 잘됐지 뭐유."

"그럼 오후에 댁에 들러 주문을 받겠습니다. 그리고 아까 옥도미 주문하신 아주머니 댁의 것도 제가 만들어다 드릴까요? 수공은 무료이니 재료값만 주시면 됩니다."

"그럼 그렇게 해 주세요. 고마워요."

생선을 사거나 주문을 마친 주부들이 돌아가자, 또 다른 여자들이 한무리 몰려왔다.

"광어 여기 있습니다. 전 부칠 거, 조릴 거, 따로따로 쌌습니다. 이건 서더리예요. 찌개로 끓이면 정말 맛있습니다."

오싱은 입도 손도 쉴 새 없이 바쁘기만 했다.

한편, 가게에서 서툰 솜씨로 유를 돌봐 주는 류조는 안는 것도 어르는 것도 도무지 어설프기만 했다.

그때 가게 밖에서 어떤 여자의 목소리가 들려왔다.

허둥지둥 가게로 나가 보니 웬 여자가 가게 안을 기웃거리며 들어오고 있었다. 류조가 물었다.

"무슨 일이오?"

"여기가 생선가게예요?"

류조는 속으로 아차 싶었다. 자신이 생선 장수라는 사실을 깜박 잊은 것이다. 오늘 막 개업했다는 사실을 상기시키며 당황해서 얼른 말씨와 태도를 싹 바꾸어 대답했다.

"네, 그렇습니다만."

"그런데 아무것도 없지 않아요?"

"네, 생선 말씀이군요. 있습니다. 저 통 속에 있습니다."

"그래요? 이런 생전가게는 처음이군. 그래 뭐가 있어요?"

"뭐라니요? 생선이 있지요."

"그야 생선가게에서 냄비나 솥을 팔 리야 없잖겠어요? 오늘 무슨 생선이 있느냐고 묻고 있는 거예요."

순간 류조는 말문이 막혔다. 끙끙거리며 십오 리 길을 실어오긴 했지만, 그게 무슨 생선인지는 전혀 캄캄한 류조였다. 어쩔 줄을 몰라하며 쩔쩔매던 그는 난감한 얼굴로 통 뚜껑을 열고 안을 들여다봤다.

"이게 무슨 생선이더라……"

"여보세요, 댁은 이 집 주인이 아니에요?"

"네…… 아니……"

"원 참! 됐어요."

성질 급한 여자 손님은 답답해서 못 견디겠다는 듯이 밖으로 나가려고 했다. 마침 손수레를 끌고 막 가게 앞에 도착한 오싱이 나가려던 여자와 마주쳤다. 직감적으로 상황을 눈치챈 오싱은 능숙한 장사꾼이나 되듯 스스럼없이 인사를 했다.

"어서 오세요."

오싱의 얼굴을 본 여자가 반색을 했다.

"바로 댁이었군요. 댁이 이 가게를 낸 거예요?"

"네, 오늘 개업했습니다. 앞으로 많이 이용해 주십시오."

"그랬군요. 집에 손님이 계시는데 대접할 것도 없고 해서 걱정하고 있던 차에 누가 이곳에 생선가게가 생긴 것 같다고 해서 와 본 거예요. 그런데 이 양반이 아무것도 모르잖아요."

"이거 실례했군요. 무얼 드릴까요?"

"댁이 하는 가게라면 안심이에요. 뭐 조릴 거 좀 주세요."

"조리는 데는 볼락이나 가자미가 좋을 거고, 된장찌개라면 고등어가 좋겠습니다. 고등어가 요즘 제철이 돼서 아주 맛있습니다."

"그럼 손님상에 놓을 건 볼락으로 하고 식구들 저녁 반찬으로는 고등어가 좋겠어요."

"네, 알겠습니다."

오싱은 통 속에서 볼락을 꺼내어 도마 위에 놓고 익숙한 솜씨로 칼질을 했다.

"이제 가게가 생겼으니 이른 아침에 생선 사려고 법석 떨 필요가 없게 됐네요. 아무 때나 필요할 때 오면 되겠군요."

"네, 그럼요."

오싱이 대답하자 류조가 불쑥 나섰다.

"뭐 일일이 안 오셔도 됩니다. 저희가 댁을 찾아뵐 테니까 주문만 해 주시면 곧 배달해 드리겠습니다."

"어마, 그래요? 그럼 더 편해서 좋지요."

한술 더 뜨는 류조를 이번에는 오싱이 멀뚱히 바라보았다.

이렇게 해서 그들은 개업 첫날, 마수 손님을 아주 기분 좋게 맞이했다. 손님을 보내고 나서 둘은 히사가 보내온 팥밥을 먹었다. 바쁜 중에도 단란한 식사 시간이었다. 어머니와 아버지 사이에 끼여 앉아 밥을 먹던 유가 밥을 다 먹자마자 급히 밖으로 나갔다.

"유짱, 어디 가는 거냐?"

"여보, 그냥 놔두구려. 친구를 새로 사귀어 재미가 한창인 모양인데."

"알았어요. 매일 행상할 때 끌고 다니느라 사귄 친구가 없어서 불쌍했는데 우리 유짱한테 한꺼번에 세 가지가 생겼군요. 아버지와 제 집, 그리고 새 친구…… 잘됐지 뭐예요."

"처음에는 서먹해 하더니 금방 나와도 친해진 것 같아."

"아버지와 살아 보지 못해서 어색했나 보죠. 이제부터는 귀찮을 정도로 당신을 따를 테니 걱정 마세요."

"난 아직 실감이 나지 않소. 깡충거리고 뛰노는 아들, 그리고 당신과 이렇게 겸상을 해서 밥을 먹는 거…… 사가에 있을 때 말은 못했지만 당신과의 이런 생활을 얼마나 간절히 바랐는지 당신은 모를 거요."

"이게 다 당신이 마음 돌려 준 덕분이에요. 그리고 히사 아주머니의 인자하신 마음씨 덕이고요."

"정말 친어머니처럼 이것저것 마음을 써 주시는 분이야. 우리 그분 기대에 어긋나지 않도록 잘 삽시다."

"그 아주머니뿐만 아니에요. 이제까지 여러분들에게 전 신세만 져 왔어요. 가가야의 큰방마님, 미용원의 다카 선생님, 도쿄의 카페 언니들, 겡 할아범, 데키야 겐상 등 헤아릴 수 없이 많아요. 모두 남인데도 친자식, 친형제처럼 고맙게 해 주었어요. 아직 그 은혜에 조금도 보답하지 못했지만 단지 그분들이 마음이라도 놓게 해 드려야 할 거예요. 가난해도 좋아요. 이렇게 세 식구가 의좋게 뭉쳐 살면 되는 거예요."

"오싱, 오늘부터는 내게 생선 이름을 가르쳐 줘. 가게를 본다 해도 생선 이름을 모르니 있으나마나 하단 말이오."

"서두르지 않아도 자연히 배우게 돼요."

"아니야. 빨리 배워야겠소. 아까만 해도 그렇지, 하마터면 마수 손님을 내쫓을 뻔하지 않았소? 칼질도 가르쳐줘요. 나도 회를 칠 수 있었으면 좋겠소."

"여보!"

"당신이 할 수 있는데 나라고 못하겠소? 주문도 내가 받으러 다니겠소. 뭐든 해내겠소."

함빡 웃음을 머금은 오싱의 얼굴은 마냥 행복해 보였다. 류조의 그런 자상한 마음이 한없이 고마웠다.

하루아침에 노련한 생선 장수가 될 수는 없겠지만, 진짜 생선가게 주인이 되어 보이겠다는 류조의 결심이 그렇게 기쁠 수가 없었다. 오싱은 주저하지 않고 이날 오후부터 특별 훈련을 시작했다.

"이건 낙지예요. 그리고 이건 벤자리예요."

류조는 바로 보기도 하고 뒤집어 보고, 옆으로 보기도 하며 중얼댔다.

"벤자리, 벤자리……"

"이건 전갱이예요. 같은 전갱이인데 이건 꼬리가 빨갛지요? 그래서 이건 붉은꼬리전갱이라고 부르고요. 이게 참전갱이, 이쪽에 좀 홀쭉해 보이는 건 갈고등어라고 해요."

"아니, 전갱이 종류가 그리 많소?"

"같은 생선이라도 종류에 따라 다르게 요리를 해야 제맛이 나요. 이건 광어고요, 이건 가자미. 눈이 왼쪽으로 쏠린 게 광어고, 오른쪽으로 쏠린 게 가자미예요."

똑같이 넙적하게 생긴 게 이름도 맛도 다르다니 이게 그것

같고 저게 그것 같아 류조는 머리가 지끈거릴 지경이었다.

가게에 있는 생선 이름을 대강 가르치고 오싱은 이번에는 생선 손질법을 가르쳤다. 어색하게 칼질을 하면서도 줄곧 류조는 중얼거렸다.

"이렇게 세 토막으로 만들고 머리와 꽁지는 이렇게 자른다."

그러다가 수북이 쌓인 생선 더미를 보고는 난처해 했다.

"여보, 이제 그만합시다. 팔 물건을 모조리 망쳐 놓으면 어떻게 하오?"

"아니에요. 당신이 제대로 칼질만 하게 된다면 백 마리쯤 버리게 되더라도 아깝지 않아요. 그게 싼 거예요."

"한 푼이라도 벌자는 장사인데 어떻게 마구 버리겠소."

"괜찮아요. 아주 버리는 게 아니에요. 저런 건 더 잘게 썰어서 튀겨 놓으면 제법 잘 팔려요. 우동에도 초밥에도 쓰이거든요."

빈틈없는 오싱의 말에 류조는 또 한번 감탄했다. 그때 재촉이나 하듯 오싱이 또 한 마리의 생선을 류조에게 건넸다.

"자, 한 마리 더 해 보세요."

그날 저녁 류조는 아주 녹초가 되었다. 난생 처음 해 본 수레 끌기나 칼질이 힘들기도 했지만 장사를 새로 시작한다는 사실에 신경이 극도로 긴장되었던 것이다.

류조는 어느 틈엔지 태평한 얼굴로 잠들어 버렸다. 코까지 골아가며 앉은 듯 누운 듯 엉거주춤 잠들어 버린 류조의 모습에 오싱은 터지는 웃음을 참지 못해 쿡쿡거렸다. 그러고는 이부자리를 잘 챙겨 편하게 눕혀 주었다.

이튿날부터 류조는 오싱을 따라 함께 행상에 나섰다. 앞으로 오싱은 가게에서만 장사를 하고 류조가 동네를 돌아다니며 주문을 받아 오기로 계획을 세운 것이다.

"여보, 빨리 나섭시다. 손님들에게 내 얼굴을 익히려면 부지런히 돌아다니는 수밖에 없소."

의외로 열성인 류조가 재촉을 하자 오싱은 도무지 믿어지지 않는다는 듯한 얼굴로 남편이 이끄는 수레의 뒤를 밀며 마을로 나섰다.

마을 어귀에 이르자 길가에 손수레를 세워 두고 오싱이 집집마다 찾아가 대문 앞에서,

"생선이요. 생선이 왔습니다."

하고 외치며 돌아다니자 이집 저집에서 여자들이 몰려왔다.

"난 생선초밥 거리를 샀으면 좋겠는데 어떤 게 있어요?"

"네, 여러 가지 있습니다. 낙지를 살짝 데쳐 놓은 게 있는데 그게 어떨까요?"

묻는 데 대답하랴, 생선 만지랴, 돈 받으랴 한동안 정신없이 장사를 하고 나서, 오싱은 곁에 선 류조를 여자들에게 소개시켰다.

"내일부터 이 사람이 여러분 댁을 찾아가 주문을 받은 다

음 배달해 드리기로 했습니다. 그날그날 들어온 생선 이름과 값을 가격표에 적어 가지고 다닐 테니 그걸 보시고 필요한 것을 주문하시면 됩니다. 저는 가게에서 손님을 맞겠습니다. 번거로우시더라도 가게에도 왕림해 주세요."

"호오, 그래요? 우리가 편하게 됐네. 이분이 댁의 바깥양반이우?"

"네, 잘 부탁드립니다."

하고 대답하자 뒤쪽 여자들이 수군거렸다.

"아주 미남인데요."

"그러게. 생선 장수 타입이 아니야."

"저렇게 부부가 함께 일하면 얼마나 좋을까?"

류조는 그저 싱글싱글 웃으며 여자들에게 인사를 했다. 이 날 오싱은 그동안 단골로 다닌 집엔 거의 다 류조를 소개시켰다.

다음 날 아침 류조는 포구를 다녀오자마자 쉴 사이도 없이 마을로 가서 집집마다 찾아다녔다.

"안녕하십니까. 생선가게에서 왔습니다. 오늘은 뭘 좀 들여놓으실까요?"

전부터 단골인 여자가 나와서 대꾸했다.

"찌개거리로 뭐가 좋을까요?"

"찌개거리라면……"

류조는 역시 머뭇거렸다.

"아무래도 바깥양반은 잘 모르실 테니까 잠시 후 가게로 들르겠어요."

이런 식으로 자주 허탕을 쳤고, 그때마다 맥이 빠지는 것을 류조는 스스로 타이르며 보름을 보냈다.

어느 날 히사가 찾아와서 오싱에게 넌지시 귀띔을 했다.

"오싱은 여러 가지로 꾀를 내서 재주껏 장사를 해 왔는데 말이야, 내 생각에는 다노쿠라상이 주문받으러 다니는 거 아무래도 썩 잘하는 일 같지가 않아."

"아주머니, 저도 충분히 알고 있습니다. 그러나 전 당분간 매상이 좀 줄더라도 그 사람의 열의를 사고 싶은 거예요. 시작하자마자 잘되리라고는 애초부터 기대하지 않았어요. 그이가 우리 집 가장으로서 자리 굳히는 게 제일 우선이에요. 오랫동안 헤어져 있다가 겨우 만난 우리예요. 어떻게든 예전의 의좋던 부부로 돌아가야 해요."

"알았어, 잘 알았어. 오싱의 깊은 속을 누가 알겠나? 공연한 걱정만 한 셈이군. 암, 돈벌이보다야 부부 사이가 더 중하지."

그때 주문을 마치고 류조가 돌아왔다. 오싱은 분위기를 바꾸어 밝은 표정으로 남편을 맞았다.

류조는 히사가 와 있는 것을 보고 반색하며 인사를 했다.

"아주머니가 오셨군요. 무슨 일이 있으세요?"

"아니에요. 유짱하고 오싱이 보고 싶어 들렀어요. 다노쿠라상하고는 매일 아침 만나지만 벌써 한 달 가까이 못 봤잖아요. 그런데 저 녀석이 낮잠을 자고 있어 얘기도 해 보지 못하는군요."

"천천히 놀다 가시지요. 여보, 이거 주문이오."

"어머, 오늘은 퍽 많네요."

"그래도 당신이 돌 때의 절반밖에 안되지 않소. 당신한테는 못 당하겠어."

"아니에요. 가게로 오는 손님이 늘어나니까 그래요. 전체 매상으로 따지면 전보다 조금씩 올라가고 있는데요."

그때 주인을 찾는 여자 손님의 목소리가 들려왔다. 오싱이 일어서려고 하자 류조가 재빨리 손님을 맞았다.

"어서 오십시오."

"조릴 거 좋은 게 있어요?"

"네, 그럼요. 오늘은 물 좋은 가자미, 갈치, 고등어가 들어와 있습니다."

"그럼 가자미로 할까요."

"그렇게 하시지요. 무를 넣고 달콤하게 조리면 어른, 아이 다 좋아하지요. 한 마리면 두 식구는 충분히 잡수십니다."

"우린 여덟 식구예요."

"토막내 드려야지요?"

"네."

방에서 귀 기울이던 두 사람은 능숙한 류조의 손님 응대에 혀를 내두르며 웃었다.

"오싱, 나가보지 않아도 되겠어?"

"제가 나가지 않아도 저이가 잘하잖아요?"

"그런데 어느새, 조림생선이 어느 게 좋은 것까지 알았누?"

"생전 처음 해 보는 장사지만 열성껏 하니까 금방 익숙해지네요. 사람이 마음먹으면 안되는 것이 없나 봐요."

"오싱, 앞으로 잘될 거야. 다노쿠라상이 저렇게 정성이니…… 그런 마음가짐이 손님들에게도 통하는 거지. 장사란 그저 물건을 팔기만 하는 게 아니고 마음을 팔아야 한다는 오싱의 말이 백번 옳은 거야."

히사의 말대로 가게의 매상과 주문이 날마다 조금씩 늘어, 그해 연말쯤엔 제법 장사의 기반이 잡혔다. 성실한 두 부부의 장사 방법이 손님들의 호감과 신용을 얻은 것이다.

반가운 소식

 고단한 하루 일을 끝내고 초저녁부터 잠이 든 류조는 밤이 이슥해져서 눈을 떴다. 그런데 옆에서 자고 있어야 할 오싱이 없었다. 두리번거리던 류조는 거실에 불이 환히 켜져 있는 것을 보고 거실로 나갔다. 오싱이 단정하게 상 앞에 무릎을 꿇고 앉아 무엇인가를 열심히 쓰고 있었다.
 "아니 여보, 이 밤중에 무얼 하고 있는 거요? 난 늘어지게 한잠 자다 일어났는데."
 "당신 여기에 온 이후 한번도 사가의 본댁에 소식을 안 드렸지요? 만주에 간다는 사람이 아직 아무 소식이 없으니 얼마나 궁금들 하시겠어요. 저는 그게 늘 마음에 걸렸어요."
 "그래서 집에다 보내려구?"

"네. 생선가게를 하고 있다고 알려 드리긴 좀 뭣하지만……"

"생선가게면 어떻소. 무얼 하든 열심히 살기만 하면 되는 거지. 단지 난 우리가 더 자릴 잡은 다음에 알리려고 여태까지 미루어 왔던 거요."

"그렇다면 이제 됐잖아요? 당신도 열성이고 우린 여기서 평생 이 가게를 하기로 작정한 거니까요. 생각해 보니 사가를 떠난 다음, 당신에겐 편지를 했어도 시부모님께는 한마디도 없었잖아요. 죄송스럽게 됐어요. 저도 떳떳한 장사를 시작하고 나서 문안 드려야지 하고 미루다 이렇게 된 거예요. 포장마차나 밥장사를 하면서는 도저히 어른들께 알려 드릴 수 없었어요. 하지만 생선가게는 조금도 부끄러울 게 없다고 자부해요."

"나도 그렇게 생각하오. 하지만 어머니는 생선가게를 마음에 들어하실 리 없지."

"그러다간 부지하세월이지요."

"그래, 언제까지 모른 척하고 있을 수 없지. 보냅시다."

"부부가 힘을 합쳐 가게를 잘 꾸려 나가고 행복하게 사는 걸 아시면 아버님이나 어머님도 좋아하실 거예요."

류조는 다정스레 미소 지으며 고개를 끄덕였다.

"저 야마가다에도 곧 소식 전하겠어요. 엄마가 얼마나 좋아하실까……"

뜻하지 않게 오싱의 편지를 받은 사가의 다노쿠라가에서는 조그만 소란이 일어났다. 기요가 씩씩거리며 오싱의 편지를 갈기갈기 찢었다.

"여보, 당신이 당장 이세에 가서 류조를 데려오세요."

"또 쓸데없는 소리!"

"생선 장수 시키려고 류조를 키운 게 아니에요. 그놈이 아무 말 없이 집을 뛰쳐나갔어도 큰 그릇감이니 잘되어 돌아오겠지 하고 생각했던 거예요. 그런데 기껏 오싱에게 굴러들어가 생선 장수가 됐다니…… 주변머리 없는 녀석 같으니라구."

"생선 장수가 어디가 어떻다는 거요? 부부가 힘을 합해 새로 시작했다니 축하는 못해 줄 망정, 끌고 오라는 건 무슨 말이오? 반갑다고, 잘됐다고 답장이라도 써 보내는 게 부모의 도리 아니겠소?"

심통이 잔뜩 난 기요는 대답도 하지 않았다.

"자식이 사랑스럽다면 그 자식을 편안하게 해 주어야 하는 거요. 생선가게든 뭐든 간에 저희 세 식구가 모여 의좋게 잘 살면 됐지, 무슨 할 말이 더 있소? 이제는 어미가 나서서 설칠 때가 아니니. 잘 기억해 둬요."

오고로가 서슬이 퍼래져서 일침을 놓자 기가 죽어 아무 말 못하고 있던 기요는 맥빠진 소리로 혼잣말을 했다.

"어미보다 제 여편네가 더 중하게 됐구나. 아들자식도 다

소용없는 거지."

큰며느리 쓰네코가 부엌에서 나와 시어머니 앞에 공손히 앉으며 조심스레 말했다.

"어머님, 이제는 류조상의 짐을 이세에 보내 줄 때가 됐습니다."

"뭐라고?"

"어머님, 여기엔 저희들이 있지 않습니까. 새 옷을 사려면 돈도 들고 얼마나 불편하겠습니까? 그렇게 승낙해주세요."

며느리 쓰네코의 간청을 들으며 퉁명스런 기요의 얼굴에도 여릿한 안도감이 스쳤다.

바쁜 하루를 보낸 류조와 오싱이 가게 청소를 하고 있고 유는 새로 사귄 친구들과 밖에서 정신없이 놀고 있었다. 이 날은 아침부터 유난히 손님이 많아서 해가 중천에 떠 있을 때 벌써 생선이 다 팔렸으므로 부부는 모처럼 한가한 시간을 갖게 된 것이다. 그때 큰 짐을 실은 배달부가 와서 다노쿠라 오싱을 찾았다. 배달부와 몇 마디 말을 주고받던 오싱은 갑자기 큰소리로 외쳤다.

"여보! 사가에서 짐을 부쳐 보내셨어요."

"사가에서 왔다고?"

짐을 받아 안채로 들어간 두 사람은 포장을 풀고 짐을 꺼냈다.

"내 짐이군."

"그래요, 모두 당신 거예요. 양복, 기모노, 구두까지 있네요. 여보, 여기 편지도 있어요."

편지는 류조의 어머니 기요가 쓴 것이었다. 류조가 급히 봉투를 펼쳐 큰소리로 읽었다.

오싱으로부터 온 편지 잘 받았다. 생선가게는 잘되고 있는지 궁금하다. 부부가 함께 시작했다니 참 반가운 일이다. 그동안 하던 일이 그 꼴이 되어 버려 퍽 안쓰럽게 생각해 왔는데 오싱과 새 출발을 했다니 이제 한시름 놓게 되었다.

이곳에서는 후쿠타로 부부가 여러 가지로 잘해 주고 있다. 아버지나 내 걱정은 안 해도 된다. 열심히 일해서 꼭 평안한 가정을 이루기 바란다. 그동안 오싱은 어린 유를 데리고 고생 많았으리라 생각한다. 객지에서 혼자서 잘 견디고 기다린 점 높이 치사하며 앞으로도 류조를 잘 부탁한다……

편지를 읽어 가던 류조도 옆에서 듣고 있던 오싱도 목이 메었다.

"여보, 어머니가 절 용서해 주셨어요. 그렇게 불효스런 짓을 하고 나왔는데…… 당신을 기다린 보람이 있어요."

"당신의 정성이 통한 거야."

"여보, 어서 끝까지 읽으세요."

"유짱도 퍽 컸겠지? 꼭 한번 보고 싶구나……"

"여보, 집에 아버님, 어머님 한번 다녀가시게 해요. 우리 장사를 더 열심히 해서 가게도 더 잘 꾸며야겠어요. 와서 보시면 기뻐하시겠죠? 우리 꼭 그렇게 해요."

오싱은 시집온 이후 처음으로 시어머니로부터 따뜻한 마음이 담긴 편지를 받고 매우 기뻐했다. 이제야 비로소 며느리로 인정받은 셈인 것이다.

시어머니로부터 용서받음으로써 오랫동안 오싱의 가슴에 응어리져 있던 무거운 것들이 일시에 확 풀렸다. 오싱은 전보다 더 열심히 일했다.

그러나 일본 전역을 휩쓴 불경기는 좀처럼 회복될 기미가 보이지 않았다. 그해 1927년에는 수없이 많은 기업이 줄을 이어 도산했다. 이런 상황에서 오싱의 가게만 호경기를 누릴 수는 없는 노릇이다.

다만 오싱은 부부가 다시 만나서 의좋게 살게 된 것, 어려운 시기에도 세 식구 굶지 않고 살 수 있다는 것만으로도 다행으로 여기기로 다짐을 했다.

그로부터 2년 뒤인 1929년 봄, 드디어 유가 소학교에 입학하게 됐다. 만주에 가려던 류조가 이세에 머물게 되기 직전까지 오싱 혼자서 기르다시피 한 유였다. 그동안 우여곡절과 설움을 돌이켜 볼 때 큰아들을 입학시킨다는 오싱의 기쁨은 이 세상 어느 엄마의 그것보다 크고 벅찬 것이었다.

오싱은 이 기쁨만은 꼭 함께 나누어야겠다고 오래 전부터 결심한 사람이 있었다. 바로 야마가다의 친정어머니였다. 자랑스런 교복에 금빛으로 반짝이는 교표를 단 모자를 쓴 유의 의젓한 모습을 보면 얼마나 대견해 하고 기뻐하실까.

한창 농사철인 이때 야마가다의 사정이 그렇게 좋을 리 없겠고, 어머니의 왕복 경비를 감당하기조차 벅찬 가게 형편이었지만, 입학식을 하는 유의 늠름한 모습을 어머니에게만은 꼭 보여 드렸으면 하는 것이 오싱의 간절한 소망이었다.

새로 사 준 가방을 멘 유가 방 안을 빙빙 돌며 좋아하는 모습을 흐뭇한 눈길로 바라보다가 오싱이 오랫동안 망설인 끝에 어렵게 입을 열었다.

"여보, 아직 사가의 어른들께서도 오시질 못했는데 이런 말 하기 정말 염치없지만……"

오싱은 잠깐 사이를 두었다가 말을 이었다.

"우리 유가 입학하는 모습을 야마가다의 어머니한테 꼭 보여 드리고 싶어요."

"장모님을 오시게 했으면 하는 거요?"

"여비를 보내는 것도 우리 형편에 쉬운 일이 아닌 줄 잘 알아요. 주문이나 배달 다닐 때 자전거라는 것이 있으면 편하고 빠른데도 아직 못 사고 있는 처지에 가욋돈을 쓰자고 하기가 정말 미안해요. 하지만 유가 이 세상에 태어날 때 어머니가 받아 주셨고 또 사가에서 나와 잠시 야마가다에 있을 때도 어머니가 유를 얼마나 귀여워해 주셨는지 몰라요. 그런 유가 학교에 가는 걸 보면 얼마나 기뻐하시겠어요."

"어머님이 올해 연세가 어떻게 되지?"

"쉰 넷 아니면 다섯일 거예요."

"그렇다면 아직 혼자 여행하실 수 있겠는데……"

"글쎄 편지에는 잘 있다고 하지만 이런 핑계가 아니면 훌쩍 떠날 수 없을 거예요. 더 나이드시면 영 이런 먼 여행은 못할 게 아니에요? 우리는 장사에 바쁘니 갈 수도 없고……"

"하긴 지금이 아니면 안될지도 모르지. 장모님이 오실 수 있다면 오시게 해요."

"여보……"

"이세신궁도 가 보시게 해요. 마침 요즘 벚꽃이 한창일 거요. 덥지도 않으니 여행하시기도 좋겠구려."

"고마워요, 여보. 농사철로 접어드니 오실 수 있을지 모르지만 일단 여비는 보내겠어요."

바쁜 나날을 보내면서도 오싱은 어머니가 올 날을 하루하루 손꼽아 기다렸다. 드디어 그날이 오자 일찍감치 가게를 류조에게 맡긴 오싱은 설레는 가슴을 달래며 어머니를 맞을 채비를 하느라고 분주하게 움직였다. 정성 들여 음식을 장만하고 집안도 말끔히 치웠다. 유가 부엌으로 들어오더니 벌써 몇 번째 같은 질문을 되풀이했다.

"할머니 아직 안 오셨어?"

"이제 거의 오실 때가 됐다. 그런데 그 얼굴이 뭐냐. 조금 아까 씻겼는데 금세 검댕 칠을 했구나. 할머니한테 흉잡혀요. 자, 이 젖은 수건으로 닦아라. 그리고 유짱, 할머닌 엄마한테 아주 소중한 분이란다. 공손하고 상냥하게 잘해 드려야 한다. 알았지?"

오싱의 신경은 온통 문 쪽으로 쏠렸다. 그때 류조의 반가워하는 소리가 들렸다. 오싱은 하던 일을 팽개치고 유를 앞세워 허겁지겁 가게로 뛰어들어갔다.

"여보, 장모님이 오셨어!"

"어머니!"

"오싱!"

두 모녀는 와락 끌어안고 반가워서 어쩔 줄을 몰라했다.

"엄마, 잘 오셨어요."

"이 녀석이 유구나. 많이 컸다."

"어서 오세요, 할머니."

"유짱, 제대로 인사를 해야지!"

"괜찮다, 괜찮아. 정말 몰라보게 많이 컸구나."

"여보, 장모님 먼 여행하시느라 피곤하실 테니 우선 좀 쉬게 해 드리고, 당신도 안에 그냥 있어요. 오늘은 끝날 때까지 혼자 하겠소. 어머니하고 천천히 얘기나 하고 있어요."

오싱은 어머니와 함께 안으로 들어갔다.

"이젠 눈도 녹고 해서 야마가다도 바빠졌지요? 오빠한테 좀 미안하군요. 못마땅해 하지 않았어요?"

"네가 여비도 보내 주었잖니. 오싱이랑 유를 보고 오라고 선뜻 그러더라. 역까지 배웅도 해 주고."

"그렇다면 다행이구요. 오빠도 많이 변했네요. 역까지 배웅을 다 하다니요."

"너한테 선물도 하나 못 갖고 왔구나."

"어머닌, 별소릴 다 하세요. 애 아빠나 나나 어머니 정정한 모습을 보면 그걸로 만족해요. 더 이상 뭘 바라겠어요?"

"너와는 헤어질 때마다 이게 마지막이겠거니 했는데 이번에도 내가 이렇게 와서 만나게 되는구나. 참고 살다 보면 이렇게 좋은 일도 생기는구나."

"어머니, 마음 놓고 오래 있으세요. 야마가다에서 일손이 모자라 좀 힘들겠지만, 내가 오빠한테 잘 얘기할게요."

"너도 장사로 바쁜데 어떻게 그렇게 느긋하게 있겠니. 너희 부부와 유가 잘 있는 걸 봤으니 그걸로 됐지."

"여기 계시면서 쓸데없는 신경일랑 쓰지 마세요. 우리 집에 있는 동안만이라도 푹 쉬어서 그동안 쌓인 피로를 푸세요. 아무 걱정 말고 말이에요."

류조가 가게에서 들어와 오싱에게 말했다.

"내일 계모임에 쓰겠다면서 단체 주문을 하는데 어떻게

반가운 소식

할까?"

"내일은 어머니 모시고 이세신궁에 가려고 했는데."

"그럼 거절하는 게 낫겠군."

"여보게, 나 때문에 그러지 말게. 장사가 우선이지."

"아니에요. 이세에 오면 제일 먼저 신궁부터 가는 거예요."

"오싱, 난 아무래도 유의 입학식만 보고 떠나야겠다."

"오시자마자 갈 생각부터 하세요?"

"네 오빠만 고생시켜서야 되겠니?"

"오빤 왜 엄마한테만 매달린대요? 도라상도 밭일 좀 같이 하면 안되나."

"그래도 한 사람 일꾼 노릇을 할 수 있을 때가 제일이란다."

"그나마 다행이군요. 어머니도 일을 하시니 조금은 큰소리도 치고 대접도 받을 거 아니에요. 나머지 형제들이 오빠를 성가시게만 안 하면 어머니가 오빠 부부에게 꿀릴 일은 없겠네요. 참, 다른 형제들은 어떻게 지내고 있어요? 그간 편지도 못했어요."

"응, 모두 그럭저럭들 지내고 있다. 쇼지 부부가 그 모양이라서 집에 올 마음이 안 생길 거다. 제각기 살아가야지 뭐."

"언젠가 돈을 벌게 되면 형제들을 다 부르겠어요. 어머니랑 옛 얘기하며 살게 해 드릴 테니 조금만 기다리세요."

애써 기쁜 표정을 지으려 했지만 후지의 얼굴에는 어두운 그늘이 드리워졌다.

드디어 기다리던 유의 입학식 날이 왔다.

아침 안개 속을 헤치고 류조가 끄는 수레가 덜그럭거리며 가게 앞에 이르자 가게 문을 열고 있던 오싱이 반갑게 맞았다.

"수고하셨어요."

"오늘 유의 입학식이라고 히사 아주머니가 커다란 도미를 주십디다."

"고맙기도 하시지."

오싱과 류조는 히사가 보내준 도미로 아침을 잘 먹은 다음 온 식구가 유의 입학식 준비로 분주했다. 옷을 입히고 가방을 메어 주고는 후지가 뒤로 물러나 앉아 유의 모습을 차분히 살펴보았다.

"유가 아주 의젓하구나."

"어머니, 제법 학생 같지요? 난 끝내 소학교도 못 다녔어요. 그렇지만 유는 이렇게 온 식구의 축하를 받으며 학교에 다닐 수 있게 되었으니 정말 꿈만 같아요. 내 못다 이룬 꿈을 유에게만은 모든 걸 걸더라도 실현시키고 싶어요."

"암, 그래야지."

"이런 기분을 나 혼자 간직하기가 안타까워 어머니와 함께 나누고 싶었던 거예요."

"어미가 주변머리가 없어 그토록 학교에 가고 싶어 하던 너를 못 보냈다. 정말 미안하구나."

"별말씀을 다하세요. 나는 한번도 그런 일로 어머니나 아버지를 원망해본 적이 없었어요. 물론 남들처럼 학교에 못 다닌 게 한이 되긴 하지만 우리 유를 학교에 보낼 수 있게 되었으니 얼마나 기쁜 일이에요? 이 심정을 다른 사람은 알 수가 없을 거예요. 그런데 이 벅찬 기쁨을 어머니와 함께 나누지 않는다면 너무 서운하겠더라구요. 그래서 무리를 해서라도 어머니가 오시도록 한 거예요."

"네 마음 잘 안다. 암, 잘 알고 말고…… 정말 장하다, 오싱……"

"자, 이제 시간이 다 되었어요. 서둘러야겠어요."

오싱과 후지가 유를 데리고 학교에 가고 류조는 가게에 남았다. 아침 장사가 끝날 무렵, 배달부가 편지 한 통을 전해주고 갔다. 야마가다의 쇼지가 류조에게 보낸 편지였다.

오후가 되어 입학식을 마치고 돌아온 후지는 아무리 간곡하게 만류를 해도 고집을 부려 부득부득 짐을 꾸리기 시작했다. 오싱을 데리고 거실로 나온 류조가 쇼지로부터 온 편지를 내보였다. 편지를 읽던 오싱은 기가 막힌 표정을 감추지 못했다.

"아니, 어머니를 부탁한다니? 이 오빠가……"

"그쪽 살림이 여전히 어려운 모양이오. 한 사람 입이라도 줄이고 싶은 거겠지."

"걱정했던 대로 역시 시어머니와 며느리 사이가 좋지 않은 거예요. 오빠랑 언니가 부담스러워하는 것도 모르고 어머니는 저렇게 당장 가겠다고만 우기시니."

"그걸 모르실 리야 없지. 딸네 집에서도 짐이 될까 봐 그러시는 거야."

"어머니가 불쌍해요."

오싱은 울음을 터뜨렸다.

"여보, 아무튼 어머닐 못 가시게 해야겠소."

"저렇게 고집을 부리는데 어떻게 말리겠어요. 사실대로 말할 수도 없고…… 뭐라고 하며 붙잡지요?"

뾰족한 묘안이 없는 두 사람은 그저 마주 보기만 할 뿐 할 말을 잃었다.

그날 저녁이었다. 부엌에서 저녁 반찬을 만들던 오싱이 갑자기 입을 막으며 한쪽 구석으로 주저앉더니 구역질을 하기 시작했다. 고통스런 얼굴이 되어 심하게 소리는 내지만 헛구역질이었다.

근심스럽게 오싱 곁에 앉아 들여다보던 류조가 반신반의하며 물었다.

"여보, 당신 혹시?"

"며칠 전부터 이상하다고 생각했더니…… 임신인가 봐요."

한동안 뚫어지게 오싱을 보고 있던 류조가 함빡 웃음을 띠며 다시 물었다.

"오싱, 정말 입덧이 난 거요? 뭐 잘못 먹고 체한 건 아니고?"

"두 번이나 임신을 해 봤어요. 틀림없어요."

"우선 병원부터 가 봅시다. 사가에서 사산을 한 후로 이젠 영 아기를 못 갖겠거니 하고 생각해 왔는데…… 여보, 임신이면 몸조심해서 튼튼한 놈을 하나 더 낳아야지."

류조는 말을 끝내기도 전에 후닥닥 안으로 뛰어들어 후지가 쓰고 있던 건넌방에 들어갔다.

"장모님, 오싱이 아기를 가졌어요."

쇼지로부터 편지가 온 것도 모르는 후지는 간곡한 만류를 뿌리치고 야마가다로 돌아갈 준비를 하는 중이었다.

"뭐, 임신?"

"지금 부엌에서 헛구역질을 하고 있습니다."

"입덧이 난 건가?"

"오싱이 확실히 임신이라고 합니다."

"원, 이런 경사스런 일이 있나. 먼젓번엔 실수를 했으니 이번엔 잘 낳아야지. 힘이 들기는 하겠지만 생선가게도 그럭저럭 잘되고, 유는 학교에 들어갔지, 게다가 그 녀석이 늦게나마 아우까지 봤으니 이렇게 다복할 수가 또 있나. 정말 이제 마음 놓고 돌아갈 수 있게 되었네."

"장모님, 부탁이 있습니다. 오싱이 해산할 때까지만 여기 머물러 주십시오."

아주 진지하고 간곡한 부탁이었다. 그때 오싱이 들어왔다. 후지가 대답을 못하고 있자 류조가 다시 말을 이었다.

"두 번째 아이는 시집 식구들 눈치를 보며 열 달을 고생했지만 끝내는 그토록 가엾게 돼 버렸습니다. 전 그게 항상 마음 아팠습니다. 그러니 이번 아이만큼은 오싱이 마음 푹 놓고 낳게 해 주고 싶습니다. 장모님이 곁에 계셔 주면 오싱이 얼마나 마음 든든하겠습니까. 야마가다의 처남에게는 제가 잘 부탁하겠습니다."

"자네의 마음 씀씀이가 고맙네. 정 그렇다면 해산할 때까지만 있어 보겠네. 하지만 도움이 될지 어떨지……"

그날부터 후지는 다노쿠라가의 가족으로 이세에서 살게 되었다. 유의 말벗이 되기도 하고 청소나 부엌일을 하는 후지의 모습에서 이제까지 볼 수 없었던 평온이 느껴져 오싱은 여간 마음이 놓이질 않았다. 배 속의 아기도 탈 없이 잘 자라고 있었다. 후지에게도 오싱에게도 모처럼 찾아든 행복한 나날이었다.

그해 초가을의 어느 날이었다. 커다란 배를 안고 오싱이 후지와 함께 큼직한 짐을 싸고 있었다. 가게에 있던 류조가 들어오다 보고 못마땅하게 물었다.

"또 사가에 보내려고 그러는 거요?"

"네, 요전에 보내 드린 옥도미 재강절임을 어머님이 잘 잡수셨다고 하시기에."

"사가에도 생선은 있는데 비싼 운임 써 가며 부칠 게 뭐요."

"생선 없는 데가 어디 있어요. 다 정성이지요. 이번엔 오징어도 준비했으니까 아버님 술안주 하시기에 좋을 거예요."

"나만 이렇게 사위 덕에 편하니 사돈들께 송구스럽구먼."

하고 옆에서 후지가 한마디했다.

"여보, 더 좋은 것은 못 보내더라도 우리가 취급하는 생선이라도 보내 드려요."

"글쎄, 그렇지만 때론 야마가다의 처남에게도 좀 보내요. 참, 당신에게 편지요. 가가야의 가요상이 보냈소."

"그러고 보니 가요 아가씨와 오랫동안 소식이 없었군요."

"오싱, 그 아가씨 잘 계시다니?"

"이제는 남편되는 분에게 가가야를 맡기고 착실한 주부가 되셨다고 들었어요."

하고 오싱은 가위로 정성스레 봉투 끝을 잘라 편지를 꺼내어 읽기 시작했다. 편지를 읽던 오싱이 갑자기 뛸 듯이 기뻐하며 소리를 질렀다.

"어머니, 어쩌면 이럴 수가?"

"왜 그러니?"

"가요 아가씨도 아홉 달째래요."

"아홉 달이라니?"

"아가씨도 임신을 했대요. 영영 못 낳을 줄 알았는데……"

"결혼한 지 10년이 됐는데, 이제?"

"아가씨가 나하고 동갑 아니에요? 내가 임신할 수 있는데 왜 못 갖겠어요. 그동안 쭉 남편과 사이가 안 좋아서 그랬지요. 근래에 와서야 부부 사이가 좋아졌기 때문이에요."

"모두들 기뻐하시겠구나."

"그럼요. 가가야의 귀한 손자인데요. 가요 아가씨한테 아기가 영 없었으면 어쩔 뻔했어요. 바깥양반이 딴 데서 본 아이가 들어와 대를 이을 뻔했지 뭐예요. 이제 한시름 놓으시겠어요."

"큰방마님이 증손자를 그렇게도 기다리시더니 정말 잘됐군."

"살아 계셨으면 무척 기뻐하셨을 거예요."

"그럼 너와 같은 달에 몸을 푸시겠구나."

"네. 이제까지 알리지 않은 건 그간 자주 유산의 고비를 넘겼기 때문이래요. 이제 괜찮을 것 같아 알리는 거래요."

"두 사람이 동갑인데다 같은 달에 해산까지 하는 걸 보면 둘의 인연이 보통이 아닌 것 같다."

"마님은 가요 아가씨가 영 못 낳을 거라 생각하시고 한때는 나보고 유를 양자로 주지 않겠느냐고까지 하셨어요. 그런데 이제는 안심이지요? 가가야에 정말 큰 경사예요."

그날 밤 오싱은 장문의 편지를 썼다. 방문을 열고 나오던 후지가 오싱에게 다가섰다.

"아직 안 자니?"

"아가씨에게 편지를 쓰고 있는데 써도 써도 할 말이 그치지 않아요."

"일찍 자거라. 내일 새벽부터 또 바쁠 텐데."

"어머니, 왜 나왔어요? 잠이 안 와요?"

"너무 편해서 그런가 보다. 야마가다에선 자리에 눕기가 무섭게 곯아떨어졌는데 말이다."

"어머니, 안색이 안 좋아요. 어디 아픈 거 아니에요?"

"나이는 잡아매 놨니? 사카다에서 쌀가마를 지고 나를 때가 엊그제 같은데 갑자기 온몸이 허물어지는 것 같구나. 나이는 속이지 못하나 보다."

"나이 탓만이 아닌 것 같아요. 어머니, 이상한 것 같으면 병원에 가 보세요. 우리 집 단골 병원이 있어요."

"아직 그 정도는 아니다. 병원은 무슨 병원이냐. 여름에 더위에 지쳐서 그런가 보다. 너야말로 몸에 신경을 써야 한다."

오히려 딸의 건강을 걱정하며 방으로 돌아가는 어머니 모습을 보며 오싱은 착잡한 심정이 되었다.

시월 중순에 오싱은 둘째 아들을 낳았다. 다행히 순산이었다. 류조가 부엌에 앉아 물 솥에 불을 지피고 있다. 싱글벙글 웃으며 후지가 부엌으로 들어와서 류조에게 자랑을 했다.

"유를 쏙 빼닮았네. 불은 내가 볼 테니, 어서 아들 구경 좀 하고 오게."

"장모님, 수고 많으셨습니다. 여기 계셔 주셔서 오싱도 마음이 놓여 쉽게 치른 겁니다. 정말 고맙습니다."

"나한테 고마워할 게 뭐 있나. 내가 전같지 않아 변변히 일도 못해 줬는데. 어찌 됐든 산모하고 아기가 건강하니 다행한 일이네. 자네가 착하니까 복 받은 거지."

"그동안 본의 아니게 저 사람 많이 고생시켰으니까 앞으로 잘해 주겠습니다. 장모님께 약속합니다."

"그게 어디 사람 잘못이었나? 그놈의 지진만 아니었으면 그런 불상사는 없었지. 난 오싱이 이제 영영 애를 못 갖는 게 아닌가 했었는데, 이젠 걱정할 일이 없게 됐네."

"장모님, 안에 들어가 잠시 눈 좀 붙이세요. 어젯밤부터 한숨도 못 주무셨지 않습니까."

"난 괜찮네. 어서 들어가 애 낳느라 고생했으니 위로해 주게."

머뭇거리던 류조가 안으로 들어간 뒤, 흡족한 미소를 지으며 아궁이 앞에 가서 쭈그리고 앉아 장작을 집어넣던 후지는 갑자기 무너지듯 그대로 쓰러져 버렸다.

산실에서 들려오는 웃음소리를 아득히 들으며 후지의 의식은 점점 희미해져 갔다. 후지는 고향 야마가다에 있었다. 그곳에 반가운 사람들이 모두 있었다. 시어머니 나카, 사쿠조, 하루…… 그립고 보고 싶은 사람들을 만난 것이다.

후지는 흐뭇했다. 장작 불빛이 어른거리는 속에서 후지의 얼굴에 만족하고 안온한 미소가 피어올랐다.

아기 목욕물을 보러 나간 사람이 너무 오래 걸리는 것을 이상히 여겨, 부엌에 나간 산파는 의식을 잃고 쓰러져 있는 후지를 발견했다. 부랴부랴 건넌방으로 옮겨 놓고 류조는 급히 병원으로 뛰어갔다.

다행히 류조가 의사와 함께 도착했을 때 후지는 겨우 의식을 회복했다. 의사가 진찰을 하는 동안 류조는 눈짓으로 산파를 불러 한쪽으로 가서 나직이 물었다.

"산모는 어떻습니까?"

"잠이 들었어요. 너무 충격적일 것 같아 할머니 얘기는 하지 않았습니다. 당분간 알리지 않는 게 좋을 것 같아요."

그때 진찰을 마친 의사가 류조에게 말했다.

"한번 나고야의 큰 병원에 가서 진찰받아 보세요. 마침 내가 내일 나고야에 갈 일이 있는데, 같이 갈 수 있으면 좋겠습니다만……"

하고 나가려던 의사가 류조에게 따라 나오라는 눈짓을 했다.

류조가 얼른 따라가자 의사는 나직이 말했다.

"음…… 좀 걸리는 게 있어요. 나고야에서 더 자세한 검사를 해야겠지만 전에 비슷한 증상의 환자를 본 일이 있어서…… 좌우간 내일 나와 함께 나고야에 가시도록 해요."

고개를 끄덕이며 잠시 생각에 잠기던 류조는 방으로 들어가 후지를 설득했다.

"장모님, 내일 나고야에 다녀오십시오. 의사 선생님이 함께 가시기로 약속했습니다."

"힘이 없을 뿐이지 아픈 데가 없는데 병원엔 뭘 하러 간단 말인가. 괜히 돈만 버리네."

"나고야 구경도 하실 겸 잠깐 다녀오십시오."

"산모 수발하려고 와 있는 사람이 금방 해산한 사람을 놔두고 구경은 무슨 구경인가. 현기증이 난 것뿐이니 괜찮을 걸세. 걱정 말게."

"의사 선생님이 꼭 가셔야 한다고 했습니다. 별일은 아니겠지만 큰 병원에 가서 정밀 검사를 받으셔야 한답니다. 아무 일도 아니면 다행이고 병의 시초라면 빨리 손쓰는 게 좋지 않겠느냐고 하십니다. 장모님이 건강하셔야지요. 오싱이 제일 믿고 있는 분이신데요."

말없이 가만히 있던 후지가 스르르 눈을 감았다. 말로는 별탈 없다고 했으나 후지는 자신의 병이 얼마나 중한가를 잘 알고 있었다.

경사

 다음 날 이른 아침, 히사가 오싱을 찾아왔다. 류조와 후지는 뛰어나가 반색을 하며 맞이했다.
 "떡두꺼비 같은 손자를 보셨다니 축하합니다. 새벽에 류조상한테 듣고 어찌나 기뻤는지, 그 길로 달려왔지요."
 "고맙습니다. 어서 들어가시지요."
 두 사람이 안으로 들어가려 하자 류조가 난처한 듯 머뭇거리다가 입을 열었다.
 "저, 아주머니. 오싱한테는 장모님이 오늘 병원에 가시는 얘기를 안 했습니다."
 "알았어요. 참, 어제 큰일 날 뻔하셨다고요. 이젠 연세가 있으니 너무 힘든 일은 무리일 겁니다."

히사의 다정한 말에 후지는 몸 둘 바를 몰라했다.

"고맙습니다. 저까지 신경을 쓰시게 했군요."

"아닙니다. 오싱의 일은 제 일이나 마찬가집니다. 애기 얼굴도 보고 후지상 병원 가신 동안 집도 볼 겸해서 왔습니다. 마음 놓고 다녀오세요. 자, 류조상, 집안일은 이제 얘기가 됐으니 나가서 장사해요."

"그러고 보니 나 때문에 히사상이 바쁘신데도 일부러 오셨군요."

"난 말이에요, 오싱을 친딸처럼 여기고 있습니다. 그동안 와 보고 싶어 안달이 나는 걸 친정어머니께서 와 계셔서 참았던 겁니다. 이렇게 구실이 생겼으니 얼씨구나 하고 달려온 거지요. 그러니 아무 걱정 마시고 다녀오세요."

안 가겠다던 후지가 고집을 꺾고 마중 온 의사와 함께 나고야로 떠났다.

히사는 정성 들여 지은 점심을 오싱에게 갖다 주었다.

"자, 식기 전에 많이 먹어. 그래야 젖이 많이 나지. 오싱이 좋아하는 고기덮밥 만들었어."

"우리 어머니는 하필 지금 구경을 가실 게 뭐람."

"이세신궁 구경 온 고향 사람을 만났대. 그 사람이 내일 떠난다니 어쩔 수 없지 않아. 고향 사람은 언제 만나도 반가운 거야. 참, 애기 이름은 지었나?"

"네, 히토시라고 지었어요."

"히토시? 그럼 어질다는(仁) 뜻이네?"

"네, 유는 영웅의 웅(雄)이잖아요. 너무 용감하고 씩씩하기만 한 이름을 지었기에 이번에는 사람들에게 인자하고 사랑 깊은 사람이 되라고 그렇게 지은 거예요."

"그렇겠군. 유짱도 이름답지 않게 착하고 온순한데 더 좋은 아이가 되라고? 성인군자만 기르려는 모양이지? 아무튼 좋은 이름이야."

갓난아이를 들여다보며 오싱은 중얼거리듯 말했다.

"여러분들께서 돌봐 주셔서 겨우 부부가 합쳐졌고, 그래서 얻은 아이예요. 자라서 그런 은혜를 몇 배로 갚을 착한 아이로 키워야지요."

하루 중 가장 바쁜 저녁 시간이 되었다. 꽉 메운 손님을 맞느라 류조는 눈코 뜰 새 없이 바빴다.

여자 손님들이 축하 인사를 했다.

"아들을 낳으셨다면서요. 축하합니다."

"순산이었다지요. 축하합니다."

"네, 네. 모두들 염려해 주신 덕분입니다. 고맙습니다."

평소에도 늘 웃는 얼굴로 손님을 맞던 류조였다. 그러나 오늘은 유난히도 싱글벙글해서 연신 입이 벌어졌다.

오싱에게도 류조에게도 오붓한 행복의 날들이 찾아오려는 듯 보였다. 그러나 호사다마랄까. 그 행복을 시샘이라도 하듯 서서히 다가오는 어두운 그림자가 있었다.

저녁 늦게 맥없는 걸음걸이로 후지가 돌아왔다. 히사도 유도 반겼으나 오금이라도 붙은 듯 후지는 마당에서 툇마루에도 못 올라오고 주저앉았다. 그런 후지를 보고 걱정이 되어 류조는 병원의 진찰 결과도 묻지 못했다.

가게를 닫은 다음에야 류조가 의사에게 달려갔다.

"수고하셨습니다. 그래, 진단 결과는 어떻습니까?"

"검사 결과가 나오기 전이기는 하지만 내가 걱정하던 대로인 모양이오. 백혈병이라는 난치병인 것 같아요."

"백혈병이라구요?"

"본인한테는 알릴 수 없는 일이지만 그 병이 확실하다면 고칠 도리가 없어요. 약도 없고, 치료 방법도 없어요."

"그렇다면 선생님……"

"입원을 생각해 봤지만 집에서 환자가 하고 싶은 일을 하면서 활동하는 게 더 낫다는 결론을 내렸소."

"정말 이제 손쓸 길이 전혀 없습니까?"

"안됐지만 그렇습니다."

"선생님, 무슨 방법이 없을까요? 집사람은 자기 자신보다도 어머니를 더 위합니다."

"검사 결과 백혈병이 아니길 바랄 수밖에 없어요. 현재의 의학으론 손도 못 대는 병이니까…… 결과가 나오면 즉시 알려 드리겠소. 내가 틈틈이 보러 가겠소."

"선생님, 이 일을 절대 집사람에겐 알리지 말아 주십시오."

"네, 그러리다. 다노쿠라상이 괴롭게 됐구먼."

류조는 그 길로 집으로 갔다. 발이 잘 움직여지지 않는 후지는 그때까지도 거실 바닥에 누운 채였다. 곁에서 히사와 유가 걱정스런 얼굴로 들여다보고 있었다.

류조는 후지의 곁에 가 앉았다.

"장모님, 집에만 계시다가 갑자기 많은 사람들 틈에 섞여서 그런 겁니다. 지금 의사를 만나고 오는 길인데요, 오랜 피로가 쌓여서 그러는데 천천히 편히 쉬면 나으신답니다."

"여기 와선 힘든 일도 안 했는데 피로는 무슨 피로겠나."

"글쎄, 걱정할 병이 아니라니까 딴생각 마시고 푹 쉬십시오. 제가 자리를 봐 드리겠습니다."

"아니, 내가 하겠네."

하고 일어서려 했으나 애를 써도 몸이 말을 듣지 않았다. 결국 히사가 자리를 깔아 주고 류조가 옮겨 눕혔다. 저녁을 먹고 안방으로 간 류조는 또 거짓말을 해야 했다.

"여보, 아무리 고향 사람과 함께라지만 어머니를 무리해서 가시게 하지 말걸 그랬나 봐요."

"오늘 나들이가신 게 피곤해서 그러는 게 아닐 거요. 몇십 년 동안 쌓인 피로가 한꺼번에 몰려서 그러실 거요."

"그렇더라도 예삿일이 아닌 것 같아요. 일어설 수 없을 정도라면……"

"장모님도 연세가 있으니까."

"어머니 연세에 벌써요? 딴 사람들은 건강들 하던데. 아무래도 한번 병원에 모시고 가야겠어요."

"그럽시다. 뭐 심한 병은 아닐 테니까, 너무 걱정하지 말아요."

"히토시를 낳게 되어 얼마나 기뻐하셨다고요. 식구가 하나 더 느니 이제는 더 사람 사는 집 같아질 거다, 장사가 잘되어 힘이 피니까 경사가 겹치는구나, 라며 정말 좋아하셨어요. 나도 앞으로 정말 편하게 모셔야지 하고 생각했는데 저러시니 어쩌지요."

류조는 더 할 말이 없었다. 일구월심 어머니를 위하는 오싱을 보니 안타깝기만 했다.

그날부터 후지는 누운 채로 지내게 됐고, 며칠 후 밝혀진 검사 결과는 역시 백혈병이었다. 이번에도 이런 사실을 류조만 알았다. 답답한 가슴을 안고 안방의 산모와 건넌방의 환자 사이를 오가야 하는 류조는 안타깝고 괴로웠다. 그래도 가게는 손님이 늘어 자꾸만 바빠졌다.

해산 다음 날에 집을 봐주려고 들렀던 히사도 집에 못 가고 줄곧 묵어야 했다. 덕분에 히사는 누구보다도 바쁜 나날을 보냈다. 산모 수발에 환자까지 간호했으며 유를 돌보고 집안 청소와 세 끼 식사 준비까지 해냈다.

초이레가 지나자 몸을 더 안정시켜야 한다는 히사의 만류에도 불구하고 오싱은 굳이 자리를 털고 일어났다. 그리고 히사에게 그간의 노고를 진심으로 치사했다.

"바쁘신 분을 너무 오래 붙잡았군요. 게다가 너무 고생하시게 해서 뭐라고 드릴 말씀이 없습니다. 아주머니, 정말 감사합니다."

"배는 일꾼들에게 맡겨 놓았어. 그쪽은 아무 걱정 없대두. 오싱이나 조심해요. 무리하면 안돼. 후지상의 간병도 있고 해서 훌쩍 가기가 마음이 안 놓이는데…… 무슨 일 있으면 지체 말고 기별해요. 나한테 폐니 뭐니 하면 남 취급을 당하는 것 같아 섭섭하니까."

"네, 고맙습니다."

"어머니 잘 돌봐 드려."

오싱은 가슴이 뭉클해 왔다. 히사를 전송한 오싱은 그 길로 후지의 방으로 갔다. 며칠간 못 본 사이에 병색이 짙은 어머니의 초췌한 모습에 오싱은 몹시 안타까웠다.

"그래, 히사상은 가셨니? 여간 고생한 게 아니시다. 산모 수발을 하겠다던 내가 이렇게 눕는 바람에 그 아주머니가 아주 혼이 났구나. 정말 고마운 분이시다."

"이젠 내가 일어났으니 아무 걱정 말고 쉬세요. 빨리 나으셔야죠."

"이제 난 틀렸다……"

"그게 무슨 말씀이에요? 선생님이 병이 아니라고 하셨다는데. 그런 약한 생각 가지면 나을 병도 안 나아요."

"지금쯤 야마가다엔 눈이 많이 쌓였겠구나."

"어머니……"

"가고 싶다. 다시 한번 눈에 덮인 산이 보고 싶구나. 집에서 죽을 걸로 늘 생각해 왔는데……"

야마가다의 고향을 떠올리며 후지는 아득한 시선을 허공 중에 보냈다. 그 눈길은 고달픈 여정의 애잔함으로 촉촉이 젖어 들었다.

그날 밤 오싱은 류조에게 낮에 있었던 일을 얘기했다.

"그럴 거요. 장모님이 그 집을 그리워하는 건 당연한 일이지. 뭐니 뭐니 해도 그 집에서 잔뼈가 굵으셨으니까."

"빨리 나아서 한번 다녀오시게 해야 할 텐데……"

"오싱, 이젠 안될 거요. 그동안 몸푼 지 얼마 안되는 당신에게 말할 수가 없어 숨겨 왔지만, 장모님은 불치병에 걸리신 거라오."

"불치병이라니요?"

"여보, 놀라지 말아요. 얼마 못 사신다고 합디다. 내가 의사에게 떼를 쓰다시피 해 봤지만 지금 의학으로는 약도 치료 방법도 없는 병이라는 거요. 야마가다엔 못 가실 거요. 돌아가실 때까지 우리가 잘해 드리는 게 제일 큰 효도요."

말문이 막혀 버린 오싱은 도저히 못 믿겠다는 듯이 괴로운 표정으로 연거푸 도리질을 했다.

"사람이란 누구나 이런 경우를 맞이하는 거요. 당신, 각오를 단단히 해야 하오. 마음의 준비를 미리미리 해 둬요. 무슨 일이 있어도 장모님께 얘기하면 안돼요. 우리가 밝은 얼굴로 지내야 하오. 그래야 장모님 마음이 편하실 테니까."

오싱은 더욱 세차게 고갯짓을 했다.

"거짓말이에요. 거짓말이지요?"

미동도 않고 류조를 쏘아보는 오싱의 눈에서 주르르 눈물이 흘러 내렸다. 어머니가 나을 가망이 전혀 없는 불치병에 걸려 곧 죽음에 이를 것이라는 말에 오싱은 자기 귀를 의심했다. 둘째 아들을 낳은 기쁨도 물거품처럼 사라졌다.

그 후로 후지는 날이 갈수록 눈에 띄게 쇠약해져 갔다. 의사도 가족들도 손쓸 도리가 없었다. 그래도 오싱은 끝까지 희망을 버리지 않았다. 밤낮으로 간호하는 한편 부처님께 불공을 드렸다. 어떻게 하든 어머니를 살리고 싶었다.

그해도 저물어 가고 있었다. 류조와 오싱은 후지를 양지바르고 널찍한 안방으로 모셔 왔다.

오싱은 미음을 떠 먹이며 어머니의 곁에서 한시도 떨어지지 않았다.

"어머니, 이제 곧 설이에요. 해가 바뀌면 어머니 병도 낫고 건강해질 거예요. 참, 사카다의 가요 아가씨한테서 소식이 왔어요. 아가씨도 아드님을 낳으셨대요. 우리 히토시보다

보름 뒤에 낳으셨대요."

"그거 잘됐구나……"

"노소미라고 이름을 지으셨대요. 희망(希望)이라고 쓰고 노소미라 읽는대요. 가요 아가씨가 이루지 못한 꿈을 아기에게 거시는 거예요. 아가씨에게 있어 아기 도련님은 자신의 희망인 거예요. 아가씨다운 이름을 붙이셨어요. 언젠가 사카다에 가서 도련님을 뵈어야지. 그땐 어머니도 같이 가요. 어머니도 사카다에 한번 가 보고 싶지요? 하루빨리 나아서 함께 가요. 유랑 히토시도 데리고 함께 가요."

오싱은 힘없는 어머니에게 용기를 주기 위해 안간힘을 썼다.

"난 틀렸다."

"어머니!"

"힘도 못 쓰고 일도 못하게 되면 살아 봤자 소용이 없지."

"또 그런 소릴…… 다시 건강해져서 야마가다에 가야지요. 꼭 가게 될 거예요."

"난 벌써 체념했단다. 이젠 다리가 말을 듣지 않아."

"어머니, 고향에 가 보고 싶지 않아요?"

"가고 싶고 말고. 죽더라도 야마가다에서 죽고 싶었다. 그 집엔 내 온갖 추억이 어려 있다. 열일곱에 시집온 다음, 주욱 그 집에서 살아왔다. 그 집에서 너희들을 낳았고 너희 할머니, 너희 아버지를 잃었다. 고생만 했지만 나 나름대로 그 집에서 열심히 살아왔단다."

"어머니!"

"몸이 이 모양으로 되어 버려 이젠 돌아갈 가망이 없구나. 그래도 이 어미는 가고 싶다. 너희 아버지와 할머니 곁에서 눈을 감고 싶구나."

애절하게 떨리는 후지의 목소리는 오싱의 가슴에 파고 들었다.

"어머니, 그렇게 가고 싶으면 내가 업어서라도 모셔다 드릴게요! 어머니가 제일 좋아하는 곳에서 몸조리를 하면 금방 나을 거예요."

"바보 같은 소리다. 난 이제 한발짝도 못 움직이는데 가긴 어딜 가니?"

"내가 업고 가면 되잖아요. 반드시 할 거예요."

"그런 네 마음으로 됐다. 여기 가족과 가게는 어떻게 하고 야마가다엘 가니? 눈만 감으면 야마가다의 산과 개울, 그리고 집이 확연히 보인단다. 그걸로 된 거다. 여기서 너희 부부에게 얼마나 보살핌을 받고 있니. 더 바랄 게 없다. 그런데 이 이세라는 데는 어떻게 된 게 섣달에도 눈이 안 오니? 따뜻해서 살기는 좋아도 겨울에 눈이 없으니까 어째 뭔가 빠진 것 같구나. 그놈의 눈 때문에 울기도 많이 울고 고생도 많이 했는데 그래도 겨울이 그립구나."

쓸쓸히 웃는 후지의 얼굴엔 이방인의 외로움이 엿보였다.

그런 어머니의 얼굴을 볼 적마다 오싱은 안쓰러움으로 몸을 떨었다.

저녁 무렵이 되자 가게는 손님들로 북적거렸다. 류조도 오싱도 손님 응대에 정신없이 바빴다.

그날 저녁 문을 닫고 오싱과 류조는 함께 가게 안을 청소했다.

"오늘 저녁엔 어머니께 새우 경단을 만들어 드려야겠어요."

"새우를 충분히 남겨 두었소."

"고마워요."

"오싱, 우리 장모님께 할 수 있는 데까지 다 해 드립시다. 돈 아낄 것 없어요. 나중에 후회해 봐야 소용없으니까."

아까부터 무슨 말인가를 머뭇거리던 오싱은 그 말에 용기를 얻고 말을 꺼낼 수 있었다.

"여보, 나 어머닐 야마가다에 모셔 가고 싶어요."

"야마가다에?"

"여기에서 무슨 일이 나면 그야말로 평생 후회하게 될 거예요."

"그게 무슨 정신없는 소리요. 저런 몸으로 어떻게 여행을 하신단 말이오."

"내가 업어다 드릴 거예요."

"뭐, 업고 간다고?"

"어머니가 몹시 가고 싶어 하세요. 나도 그 심정 알 것 같아요."

류조는 정색을 했다.

"야마가다에 모셔가서 어쩌자는 거요? 그야 나도 고향에 가고 싶어 하는 장모님 마음을 모르는 건 아니지만, 장모님은 쇼지상 부부에게 쫓겨나다시피 하여 우리 집에 오시게 된 거 아니오? 가시면 구박받을 게 뻔하지 않소. 그리고 거기서 누가 시중을 든단 말이오. 장모님보고 일찍 돌아가시란 처사밖에 안되오, 그건."

그러나 오싱은 단념하지 않고 끈질기게 류조를 설득했다.

"내가 끝까지 봐 드렸으면 해요. 저런 상태라면 오래 못 사실 거예요."

"그렇게 하는 게 정 소원이라면 말리지는 않겠소. 하지만 한 달 반밖에 안된 히토시는 어쩔 작정이오? 당신이 없으면 젖은 누가 먹이오?"

오싱은 아무 말도 못했다.

"그 애까지 데리고 갈 수는 없을 거요. 그러니 그러지 말고 장모님을 모시고 갈 사람을 구해 봅시다. 돈은 어떻게 마련할 수 있을 거요."

"아니에요. 내가 모시고 가겠어요."

"그런 생떼가 어디 있소."

"어머니는 여러 형제들 가운데에서도 나를 제일 귀여워하셨어요. 나 때문에 아버지랑 오빠한테 호되게 당하기도 했고요. 내가 도쿄로 도망갈 수 있게 도와주신 분도 어머니예요. 그때 어머니가 모른 척했으면 야마다의 술집으로 팔려가 지금쯤 어떻게 됐겠어요. 당신을 만나 이렇게 행복하게 살 수 있는 것도 따지고 보면 다 어머니 덕이에요. 그런데도 난 늘 어머니에게 걱정이나 끼쳐 드리고 아무런 효도도 못했어요. 이제부터 잘해 드려야지 했더니 이렇게 되어 버렸어요. 내가 이제 해 드릴 수 있는 것은 어머니를 야마다의 집에서 돌아가시게 해 드리는 것뿐이에요."

류조의 마음이 조금씩 움직이는 것 같았다.

"가게도, 또 당신과 유를 팽개쳐 두고 가겠다는 것이 무리이고 염치없는 생각인 줄은 알아요. 그렇지만 어떻게든 가고 싶어요."

"당신이 그렇게까지 생각할 줄 몰랐소."

"히토시는 누군가 젖을 줄 수 있는 사람에게 맡기고라도 가고 싶어요. 만일 히토시를 맡길 사람만 찾으면 보내 주세요. 부탁이에요."

"알았소. 갔다 오시오. 나도 알아보리다. 주문받으러 다닐 때 수소문해 보지."

"여보, 고마워요."

"당신 하고픈 일을 그동안 한번도 못해 보게 했으니, 이번에 원하는 일을 한번 해 봐야 하지 않겠소?"

오싱은 류조의 고운 마음씨에 입을 열지 못했다.

"그런데 당신, 해산한 지 얼마 안되는 몸으로 힘든 여행을 감당해 내겠소?"

"걱정 없어요. 어려서부터 사람을 등에 업고 자라다시피 했으니까요. 어머니쯤은 가뿐하게 업고 갈 거예요."

"오싱……"

"여보, 정말 고마워요."

오싱은 그날 또다시 따스한 류조의 사랑을 새삼스럽게 가슴 가득 받아들였다.

그런 며칠 후 오싱이 히토시에게 젖을 물리고 누워 있을 때 히사가 찾아왔다.

"어서 오세요. 아주머니, 지난번엔 정말 고생하셨습니다. 찾아뵌다는 것이 그만……"

"아니야, 됐어. 류조상을 통해 오싱상이 얼마나 어머니 때문에 노심초사하고 있는지를 알고 있어."

"어서 올라오세요. 좀 쉬었다 가세요. 모처럼 오셨는데 히토시가 얼마나 컸는지도 좀 보시고."

"괜찮아. 이제 날마다 보게 될 텐데 뭘."

"날마다 보게 되다니요?"

"젖 줄 사람을 찾고 있지? 류조상한테 들었어. 매일 아침 만나 얘기하니까 남의 집 일을 한집에서 사는 것처럼 환하게 알고 있지, 하하. 내가 궁금해서 꼬치꼬치 묻는 거지만."

오싱은 고개를 끄덕였다.

"우리 집 근처에 오싱과 거의 비슷하게 해산한 사람이 있어. 어부의 아낸데 젖이 많아요. 얘기를 해 봤더니 흔쾌하게 그러라더군. 그런데 아기를 자기 집에서 맡을 수는 없다는 거야. 그래서 내가 데리고 있으면서 젖을 먹이러 다니기로 했어."

"아주머니……"

"나도 사내아이를 셋이나 길렀어. 지금 젖은 안 나오지만 봐주는 거야 서툴지 않지. 당분간 손자가 생겼다고 생각할 테니 내게 맡기고 갔다 와."

"어떻게 또 아주머니께 폐를 끼치겠어요?"

"나한테 그런 소리 말라니까."

"그렇지만……"

"난 오싱의 그 효심이 대견한 거야. 나도 늙어서 그런지 몰라도, 그런 지극한 얘기를 들으면 콧날이 시큰해지거든. 아무 소리 말고 내게 착한 사람 좀 돕게 해 줘."

오싱의 눈에 금방 이슬이 맺혔다

"내가 결혼할 즈음 어머니가 돌아가셨어. 지금 생각하면 온통 후회스럽고 걸리는 일뿐이지. 오싱은 아직 늦지 않았어. 유나 히토시를 떨어뜨려 놓기 안쓰럽겠지만 그 애들에겐 앞으로도 얼마든지 잘해 줄 기회가 있어. 어머니한테는 이게 마지막이 될지 모르는 일 아니야? 열일 다 제치고 어머닐 위해 드려."

"아주머니, 고맙습니다. 정말 고맙습니다."

"언제 떠나겠어? 아마 서두르는 게 좋을 거야."

히사의 고마움을 익히 아는 오싱이었으나 이토록 친어머니처럼 정답고 자상한 배려에 오싱은 그만 울음을 터뜨렸다.

히사의 말을 따르기로 한 오싱은 의사에게 찾아가 상의했다. 어머니가 여행에 견딜지 알아봐 달라고 부탁했던 것이다.

다음 날 오싱의 집에 의사가 찾아왔다. 진찰을 마친 의사는 환자의 심장이 많이 약해졌지만 어차피 여기에서 못 고칠 병이므로 환자가 원하는 대로 고향에 가는게 좋겠다고 조언을 했다.

류조와 오싱은 의사를 배웅하고 나서 곧 후지에게 갔다.

"어머니, 선생님이 허락하셨어. 야마가다에 가도 된대요."

"야마가다엔 왜?"

"야마가다의 집에서 푹 쉬는 게 좋겠다고 의사도 말씀하셨어."

"얘, 그게 무슨 소리냐. 젖먹이가 딸린 네가 가긴 어딜 가겠단 말이냐."

"젖 먹여 줄 사람을 구했어요. 걱정 말아요."

"오싱!"

"어머니, 나와 둘이 가요. 아버지도 할머니도 하루 언니도 기다리고 있어요. 지금쯤 야마가다는 눈에 덮여 있을 거야.

이로리에 불을 활활 지펴 놓고 우리 둘이 옛이야기를 해요. 할머니 얘기랑 아버지와 하루 언니 얘기를 해요, 네? 그렇게 해요."

후지의 여윈 뺨 위로 주르르 눈물이 흘러내렸다. 후지는 더는 아무 말도 하지 못했다. 그녀는 시시각각으로 다가오는 죽음을 느끼고 있었다. 야마가다에 데려다 준다는 것은, 자기의 소원대로 그곳에서 죽음을 맞게 해 주려는 오싱과 류조의 효성이라는 것을 잘 알고 있었다.

다음 날 후지는 세밑의 겨울 햇살을 받으며 짐수레에 실려, 일 년 가까이 지낸 이세를 떠나갔다. 튼튼해져서 다시 와 달라는 류조의 말에 힘없는 미소로 대답한 후지는 다시는 못 보게 될 유와 히토시의 얼굴을 뚫어지게 바라보았다. 마치 영원히 잊혀지지 않게 머리에 새겨 두기라도 하려는 듯 오래오래 눈길을 쏟는 것이었다.

마지막 귀향

 이세로부터 야마가다까지, 쇠약한 병자를 데리고 가는 여행길은 힘들고 멀기만 했으나 그런대로 고생스런 기차여행이 끝났다. 모녀는 기진맥진하여 야마가다의 조그만 간이역에 도착했다.
 그러나 웅당 마중 나와 있어야 할 쇼지는 눈에 띄지 않았다. 오싱은 떠나기 전 오빠에게 미리 기별을 해 두었으므로 대합실 벤치에 병든 어머니를 누이고 오빠를 기다렸다. 그러나 쇼지의 모습은 보이지 않았고 허름한 대합실 창밖에는 온통 하얗게 눈발이 날리고 있었다.
 "어머니, 끝내 우리가 왔지요?"
 "그래…… 눈이 오는구나."

"오랜만에 보는 경치예요. 그런데 춥지 않아요?"

"이제부터 갈 일이 큰일이구나."

"쇼지 오빠에게 도착 시간을 알렸어요. 곧 올 테니까 우리 좀 더 기다려요."

그러나 쇼지는 끝내 나타나지 않았다. 짧은 겨울 해를 보며 초조해 하던 오싱이 단념한 듯 후지를 돌아보며 말했다.

"어머니, 그냥 우리끼리 가요. 오빠 바쁜 모양이에요."

"오싱……"

"아무리 눈이 많이 쌓였어도 손바닥 들여다보듯 환한 길이에요. 자, 어서 업히세요."

"힘든 길에 나까지 업고 어떻게 가겠니?"

꺼질 듯 가물거리는 목소리로 말을 하며 후지는 눈 내리는 창밖으로 시선을 던졌다.

"내가 어렸을 때는 늘 어머니가 업어 줬잖아요? 이번에는 내가 어머니를 업을 차례예요. 약한 사람이 튼튼한 사람에게 업히게 마련이에요."

머뭇거리는 어머니를 재촉하여 등에 업고 오싱은 가지고 온 띠로 단단히 묶었다. 그런데 등에 업힌 어머니가 너무 가볍게 느껴져 오싱은 또 한번 놀랐다.

어머니의 그 가벼움이 오싱을 한없이 슬프게 했다. 가뜩이나 몸이 불편한데 긴 여행에 시달려 말하기조차 힘겨워하는 어머니를 업고 한 발짝씩 옮기며 오싱은 야마가다에 오지 말

앉아야 했나 하는 후회가 일었다. 옷 안으로 파고드는 눈발이 뼛속까지 스며드는 것 같았다.

저녁 해가 뉘엿뉘엿 저물어 갈 때가 되어 그들 모녀는 힘겹게 집에 도착했다.

"어머니, 다 왔어요. 자, 봐요. 우리 집에 왔어요."

그새 잠이 들었던 후지가 그 소리에 놀라 깨어나서 두리번거렸다. 이윽고 창백한 얼굴에 엷은 미소가 번졌다. 부랴부랴 옛집으로 가자마자 오싱은 방문을 열었다. 집안 가득히 난잡하게 잡동사니가 쌓여 있고 퀴퀴한 냄새가 코를 찔렀다.

순간 오싱은 형언하기 어려운 분노에 사로잡혀 부르르 몸을 떨며 두 주먹을 불끈 쥐었다. 그러고 나서 어머니를 업은 그대로 새 집으로 가서 다짜고짜 문을 활짝 열어제쳤다.

마침 쇼지는 이로리 곁에서 술을 마시고 있었다. 도라와 아이들은 한참 밥을 먹는 중이었다. 거칠게 안으로 들어서는 모녀에게 모두의 놀란 시선이 쏟아졌다.

"어머니를 뉘어 드려야 하니까, 빨리 이부자리를 깔아요!"

오싱은 금방 오빠에게 덤벼들기라도 할 것 같은 기세로 마루에 올라섰다. 오싱의 시퍼런 서슬에 어안이 벙벙하던 쇼지가 발끈해서 소리쳤다.

"오싱, 제 집 드나들듯 하지 마!"

"이 집은 내가 보낸 돈으로 지은 집이야. 내가 누구한테 허락을 받는담?"

"뭐야?"

"잔소리 말고 자리나 펴요."

도라도 쇼지도 아무 말 없이 지켜보기만 했다.

"그럼, 좋아요. 내 맘대로 할 테니까."

하고 오싱은 서슴없이 안방으로 들어갔다. 쇼지가 당황해서 따라 들어갔다. 방으로 들어온 오싱은 대뜸 붙박이장을 열어제치고 이부자리를 꺼냈다.

"오싱!"

"어머니나 내려요. 오랜 여행으로 몹시 지치셨으니까."

오싱이 띠를 풀자 쇼지는 마지못해 후지를 받아 안았다. 오싱이 자리를 펴서 축 늘어진 후지를 조심스럽게 눕혔다.

"왜 데려왔어? 이렇게 심한데 덮어놓고 먼 길을 나서는 게 어디 있냐? 그만두라고 내가 분명히 써 보냈는데."

"뭐라구요?"

"올 리가 없을 거라고 마중도 안 나간 거야."

쇼지는 퉁명스럽게 내뱉었다.

"그런 편지 없었어!"

"시치미떼지 마! 기껏 부려 먹다가 병이 들었다고 데려오는 법이 어디 있어? 병치레 좋아할 사람이 어딨다고……"

"말이면 다야?"

"말이야 옳은 말이지. 이세 쪽이 기후도 좋은데다 환자가 오랜 여행을 못 견딜 것 같아 그쪽에서 몸조리를 시키는 편이 낫겠다고 일껏 말했는데도 모른 척하고 와서 무슨 큰소리냐? 병이 들었으니까 떠맡게 될까 봐 무리해서 데려온 네 속이 훤히 들여다보인다."

오싱은 기가 막혀 선뜻 말이 나오지 않았다.

"난 말이야……"

그러자 죽은 듯 누워 있던 후지가 가느다란 소리로 말했다.

"오싱, 그만둬라."

"어머니, 어머니는 내가 돌볼 거야. 저쪽 집이 너무 어지럽혀져 있어 잠시 여기 온 거예요. 서둘러 거길 치우고 우리 둘이 살아요. 치울 동안만 여기 누워 있으면 돼요."

그러고 나서 이번에는 오빠 쇼지와 거실의 도라에게 차갑게 쏘아붙였다.

"오빠, 그리고 도라상, 얼른 저 집을 말끔히 치워요. 잡동사니를 너무 많이 쌓아 두어서 그대로는 살 수 없으니까."

"거기서 살고 싶으면 네가 치우면 될 게 아니냐."

"잡동사니를 늘어놓은 건 오빠 아니에요? 거긴 어머니 집이야. 본래 대로 깨끗이 해 줘. 이봐요, 언니, 빨리 치워 줘요. 그러기 싫다면 할 수 없이 여기에 그냥 주저앉아 살아야 할 테니까."

"오싱, 너 올케언니한테?"

쇼지는 눈을 부릅뜨고 쏘아보았다.

"이 집은 내 힘으로 세운 집이니 나나 어머니가 살지 못할 이유가 없어요. 어머니, 어머니만 좋다면 이대로 여기서 지내요."

쇼지가 갑자기 제 처에게 소리쳤다.

"이봐, 언제까지 밥만 먹고 앉았을 거야? 빨리 일어나 저 집 좀 치워! 저 애가 하는 소리 듣지도 못했어?"

그렇지 않아도 도라는 갑자기 들이닥친 오싱이 못마땅해서 심통이 나 있던 터였다. 게다가 쇼지의 꾸중까지 듣게 되자 씨근덕거리며 오싱에게 눈을 흘기더니 휑하니 일어나 나갔다.

그 길로 옛집으로 걸어온 오싱은 굳게 입을 다물고 집안을 치우기 시작했다. 오싱이 이로리에 불을 지피고 있는 동안 도라는 화풀이나 하듯 던지고 메다꽂고 하며 잡동사니를 치웠다. 쇼지도 마지못해 따라와서 치우는 걸 돕고 있는데 도라가 작은 소리로 쇼지에게 투덜거렸다.

"불쑥 나타나서 사람을 종 부리듯 하니 원…… 저것 좀 봐, 불을 저렇게 활활 피울 게 뭐람. 장작은 누가 거저 주나. 겨우 오붓하게 됐다 했는데 또 두 집 살림이 될 테니 무슨 수로 감당한담. 어유, 지긋지긋해."

도라의 투덜대는 소리를 오싱은 못 들은 척 지나쳤다. 그러자 이번에는 쇼지가 오싱에게 불평을 늘어놓았다.

"너는 장사가 잘돼 형편이 좋은 모양이다만 농사꾼은 허구한날 고생이다. 쌀값은 내리지, 빚은 늘지. 이런 판에 어머닐 데려와도 의사에게 보이기는커녕 끼니나 안 거르게 될지 모르겠다."

"오빠네한테 신세 안 져요. 어머니는 내가 돌보겠어."

"어머닌 몰라도 너까지 먹일 쌀은 없다."

"알았어. 이쪽 비용은 내가 낼 거예요. 쌀이고 뭐고 여기서 쓰는 건 전부 내가 살 거야. 이 장작도 돈을 내라면 낼 거야. 어머니가 잡수실 죽도 제대로 안 할 것 같아 여기에서 이렇게 쑬 거예요. 그러면 된 거지?"

"우리 부부는 어머니한테 하느라고 해 왔다. 장남이라고 나한테 맡겨 놓고 그동안 너희들은 멋대로들 살았지 않아? 중병 든 어머니 잠시 돌보는 것 가지고 큰소리치지 마!"

듣기 싫다는 듯 오싱은 갑자기 일어서서 총채로 먼지를 털어 댔다.

이런 부산을 떨고 나서 새 집으로 건너간 오싱은 잠들어 있는 후지를 깨웠다. 뒤따라온 쇼지가 후지를 번쩍 안아 들고 바깥채로 나갔다. 안겨 나가며 후지는 아들의 품에서 기쁜 듯 여릿한 미소를 지었다. 반듯하게 깔린 이부자리 위에 후지를 눕힌 두 사람의 얼굴 위에 안도의 기색이 떠올랐다. 그러나 오싱과 쇼지가 짓는 안도의 빛은 각각 다른 것이었다.

어머니를 눕혀 놓고 묵묵히 방을 나서는 쇼지를 따라 오싱도 밖으로 나왔다. 마당 한귀퉁이 우물가에서 둘은 처음으로 오랜만에 만난 남매다운 얘기를 나누었다.

"오싱, 무슨 병이냐? 어머니 몸이 너무 가벼워졌더구나."

기대하지 않았던 뜻밖의 말에 놀라 오싱은 멍하니 쇼지를 바라보았다.

"그래, 의사는 뭐라는 거야?"

"오랜 고생이 쌓여 그런 거래요. 몸조리 잘하면 곧 낫는다고 했어요."

"나쁜 병은 아니라던?"

"응, 오빠. 더도 바라지 않겠어. 어머니한테 조금만 다정하게 대해요. 아까 봤지? 오빠한테 안기고는 그렇게 기뻐하셨어. 부모가 나이 들면 다 그렇게 되는 거야. 때때로 찾아뵙고 다정한 말도 건네고 그래요."

"낫는 거겠지? 어머닌 나이 탓을 하지만 이제 쉰넷이야. 아직 한창 나이야. 다시 건강해져야지."

마중조차 나오지 않았고 어머니 방을 아주 창고로 쓴 데에 울컥 치밀었던 분노가 의외의 말 몇 마디로 스르르 풀렸다. 자신이 너무 과했던 게 아닌가 뉘우치기조차 하는 오싱이었다.

부산을 떨며 치운 덕분에 어느 정도 말끔해진 이로리 가에서 오싱은 후지에게 죽을 떠먹였다. 죽을 받아먹으며 후지는 띄엄띄엄 말했다.

"얘야. 쇼지를 너무 미워하지 마라. 이런 산속 거친 땅을 일구며 살기란 저희 식구 끼니 잇기가 고작이란다. 끝없는 고생에 빚 독촉까지 받고 살다 보면 정이 메말라지는 법이란다."

"어머니, 나도 알아요. 힘든데 길게 얘기하지 말아요."

"화도 나겠지만 네가 참거라."

"알았어요……"

"이제 그만 먹겠다."

"더 잡숴요."

"그래도 더는 못 먹겠다. 너도 배고플 데니 뭐 좀 먹어라."

"우리들이 어렸을 때 어머니는 무밥조차 제대로 못 잡수셨어요. 우리에게 조금이라도 더 먹이느라 어머니 입에 들어갈 사이가 없었어. 할머니도 그러셨어. 난 안 먹고 싶다, 아까 먹었다, 라고 늘상 그러셨지만 난 다 알았어."

"그래…… 그랬었지."

후지의 눈은 그때의 애절한 기억으로 촉촉이 젖어 들었다.

"그래서 난 돈을 벌어 어머니랑 할머니한테 매일 흰밥을 배불리 먹여 드려야지 하고 생각했어요. 그 일념으로 더부살이도, 미용원도, 그리고 지금까지도 일했어요. 그런데 겨우 어머니한테 쌀밥을 먹일 만하게 되니까…… 이제 어머니가 못 드시지 않아요."

울컥 북받치는 설움으로 오싱은 말을 잇지 못했다. 후지도 울먹이며 딸을 달랬다.

"얘야, 난 안 먹어도 네가 그리 된 것만으로도 배가 부르다. 이제 넌 됐다. 좋은 남편과 착한 자식이 있고 장사도 잘되니 뭘 더 바라겠니? 이세에서 너희들이 정말 잘해 주었다. 이 엄마가 평생 동안 제일 호강한 때였다. 이제 여기에 데려다 주기까지 했으니 마지막으로 작은 복은 있었나 보다."

"어머니……"

"역시 가난하든 고생스럽든 제 집이 제일이구나. 여기에선 마음이 놓여. 이상스럽게도, 혼자 살 때도 외롭지 않더라. 둘러보면 할머닌 저기에, 아버지는 여기에 그리고 너희 형제 모두가 꼭 옛날처럼 이로리 가에 빙 둘러앉아 있는 거야. 오싱은 아직 어린 계집애인데…… 큰 눈을 똘망똘망하게 뜨고……"

오싱은 엉성하게 야윈 어머니의 손을 어루만지며 눈물을 글썽거렸다.

"왠지 모르지만, 언제든지 모두가 모여 있어. 엄마는 말이다, 그 한 사람 한 사람과 이 얘기 저 얘기를 하는 거야…… 가난하고 먹을 게 없어도, 이로리 가에 모두 모여 있을 때가 엄마는 제일 행복했던 게야."

"어머니, 너무 많이 얘기하면 지쳐요."

"지금도 보여. 엄마는 눈만 감으면 모두 보여. 여기 있으면 언제든지 모두와 함께 있는 거야."

정말로 보이기나 하듯 후지는 두리번거리다가 실처럼 가늘게 말을 이었다.

"오싱…… 돌아오길 잘했다. 정말 잘한 거다……"

후지의 얼굴에 엷은 미소가 떠올랐다. 오싱에게는 그런 엄마의 모습이 그렇게 안쓰러울 수가 없었다.

다음 날 오후 이웃의 리키가 눈을 흠뻑 뒤집어쓴 채 찾아왔다. 후지가 돌아왔다는 소문을 듣고 온 것이다. 안채 쪽은 거들떠보지도 않고 리키는 곧바로 옛집으로 들어섰다.

"후지상이 돌아왔다며?"

오싱이 안에서 뛰어나와 반갑게 맞았다.

"어서 오세요, 아주머니. 안녕하셨어요."

"오싱……"

잠시 오싱의 안색을 찬찬히 살피던 리키는 급히 안으로 들어갔다. 후지의 머리맡에 앉으며 리키는 덥석 후지의 손을 잡았다.

"아니, 어디가 그리 아픈 거요?"

"별거 아니에요. 너무 지쳤답디다."

"그렇다면 괜찮지만……"

"지금 눈이 오우?"

"네, 오늘은 꽤 많이 올 것 같은데요."

"오싱."

후지는 느닷없이 오싱을 불렀다.

"네, 어머니."

"눈이 보고 싶구나."

"어머니, 문을 열면 추워요."

"잠깐이면 된다."

오싱은 내키지 않았지만 그래도 문을 조금 열었다. 그러자 찬바람이 솔솔 들어오고 하얀 눈발이 흩날렸다. 넋을 잃은 듯 뽀얗게 쏟아져 내리는 눈을 바라보며 후지가 느닷없이 리키에게 말했다.

"나도 복이 있었어…… 죽기 전에 이 집에 다시 올 수 있었고…… 또 이렇게 눈을 보게 되다니."

그러더니 오싱에게로 고개를 돌렸다.

"오싱, 내가 죽더라도 아무도 부르지 말아라. 미쓰도 고우도 또 쇼스케도 모두 제각기 살기에 바쁘다. 안 와도 엄마는 언제든지 만나니까 말이야."

"어머니……"

"후지상, 빨리 툭툭 털고 일어나야지, 그 무슨 쓸데없는 소리요. 빨리 일어나 우리 설 차려먹읍시다."

"오싱…… 눈이 참 예쁘구나……"

말을 끊고 쏟아지는 눈을 한동안 바라보던 후지의 눈이 스르르 감겼다. 만족하고 평온한 얼굴이었다.

"엄마!"

"후지상!"

그러나 끝내 후지는 눈을 뜨지 않았다.

거짓말처럼 쉽고 편안하게 후지는 갔다. 죽음과 때맞추어

마지막 귀향　321

오기나 한 것처럼 야마가다에 온 다음 날 이렇게 한 많던 세상을 떠나갔다. 후지의 얼굴 위에 하얀 천이 덮였다. 오싱과 쇼지, 그리고 리키가 밤샘을 하기로 했다.

오싱으로부터 자초지종을 듣던 쇼지가 말했다.

"그랬구나. 돌아가실 걸 알고 데려온 거구나…… 고칠 수 없는 병이었으면 왜 내게 귀띔이라도 안 했니?"

"내가 잘못했어. 아무리 어머니가 떼를 써도 안 오는 건데 그랬어. 그런 먼 여행만 아니었으면 좀 더 사셨을지도 몰라."

슬픔과 회한으로 말없이 울먹이고 있는 오싱에게 리키가 위로의 말을 했다.

"아니야, 오싱이 잘한 거야. 집에 오고 눈을 보게 됐다고 후지상이 얼마나 좋아했어? 후지상은 눈 고장의 여자야. 눈 속에서 태어나서 눈 속으로 간 거야. 고생스런 짐, 훌훌 벗어 던지고 편하게 된 거야. 오싱, 아마 지금쯤 후지상은 밤낮 그리던 할머니나 아버지, 그리고 하루짱을 만나고 있을 거야."

그때 갑자기 쇼지는 흰 천으로 덮여진 어머니의 시신 앞에 엎드려 오열을 터뜨렸다.

"어머니! 나, 난 아무것도 몰랐어요. 어머니…… 용서해요. 아무것도 못해 드렸군요. 내가…… 너무 심했지요. 용서해 주세요…… 어머니."

"후지상은 쇼지를 원망하지 않았어. 맏아들로 태어나는 바람에 가난한 소작을 물려받아 늘 가엾다고 했어."

"어머니!"

쇼지의 통곡은 거의 울부짖음이었다. 피를 토해 내는 듯한 그 목소리는 그동안 쌓이고 쌓였던 불효에 대한 마지막 참회였다.

후지의 장례는 쓸쓸하게 거행됐다. 쇼지와 오싱 단둘이 치렀다. 미쓰도 고우도 쇼스케도 오지 않았다. 후지의 유언이기도 했지만, 공연히 불러 모아 쓸데없는 경비를 쓸 필요가 없다는 쇼지의 고집에 오싱이 꺾이고 만 것이다.

유골과 함께 텅빈 방으로 돌아온 오싱은 망연히 앉아, 할머니, 아버지, 어머니, 그리고 하루 언니의 숱한 추억이 어려 있는 집안 구석구석을 살폈다. 이제는 두 번 다시 오지 못할 이 집을 망막에 깊이깊이 새겨 두기나 하려는 듯이.

커다란 눈물방울이 오싱의 뺨을 타고 흘렀다. 아주 작고 가는 목소리가 오싱의 입에서 새어 나왔다.

"할머니, 어머니, 아버지, 하루 언니…… 잘 있어……"

자신이 태어나고 자란 그 집과의 마지막 이별을 고하려는 듯이 오싱은 망연히 서 있었다.

장례를 치르고 그 다음 날, 오싱은 이세를 향해 길을 떠났다.

올 때 자신의 등에 업혔던 어머니는 이제 안 계시지만 그보다도 더한 무거움이 오싱의 마음을 짓눌렀다. 혼자 외롭게 집을 나온 오싱은 역으로 가는 길에서 리키를 만났다.

"오싱, 어디 가는 길이야?"

"안 그래도 아주머니 댁에 가려던 참이에요. 오늘 떠난다고 인사드리려구요."

"떠나다니? 이세로 말이야?"

"아주머니, 정말 여러 가지로 고마웠습니다."

"초이레라도 치르고 가지 그래."

"더 머물고 싶지만 이런저런 사정이 있어서요."

"이젠 오싱과 만나기 힘들겠군. 나도 외로워지는데? 후지 상이 없으니 오싱의 편지가 올 일도 없고 내가 대신 읽고 쓸 일도 없을 거고 말이야."

"정말 오랫동안 신세 많이 졌습니다."

헤어지기가 몹시도 아쉬운 듯 바라보던 리키가 불쑥 물어 왔다.

"참, 오싱은 가가야의 아가씨 소식 좀 알아?"

"네, 사내아이를 낳았다고 알려 주셨어요."

"그 밖엔?"

"더 자세히는 모르겠는데요."

"오싱은 그 댁 따님과 자매처럼 친하니까 자주 소식 듣는 줄 알았지."

"나도 아주머니를 만나 천천히 가가야 소식도 듣고 얘기하고 싶었는데 그러지를 못했어요. 요즘도 가가야에 종종 들르세요?"

"응, 때때로…… 가가야의 후손이 생겨 기뻐들 하셨지. 그런데 묘한 소문이 퍼지고 있어, 가가야가 위태하다는."

"그럴 리가……"

"우리들이야 알 도리가 없는 일이지. 그렇지만 전혀 근거 없는 일에 그런 소문이 나기야 하겠어?"

"가요 아가씨는 아무 말씀도 안 하셨는데……"

"그렇다면 공연한 헛소문이겠지 뭐."

"그렇게 큰 부자이신데 그리 쉽게 쓰러지기야 하겠어요?"

"나도 그렇게 생각하지만 소문이 하도 흉흉하게 퍼지니까. 뭐, 가가야를 싫어하는 사람들이 일부러 지어낸 소문일 수도 있겠지. 오싱, 내가 저기 산등성이까지 배웅할게."

리키와 함께 역으로 향하는 오싱은 착잡한 심정으로 발걸음이 무거웠다. 머릿속에는 돌아가신 어머니, 아버지, 그리고 하루 언니의 생각들로 복잡했다. 게다가 그동안 뜸해진 가요의 소식을 얼핏 듣고 보니 더더욱 심란해졌.

리키의 배웅을 받으며 오싱은 어쩌면 이제 다시는 돌아오지 못할 것만 같은 고향과 작별을 했다. 어둠을 가르고 남으로 달리는 야간열차에 몸을 실은 오싱은 막상 고향이 멀어질수록 어머니를 잃은 서러움이 복받쳤다.

슬프디 슬픈 여행이었다. 그리고 리키가 말한 가가야의 소문이라는 것이 마음에 걸렸다. 깊은 잠에 **빠져** 있는 승객들 틈에서 오싱만이 이 생각 저 생각 때문에 뜬눈으로 밤을 지새웠다.

집 앞에서 놀고 있던 유가 오싱을 보고 총알처럼 달려왔다.
"엄마!"
오싱에게 안겼던 유는 다시 집안으로 뛰어들었다.
"아주머니, 엄마가 오셨어요."
좋아라 소리치는 유의 목소리를 듣고 히사가 반가운 얼굴로 오싱을 맞았다.
"아주머니, 다녀왔습니다. 고생 많으셨지요."
"오싱, 고단하겠어. 어서 안으로 들어가자구. 오늘 도착한다는 전보를 받고 히토시를 데려왔지."
거실에 들어가자마자 오싱은 자고 있는 히토시를 번쩍 안아 들고는 볼을 비볐다. 따라 들어선 히사가 그 모습을 보고 히토시의 칭찬을 늘어놓았다.
"히토시가 정말 순하더군. 배불리 먹이기만 하면 칭얼거리지 않고 잘 놀거나 콜콜 잠을 잘 자니 애 보기가 아주 수월하더군. 이 다음에 커서도 아주 성격이 좋을 거야."
오싱의 얼굴에는 안도의 미소가 피어올랐다. 역시 제 집은 이 세상에서 가장 편한 곳이라고 생각했다.
"그동안 젖이 불어서 혼났어요. 아주머니 덕분에 무사히 다녀올 수 있었어요. 뭐라 감사해야 할지."
"참, 잘했어. 어머니도 만족해 하셨을 거야."

"네. 고향 집에 간 걸 그리도 좋아하셨어요. 펑펑 쏟아지는 눈을 보며 돌아가셨어요. 얼굴 가득히 기쁨과 만족의 표정을 띤 채로요. 조금만 더 오래 사셨더라면…… 이제부터 좀 편히 모셔 드려야겠다고 생각했는데 그렇게 허망하게 가시고 말았어요."

이제 영영 만날 수 없는 어머니의 모습이 뇌리에서 지워지지 않아 오싱은 애절한 눈길로 히사를 바라보았다.

"후지상은 오싱이 행복하게 살고 있는 것을 보았고 히토시의 얼굴까지 보았어. 그 이상의 효도가 있을 수 없어. 게다가 오싱이 감히 엄두도 못 낼 고생을 하며 고향에 모셔다 드렸잖아. 어머니는 분명 후회 없이 눈을 감으셨을 테니 너무 서러워하지 마."

그때 류조가 들어왔다.

"여보, 잘 다녀왔소? 역에 마중 나가려고 했는데 급한 배달이 있어서."

"여보!"

참고 있던 슬픔이 한꺼번에 무너지듯 눈물로 되어 넘쳐흘렀다.

"고생이 많았지? 여보, 당신은 어머니의 마지막을 위해 할 수 있는 데까지 최선을 다한 거야."

류조는 손수건을 꺼내 눈물로 얼룩진 오싱의 얼굴을 닦아 주었다.

"여보, 엄마가 울면 유가 걱정을 해요."

고개를 치켜든 오싱은 눈물이 흐르는 얼굴에 애써 미소를 지어 보였다.

"이제 나에겐 당신과 애들밖에 없어요. 소중하게, 소중하게 생각해야지……"

그 순간만큼 남편과 아이들이 소중하게 느껴진 적도 없었다. 이 세상에서 혈육을 잃은 슬픔보다 더한 아픔은 없다고 절감했기 때문이었다.

밤이 되어 아이들을 재운 후 류조와 오싱은 이로리를 사이에 두고 마주 앉아 야마가다의 얘기를 주고받았다.

"그랬군. 장례식에 처남과 오싱밖에 없었다니 쓸쓸했겠군."

"어머니는 돌아가시기 바로 전에 유언처럼 그렇게 부탁했어요. 그래도 난 어머니 생전에 형제들을 불러 마지막으로 만나게 해 주려고 했어요. 그런데 편지 쓸 사이도 없었어요. 야마가다에 간 바로 다음 날에 돌아가셨으니……"

"그래, 너무 갑작스러웠어."

"눈을 그렇게 보고 싶어 하셨어요. 어머닌 역시 눈 고장의 여자였어요. 장례식엔 모두들 부르려 했는데 오빠가 반대해서 외롭게 보내 드렸지 뭐예요."

"처남도 처지가 딱하니까 이해해야지."

"이제 야마가다와는 인연이 없어졌어요. 다시는 갈 일이 없을 거예요. 앞으로는 당신과 유, 히토시가 있는 곳만이 유일한 고향이에요."

"오싱, 오빠를 너무 원망하지 말아요. 지난 10월, 미국에서 주식이 폭락을 하면서 대공황이 일어났어. 온 세계가 불황의 늪에 빠졌어. 일본도 그 여파로 30만 명의 실업자가 날 만큼 타격을 받고 있어. 이럴 때일수록 가난한 사람이 더 고생하게 마련이야. 처남도 좀 더 살림이 넉넉해지면 다정해지겠지. 광에서 인심 난다는 말이 있잖소."

류조의 다독거리는 말에 오싱은 말없이 고개를 끄덕였다.

"우리 가게만 해도 쉽지 않아요. 연말인데도 경기가 워낙 좋지 않아 외상 수금이 돼야 말이지. 그래도 우린 일부 현금 장사를 고집하니까 그럭저럭 꾸려 나갈 수 있는 거요. 아마 내년엔 더 고생해야 할 것 같소."

"여보, 미안해요. 이렇게 어려울 때에 병원비, 약값, 게다가 야마가다의 여비까지 썼으니……"

"신경 쓰지 말아요. 그런 건 가욋돈이 아니오. 부모를 위하는 게 어디 사치나 허영이오? 빚을 내서라도 할 수 있는 데까지 다하는 게 자식의 도리요. 모두들 어려운 시기를 겪고 있으니 그걸 알아 두자는 말일 뿐이오."

"그래요. 미쓰 언니가 야마가다의 공장에 다니는 사람과 사는데 자식이 셋이 있다고 들었어요. 어쩌면 장례식을 알렸어도 못 왔을지 모르겠어요. 고우는 더부살이, 쇼스케는 농가의 머슴으로 있어요. 그 애들은 아마 못 왔을 거예요."

"거기다 정부에선 금해금(金解禁·막았던 금 수출을 허용하는 것)까지 하겠다니…… 어려운 경제 얘기는 해 봐야 그렇고, 우리 내년엔 더 정신차려 일합시다."

"네, 그래야지요. 유나 히토시에게 어려서 내가 겪은 고생을 되풀이시키고 싶지 않아요. 내가 애써서 될 일이면 몸을 아끼지 않겠어요. 불경기 때엔 싼 생선을 많이 팔면 돼요. 이윤은 적겠지만 많이들 찾으니까요. 나 새벽에 당신과 같이 다니고, 행상도 하겠어요. 외상을 줄이고 현금 거래만 하기로 해요. 그 대신 싸게."

"여보, 당장 어떻게 되는 것 아니니까 너무 서두를 필욘 없어. 단지 미리부터 마음의 준비를 해 두자는 거지."

"네, 알았어요. 우리 가족을 지키기 위해 아무리 어려워도 헤쳐나갈 거예요. 그리고 야마가다에서 언뜻 들은 소문인데 가가야가 위태하대요. 그것도 불경기와 관계 있는 일일까요?"

"가가야처럼 크고 기반이 단단한 집은 끄떡없을걸."

"그럴 거예요. 그런 부잣집이 쉬 망하겠어요?"

"그렇고 말고! 우리 집 같은 작은 가게와는 틀려."

"작으면 어때요. 생선가게 하길 잘했다고 생각해요. 부부가 힘을 합해 일해서 우리 아이들 훌륭하게 키우며 어엿하게 살면 됐지, 더 뭘 바라겠어요."

"오싱은 충분히 해낼 거야."

"난 가난의 서러움을 신물이 나도록 맛봤어요. 사치하고 싶은 생각은 조금도 없어요. 아무 탈 없이 그저 이 생활이 계속되었으면 하고 바랄 뿐이에요."

그것은 진심이었다. 그 무엇보다도 오싱에게는 지금의 이 행복이 소중했다. 남편과 아이들과 그저 단란하게 살아가기만을 간절히 바랄 뿐 더 큰 욕심은 없었다.

벼랑 끝

 해가 바뀌어 1930년이 되었다. 세계적인 대공황의 파도에 휩쓸려 일본도 디플레이션의 최악의 경제 상태였다. 그러나 오싱은 평화로운 나날을 보내고 있었다. 손님은 확실히 줄어들었으나 착실하게 일하면 매일 현금이 들어오는지라 네 식구가 궁색하게 지내지 않아도 되었다.
 그날도 어둑한 새벽녘에 벌써 류조는 포구로 나갔고 오싱은 가게 앞과 그 근처를 말끔히 치우고 있었다. 청소를 마친 오싱은 다시 가게를 열고 청소를 시작했다.
 어슴푸레한 어둠도 걷혀갈 즈음 덜그럭거리며 수레를 끌고 류조가 돌아왔다.
 "수고하셨어요."

"오늘은 전갱이가 쌉디다. 그래 많이 받아 왔지. 팔다 남으면 말립시다."

"내가 부탁한 것은요?"

"도미? 너무 비싸 그만두었소."

"재강절이를 해서 사가에 보내 드리려고 했는데."

"그건 서두를 것 없어."

"왜요. 아버님 어머님이 우리가 보내는 어물을 얼마나 맛있게 잡숫는다고요? 빨리 보내 드려야지."

"싸지거든 사오리다."

"어유, 구두쇠! 여보, 우리 사가의 어른들 정정하실 때 잘해 드려요. 참, 가요 아가씨한테 편지가 왔어요. 어머니 장례식을 모르고 지났다고 미안하다며 조위금으로 10엔을 보내셨어요."

"고맙군."

"어쩔 수 없어 알려 드렸던 거예요. 노소미 도련님도 탈없이 잘 큰대요. 편지가 온통 도련님 얘기뿐이에요. 무척이나 사랑스런 모양이지요?"

"그 말괄량이 같던 가요상이 말이지? 인텔리 여급이라고 예술가들한테 인기가 있었고, 신여성입네 하고 젊은 남자에게 홀딱 반했던 여자였는데 말이야. 평범한 가정주부는 못될 것이라 생각했더니 신통하군."

"그러게요. 유복한 댁에 태어났으면서도 유난히 많은 파란을 겪으셨어요."

"이럭저럭 10년이 넘었지?"

"네, 이제 가가야는 정말 태평성대예요."

"여보! 히토시가 우는 거 아니오?"

"어마, 깨어났나? 젖 줄 시간이에요."

하고 오싱은 허둥지둥 안으로 들어갔다.

사랑스런 아내의 뒷모습을 바라보는 류조의 얼굴에 잔잔한 웃음이 번졌다. 고생 속에서도 웬만큼 자리를 잡은, 다복한 가장으로서의 면모가 엿보이는 그런 웃음이었다.

오후가 되어 오싱과 류조가 주문받은 전갱이구이를 만드느라 온 집안에 연기를 피우며 법석일 때 유가 헐레벌떡 뛰어들어왔다.

"학교 다녀왔습니다."

"응, 어서 오너라."

"엄마, 통신부(성적표) 받아 왔어요."

"어디 아빠부터 보자."

하고 류조는 오싱에게 빼앗기기라도 할 것처럼 먼저 채어가 훑어보았다.

"호오…… 이번 학기에도 전 과목 갑(甲)이군."

"그래요? 야! 우리 유, 장하기도 하지. 집에서 가르치지도 않는데 혼자 그렇게 잘하다니."

"공부는 학교에서 하는 거요. 어설프게 집에서 가르치면

학교 공부에 취미를 잃어요."

"유야, 열심히 해라. 중학교, 고등학교를 졸업하고 도쿄제국대학(지금의 동경대학)에 들어가는 거야. 엄마는 어떤 일이 있어도 널 제국대학 출신으로 만들 거야."

"이제 겨우 소학교 1학년을 마친 아이에게 무슨 제국대학 이야기를 벌써 하는 거요?"

그러면서도 류조는 기쁜 내색을 감출 길이 없었다.

"난 하고 싶은 공부를 못했잖아요? 유에게 제가 하고 싶은 만큼 시켜 줄 거예요."

"유, 몸만 건강하면 그걸로 된다. 자아, 밖에 나가서 놀다 들어와라."

유는 말이 떨어지자마자 깡총거리고 뛰어나갔다.

"오싱, 당신은 아이를 공붓벌레로 만들 작정이오? 지금 하는 걸로 봐서는 앞일이 걱정이군."

그렇게 말하면서도 류조는 싫지 않은 듯 껄껄 웃었다. 그때 우편배달부가 가게에 편지 두 통을 놓고 갔다.

"여보, 가요 아가씨께 보낸 편지가 되돌아왔어요."

"되돌아오다니?"

"글쎄요, 이상한데요."

"주소를 잘못 쓴 게 아니오?"

"늘 이 주소로 보냈었는데요?"

알 수 없다는 표정을 지으며 다른 한 통의 편지를 읽던 오싱의 낯빛이 갑자기 변했다.

"여보, 이를 어쩌죠. 가가야의 주인어른이 자살했대요. 리키상이 써 보냈군요."

"주인어른이라면 가요상의 남편 말이오?"

"네. 무슨 일인지는 리키상도 알아보지 못했대요. 역시 뭔가가 있었던 모양이에요."

"그래도 그렇지, 만일 정말 자살을 했다고 하더라도 가가야가 아주 없어질 리야 없지 않소?"

"여보, 가가야에 무슨 일이 일어난 것 같아요. 이를 어쩌지."

"그렇다면 가요상에게서 자세히는 아니더라도 일단 소식이 있을 게 아니겠소?"

"글쎄요……"

"더 기다려 봅시다."

오싱의 가슴속에 불안한 예감이 일었다. 가가야를 맡아 운영하던 사람의 자살이 마치 가가야의 운명을 암시하는 것 같아 섬뜩했다. 마음이 조급해졌다. 도저히 앉아서 편지 오기만을 기다릴 수가 없어 전화를 걸어 보려고 오싱은 급히 우편국으로 달려갔다.

부랴부랴 달려갔던 오싱이 잠시 후 맥이 빠져 돌아왔다.

"여보, 전화도 안돼요. 우편국에서 말하길 그 번호는 지금 안 쓰이고 있대요. 어떻게 된 걸까요? 편지도 안되니 이를 어쩌지요?"

암담한 얼굴로 오싱은 털썩 주저앉았다.
"오싱, 사카다에 직접 가 보고 오겠소?"
"글쎄요. 마음 같아서는 당장 달려가 보고 싶지만."
"가가야는 오싱을 거의 키워 주다시피한 곳이 아니오. 가요상과도 친자매처럼 지내고 있고 또 그 남편도 아는 사이니 모른 척하고 있을 수 없지 않소. 가요상이 얼마나 낙담하고 있겠소. 간다고 무슨 뾰족한 도움은 안되겠지만 위로라도 해 줄 수 있겠지. 여비는 내가 마련해 주겠소. 히사 아주머니에게 사정 얘기를 해서 변통하리다."
"여보, 미안해요. 당신한테 밤낮 골치 아픈 치다꺼리만 하게 하는군요. 히토시도 걱정이고……"
"히토시도 이제 석 달이 지나 목도 가누게 되지 않았소. 데려가도 괜찮을 거요."
류조의 호의가 고맙기는 했으나 오싱은 선뜻 결정할 수 없었다.
"나도 가요상과는 오래 전부터 아는 사이가 아니오. 오싱을 만나게 된 것도 가요상 때문이라고 할 수 있소. 우리 두 사람 모두가 가요상과는 인연이 깊지."
그 순간 오싱은 콧날이 시큰하도록 고마움을 느꼈다.
"고마워요, 여보."
"내 곧 히사 아주머니에게 다녀오리다. 당신도 기왕 가려면 하루라도 빨리 가는 게 좋지."

그때 이웃에 사는 손님이 찾아오자 류조는 친절하게 맞았다.

"어서 오십시오. 오늘은 값싸고 물 좋은 벤자리가 들어와 있습니다."

"생선을 사러 온 게 아닙니다. 우리 집으로 가미야마 히사라는 분의 전화가 왔어요. 급한 일이 있으니 오싱상한테 집에 와 달라고 했어요."

류조와 오싱은 서로 마주 보았다.

"그래서 일부러 와 주셨군요. 고맙습니다."

"급한 일이라니, 무얼까?"

"글쎄요. 전에 없던 일이니까 정말 급한 일이 생긴 모양이지요. 얼른 가 봐야겠어요."

"내가 가려 했는데 당신이 가야겠군. 가는 길에 여비를 부탁해 봐요. 곧 외상값을 주겠다는 사람이 있으니 그걸로 갚으면 되오."

"그럼 다녀오겠어요."

안으로 들어가서 잠들어 있는 히토시를 등에 업고 히사의 집으로 향했다. 히사의 집에 이르자, 기다리고 있었던 듯 히사가 반겼다.

"갑자기 전갈을 보내 놀랐겠구먼. 아이고, 히토시짱도 왔구나. 어디 보자."

"오랜만에 와 뵙는군요. 바다도 꽤 오랜만에 보는 거예요. 그런데 무슨 일이세요?"

오싱 자신도 모르는 사이에 불길한 느낌이 겉으로 드러났다.

"좌우간 들어가서 앉아서 얘기하자구."

히사는 앉기를 권하고는 궁금한 얼굴로 보고 있는 오싱에게 빙긋 웃으며 입을 열었다.

"말썽꾼 떠돌이가 바람처럼 나타나서 오싱을 꼭 만나야 한다고 떼를 쓰지 않겠어. 완전히 제멋대로라니까."

그 말이 떨어지자마자 건넌방에서 인기척이 나더니 고우타가 불쑥 모습을 드러냈다.

"고우타상!"

"오싱상이 아직까지 여기 있는 줄로만 알았소. 마을에 생선가게를 내었다고요. 주인 양반이 그리 열성이라고 아주머니가 칭찬을 늘어놓지 않겠소."

"고우타, 이젠 오싱을 만나게 해 주었으니 내 할 일은 다 했지?"

고우타는 대답 대신 만족한 웃음으로 고개를 끄덕였다.

"저희 부부가 히사 아주머니에게 신세 많이 지고 있습니다."

"잘됐군요."

"잘되긴 뭐가 잘돼. 사람에게 일껏 부탁을 해 놓고 훌쩍 없어졌으니 오싱의 소식을 알리려고 해도 알릴 수가 있어야지. 어디서 빈둥거리고 있는지 캄캄하니 말이야."

히사의 싫지 않은 푸념을 미소로 받아넘기며 고우타는 오싱의 등에 업힌 아이에게 눈을 돌렸다.

"아, 요녀석이 둘쨉니까?"

"네, 고우타상이나 아주머니 덕에 저희 부부가 다시 모여 살게 됐습니다. 장사도 그럭저럭 되고 있고요. 정말 고맙습니다."

"유짱도 꽤 컸겠군요."

"네, 이제 소학교 2학년이 됩니다. 이렇게 만나 뵐 줄 알았으면 데려올 걸 그랬군요."

"정말 보고 싶군요."

"저런, 말 타면 풍악 잡고 싶다더니. 아, 여기에 온 걸 아무도 모르게 해 달라고 부탁할 때는 언젠데 그런 소릴 해? 쯧쯧, 아직도 여전히 사람 눈을 피해 다녀야 하니 저 일을 어쩌나. 서른을 벌써 넘은 어엿한 사내가 마누라 자식도 없이 떠돌아다니다니…… 얼마나 부모 속을 썩이려고 저러는지 모르지. 언제 철이 들어 자식 노릇을 제대로 할 건지."

히사는 고우타에게 잔소리를 늘어놓았다.

"한 살 더 잡숫더니 잔소리가 더 느셨군요."

"류조상을 좀 봐. 처자식 안 굶기겠다고 전혀 모르는 생선 장사를 배워 악착스럽게 일을 해. 정말 발뒤꿈치에도 못 쫓아가지. 아니, 제국대학까지 나온 사람이 뭐 할 일이 없어 그 도깨비 같은 짓이나 하고 떠돌아다니는지 원."

오싱은 고우타를 위기에서 벗어나게 해 줘야겠다고 생각했다.

"원 아주머니도. 고우타상은 훌륭한 일을 하고 계세요."

"남을 행복하게 해 주는 일이라고 번드르르한 소릴 하더라만, 남보다 제 부모, 가족을 행복하게 하는 게 우선 아니냐구. 부모를 울려가면서 무슨 놈의 남의 행복이야……"

"히사 아줌마를 만나면 밑천도 못 찾는다니까, 허허. 오싱 상이 가게를 냈다고 하기에 가 보고 싶었지만 혹시 나중에라도 무슨 누를 끼치게 될 까봐."

"당연하지. 경찰에 쫓기는 사람이 갔다가 혹 거기서 붙잡히기나 해 봐. 일껏 쌓아 놓은 가게의 신용이 도로아미타불이 되고 말지."

"오싱상, 사실은 가요상의 일을 얘기하고 싶어서……"

그 말을 듣자마자 오싱의 얼굴이 긴장으로 굳어졌다.

"할 얘기가 많을 테니 천천히 얘기들 하지. 난 히토시 데리고 잠깐 다녀올 테니까. 애한테 젖을 주던 색시가 꽤 컸겠다 하고 여간 보고 싶어 하질 않아. 그새 정이 든 모양이야. 내 가서 좀 보여 주고 오겠어."

하고 그녀는 히토시를 안고 나갔다. 히토시를 안은 히사의 모습이 사라지자 고우타는 그늘진 얼굴로 대뜸 물었다.

"어머님께서 돌아가셨다면서요?"

"네. 작년 그믐께. 고생만 하다 가셨어요."

"정말 고생만 하시다가 돌아가셨군요. 그렇지만 오싱상이 행복해 보여 무척 반갑소."

"네. 이렇게 네 식구가 모여 조촐하게 살아갈 수 있는 게 모두 고우타상 덕분이지요."

"아니오. 오싱상의 살아 보겠다는 굳은 의지의 결과지요."

"저어…… 그렇지 않아도 가요 아가씨의 일이 무척 궁금했는데 혹시 무슨 소식이라도 들으셨나요?"

"오싱상도 그 댁 소식을 들었소?"

"아니요. 딴 사람을 통해 주인어른의 자살을 알게 됐어요. 궁금해서 편지도 하고 전화도 걸어 봤지만 연락이 안되더군요."

"역시 소식이 없었군요. 혹 오싱상한테 와 있는 게 아닐까 생각하고 온 건데."

"그럼 지금 가가야에 계신 게 아니에요?"

"오싱상은 아직도 가가야가 망한 걸 모르고 있었소?"

"가가야가 망했다고요? 어쩌다 그렇게 됐어요?"

"그동안 주욱 동북 지방에 있다가 사흘 전에 사카다엘 갔었소. 사카다는 온통 가가야의 소문으로 들끓고 있더군. 깜짝 놀라 그리 가 봤소. 집이랑 가게는 모조리 차압을 당했고 가족도 뿔뿔이 흩어지고 종업원들도 없었소."

"그럼 가가야의 어른들은 어디로 가신 걸까요?"

"아무도 모르더군. 야반 도주를 하다시피 했나 봐요. 내가 조금만 일찍 사카다에 갔더라도 사정을 더 자세히 듣고 도움이 될 수도 있었을 텐데."

"젊은 주인이 자살한 것이 그럼 가게 일로 그런 건가요?"

"소문으로 들은 거지만, 그 사람이 주식에 손을 댔대요. 꽤 크게 했나 보던데 금년 들어 주가가 폭락했대요. 가게도 집도 잡혀서 막으려고 했지만 결국 터졌다더군. 그래서 죄책감을 못 이기고 자살을 했다고들 합니다. 가요상도 부모도 다들 자살하기까지 까맣게 몰랐다는군요."

"가게를 완전히 그분께 맡겼으니까요."

"알았을 때는 이미 너무 늦어 손쓸 도리가 없었답니다. 아주 고스란히 망한 거지요. 가요상이나 그 부모님의 행방을 아는 사람이 하나도 없었어요."

"왜 주식 같은 데 손을 댔을까요? 가만 앉아서 있는 재산만 관리해도 될 큰 부자였는데."

"난 알 것 같소. 데릴사위 아니오? 그저 가가야에서 눌러 지내고 있으면 언제까지라도 처가의 그늘에 가려 지내게 되고 따라서 장인, 장모는 물론 가요상에게도 기가 죽지. 또 주위에서도 부잣집 데릴사위로만 취급하고…… 자존심 센 남자로서는 견디기 힘든 일이지. 자기 힘으로 큰 재산을 만들어 모든 사람에게 자신의 능력을 보여 줄 마음이었겠지. 제국대학을 나온 수재니 남보다 몇 배로 자존심이 강했을 게 아니오. 결국 데릴사위의 콤플렉스가 처가도 자신도 망쳐 놓은 것 같아."

"오랫동안 원만치 못하던 부부 사이가 노소미 도련님을 낳으면서 좋아지셨다고 들었어요. 가요 아가씨가 겨우 행복해지시나 했더니……"

"아무튼 가요상이 어디로 갔나 빨리 알아봐야겠소. 가요상의 일엔 나에게도 일단의 책임이 있는 거니까."

"아아, 그때 아가씨가 결혼하기 전에 고우타상이 오신 걸 얘기 했어야 했는데……"

"오싱상."

"고우타상이 도쿄의 가요 아가씨 방에 오신 걸 제가 끝내 숨겼어요. 그게 가요 아가씨를 그 지경으로 만들었어요."

오싱은 괴로워서 가슴을 부여잡으며 소리쳤다.

"바보 같은 소리 그만둬요. 나 같은 사람을 기다려서 뭘 한단 말이오."

"그 결혼을 안 하셨으면 아가씨의 인생이 달라졌을 게 아니에요. 내가 공연히 위하는 척하고 결국 아가씨를 망친 거예요."

"오싱상! 그 일은 자책할 일이 아니오. 그게 모두 운명이오. 가요상과 내가 만난 것도, 내가 오싱상을 만난 것도, 또 그 사람과 결혼하게 된 것도 말이오. 가요상이 꼭 이쪽으로 연락할 것이라 생각되오. 그러거든 잘 위로해 줘요."

"네……"

"나도 따로 찾아보긴 하겠소."

"어디 알아보실 데가 있으세요?"

"만약 곤란한 생활을 하고 있다면 도와주고 싶소. 꼭 그렇게 해야 내 마음의 가책을 덜게 되는 거요."

고우타의 얼굴에는 진심으로 가여워하고 지난날의 일을 괴로워하는 빛이 역력했다.

고우타의 괴로운 심정과는 비교도 안될 만큼 오싱은 마음이 아팠다. 행방이 묘연해진 가요의 소식이 궁금하기 짝이 없고 자꾸만 불길한 예감만 앞섰다. 이런저런 복잡한 생각을 담고 오싱은 어느덧 가게 앞까지 이르렀다.

아버지를 도와 가게를 청소하고 있던 유가 돌아오는 오싱을 먼저 알아보고 소리치며 반겼다.

"엄마!"

"미안해요. 저녁 장사에 늦지 않게 오려고 했는데 그만 늦어졌군요. 혼자서 힘드셨지요."

"유가 많이 도왔소. 당신 닮아서 그런지 녀석이 아주 일꾼이야. 지금 봐선 아주 착실한 생선가게 주인이 되겠어."

"저녁밥 곧 지을게요."

오싱이 서둘러 안으로 들어가려는 걸 류조가 재촉하듯 물었다.

"사카다에 가는 일을 아주머니에게 얘기했소?"

"사카다에는 가지 않아도 돼요. 가도 소용없어요. 고우타상이 왔어요. 사카다의 일을 얘기해 주었어요."

"그래?"

"사카다엔 아무도 없대요."

"그래 고우타상은?"

"어디로 가는 건지, 또 훌쩍 떠났어요."

"그렇다면 가요상이나 고우타상한테서 소식이 오길 기다리는 수밖에 없겠군."

"끼니나 제대로 이으실지 모르겠어요. 대체 어디로 가신 걸까. 두 분 어른은 역시 세상 물정 모르시는 분들이고 아가씨에겐 젖먹이까지 딸렸으니……"

"아마 채권자들이 좀 잠잠해지면 소식을 보내올 거요. 가요상은 그래도 뱃심이 센 여자요. 재산도 가족도 버릴 만큼 결단력도 있지 않았소? 카페에 나갈 때는 제일 잘 버는 인기 여급이었던 만큼 약하지 않은 여자요. 막상 큰일을 당하기는 했지만 가만히 앉아서 굶을 리 없소."

"하필 이렇게 경기가 안 좋을 때……"

"우리가 걱정한다고 될 일이 아니오. 소식이 있을 때 조금이라도 도움이 되게 열심히 장사를 하며 기다리는 수밖에 없소. 자, 또 일을 시작합시다."

오싱은 고개를 끄덕이며 애써 안도의 숨을 내쉬었다. 그날부터 오싱은 가요에게서 소식이 오기만을 애타게 기다렸다. 그러나 가요에게서도 고우타에게서도 소식이 없었다.

그해 1931년은 전세계적인 공황으로 일본도 불경기의 깊은 수렁에 빠져든 해였다. 1백만 명도 넘는 실업자가 발생했다. 많은 사람이 생활의 방편을 잃고 하루하루 끼니 걱정을 해야 했고, 모든 기업과 장사가 개점 휴업의 처지에 놓였다. 오싱의 가게도 물론 큰 영향을 받고 있었으나 두 부부의 성실이 주민들에게 신용을 얻어, 비록 매상은 떨어졌으나 그래도 그럭저럭 버터 나가고 있었다. 이 불경기는 그로부터 몇 년간 더 계속되었으며 갈수록 심각해졌다.

그로부터 일 년이 지난 어느 날 저녁 무렵, 손님을 맞아 분주하게 움직이던 오싱은 무심코 밖을 보다가 흠칫 놀랐다. 전신주 뒤에서 가게 안을 보고 있던 고우타와 눈이 마주쳤다. 고우타가 찡긋 눈짓을 한 후 시치미를 뚝 떼고 곧장 걸어갔다.

오싱이 슬며시 가게를 빠져나가 보니 고우타는 저만치 앞에서 걷고 있었다. 종종걸음으로 오싱이 거의 따라가자 앞을 바라본 채 고우타가 말했다.

"가요상의 거처를 알았소."

하고 그는 계속 걸었다. 오싱의 귀가 번쩍 뜨였다.

참으로 오랜만에 듣는 소식이었다. 가가야의 도산, 주인의 자살과 가족의 행방불명을 안 지 일 년 후의 일이었다. 애타게 소식을 기다리던 오싱도 거의 체념하고 잊고 지낼 무렵이었다. 그런데 갑자기 나타난 고우타가 불쑥 혼잣말처럼 한마디 던지고는 아무것도 아니란 듯한 얼굴로 걷기만 하는 것이다.

오싱은 답답하고 조바심이 나서 부리나케 따라갔다. 마을을 거의 벗어나서야 고우타는 걸음을 멈췄다.

"미안하오. 바쁜 시간에 여기까지 오게 해서."

"아니에요. 아직도 사람 눈을 피해 다니시는군요."

"요즘 동료들이 많이 검거됐소."

오싱은 주위를 두리번거렸다. 고우타는 품속에서 봉투를 꺼내어 오싱에게 건네며 나직하게 말했다.

"가요상의 주소와 1백 엔을 넣어 두었소."

"주소를 알았으니 다행이군요."

"가요상을 위해 만든 돈이오. 그것으로 가요상을 만나 주었으면 좋겠소. 내가 직접 만났으면 좋겠지만 시간이 없소. 지금 큐슈에 가는 길에 잠시 들른 것이오. 오싱상한테밖에 부탁할 사람이 없지 않소."

"네."

"오싱상도 가게와 아이들 일로 짬내기가 여간 어렵지 않다는 걸 잘 알아요. 하지만……"

"무슨 일이 있어도 가요 아가씨에겐 가야지요. 바로 떠나겠습니다. 그런데 용케 알아내셨군요."

"도쿄에 갈 때마다 찾았소. 여자가 가장 쉽게 벌이를 할 수 있는 곳은 역시 도쿄요. 또 전에 카페에서 일한 적도 있고…… 여러 경로를 통해 찾았소. 일 년이 걸려서야 겨우 찾았소."

"그럼 아가씬 지금 도쿄에 계세요? 노소미 도련님과 두 분 어른도 함께 계세요?"

"난 만나지 못했지 않소."

"정말 궁금하군요."

"오싱상, 잘 부탁합니다. 가요상도 나보다 오싱상을 더 반가워할 거요."

"네, 될수록 빨리 가겠습니다."

"잘됐습니다. 난 기차 시간 때문에 그만 가야겠습니다."

"고우타상! 또 만날 수 있겠지요. 꼭…… 아가씨 만나면 안부 전해 드리겠습니다."

얘기가 끝나자 고우타는 총총히 사라졌다. 가게에 돌아와 오싱은 류조에게 자초지종을 얘기했다.

"그렇다면 내일이라도 당장 가 봐야겠군."

"당신한테 또 고생을 시켜 드리는군요. 그렇지만 고우타상이 비용까지 만들어 주었으니까……"

"여보, 그 돈을 그대로 가요상에게 전해 주오. 고우타상의 정성이니까. 당신 여비는 내가 마련하겠소."

"여보…… 정말 고마워요."

"그런데 도쿄에서 뭘 하고 산답디까?"

"글쎄요. 고우타상은 아무 얘기도 안 하시더군요. 그분도 못 만났대요. 그리고 자세히 얘기할 틈도 없었어요. 겨우 아가씨 주소만 받았는데요."

"어디 그 주소 좀 봅시다."

오싱에게 건네받은 종이쪽지를 들여다보던 류조는 놀라움을 감추지 못했다.

"난 지진 이전의 도쿄만 알지만 그땐 이 근처가 몹시 지저분한 지역이었소. 아주 싸구려 술집이 꽉 들어찼지. 그러니까 술값만 내면 여자들이 몸을 술안주로 맡기는 그런 곳이었소. 도쿄에서도 여자가 제일 싸고 손쉬운 곳이라는 소문이었소."

"여보, 그렇다면?"

오싱의 얼굴빛이 어두워졌다.

"옛날 일이오. 도쿄가 몽땅 타 버리고 이젠 예전 모습이 완전히 없어졌다고 들었소. 지금은 어떤지 모르지 않소."

"아가씨가 설마 그런 곳에 계시겠어요. 아무리 곤란해도 그럴 아가씨가 아니에요. 게다가 어른들도, 노소미 도련님도 계신데 어떻게 그럴 수가……"

"오싱, 이 불경기에 부모와 젖먹이가 딸린 여자가 혼자 살아가기가 얼마나 힘들겠소. 나도 그런 생각은 하기 싫소. 하지만 가요상을 만나기 전에 그런 일이 있을 수도 있다는 걸 미리 각오해 두구려."

오싱의 뇌리에 불길한 예감이 스쳤다.

"고우타상이 이렇게 많은 돈을 마련한 건 아마 가요상의 생활을 알기에 그런 것 같소. 당신도 각오를 단단히 하고 가야 할 거요. 가가야의 가족을 모두 데려와야 할지도 모르니까 말이오. 아무런 도움이 되지 못한다면 오히려 안 만난 것보다 못하오. 공연히 평생 후회거리만 되고 말지. 나한테 미안하다는 생각은 아예 하지 말아요. 그냥 놔둬선 안되겠다고 여겨지거든 이리로 데려와요. 안되면 반 그릇씩이라도 나누어 먹고 삽시다."

"여보……"

"오싱에게는 누구보다도 소중한 사람들이오. 그럴 작정으로 갔다 와요. 히토시는 두고 가요. 히토시도 이젠 아무거나 다 잘 먹지 않소? 유가 제 동생을 잘 보니 학교에 간 동안은 내가 업고서라도 장사하면 되지 않겠소."

"정말 미안해요."

"그런 끔찍한 일을 당했으면서도 우리에게 폐가 될까 봐 알리지도 않고 혼자 고생을 하는 모양이오. 가엾은 사람."

류조는 이미 짚이는 데가 있는 모양이었다. 안쓰러운 듯 류조의 얼굴에 드리워진 그늘을 지켜보며 오싱은 그럴 리가 없다고, 절대로 아니라고 세차게 고갯짓을 했다.

다음 날 이른 새벽 오싱은 도쿄로 떠났다. 가요의 도쿄 생활에 대한 류조의 짐작이 무겁게 오싱의 가슴을 짓눌렀다. 그것이 기우이길, 그 짐작이 틀렸기를 간절히 빌 뿐이었다.

새벽 어둠이 걷힐 무렵 오싱은 도쿄 역에 도착했다. 몇 년 만에 다시 찾은 도쿄였다.

오싱은 우선 찾아갈 곳이 있었다. 그 길로 10년 전 도쿄에서 첫발을 내디뎠던 스승 다카의 집으로 갔다. 다카의 미용원은 말끔한 새 건물로 바뀌었고, '하세가와미용원'이란 커다란 간판이 걸려 있었다.

이른 시각이라 커튼이 내려진 채 문이 닫혀 있었다. 오싱은 잠시 망설이다가 문을 두드렸다. 오싱의 목소리를 알아듣고도 커튼 사이로 내다보던 다카는 휘둥그레 눈이 커졌다. 그러고는 반갑게 문을 열었다.

"오싱! 오싱 아니야?"

"선생님, 오랜만에 뵙습니다."

"사람을 이렇게 놀라게 할 수 있어? 오면 온다고 기별을 할 것이지."

"죄송합니다. 새벽부터……"

"자, 어서 올라와요. 잠자리에서 바로 빠져나와 집안도 못 치웠구먼."

안으로 들어가며 두리번거리던 오싱이 기쁜 목소리로 말했다.

"아주 깨끗하게 잘 꾸미셨네요."

"지진이 있은 다음에 판잣집을 지었잖아. 다른 집들은 자꾸 새로 짓는데 그대로 있을 수가 있어야지. 그래 무리를 해서 지었어. 요즘 손님들은 머리 기술보다 가게 겉모양을 보고 다니니까. 하긴 서양머리야 솜씨가 있고 없고 별 차이가 없지만 말이야. 참, 아직 조반 전이지? 잠시만 기다려, 내 곧 차릴게."

하고 다카는 서둘러 부엌으로 나갔다. 오싱도 얼른 따라 나갔다.

"선생님, 제가 하겠어요. 밥은 어디다 짓지요?"

"풍로에다 끓이지. 혼자 먹으니까 그 솥에 하면 하루 종일 먹어."

"혼자라니요? 그럼 제자가 없으세요?"

"제자를 두는 건 옛날 얘기야. 미용학교라는 게 있어서 거길 졸업하면 당당한 기술자 행세를 하지. 이 가게에도 그런 아이들이 둘이 있지만 손님 머리 외엔 손끝도 까딱 않지. 솜씨도 없으면서 아주 으스대며 말이야. 내가 이런 소리를 해대니까 싫어들 하나 봐. 참, 세상 많이 변했지."

얘기를 들으며 오싱은 마치 제 집처럼 익숙하게 밥도 짓고 이것저것 치웠다.

"일본머리가 한물가 버려 한때는 미용원을 집어치울까 생각도 했지만 배운 게 도둑질이라고 딴 밥벌이를 알아야지. 그래 아직도 이 모양이야."

"선생님, 머릴 자르시니까 잘 어울리시는데요."

오싱의 말에 다카는 쑥스러운 듯 웃으며 머리를 쓸어 올렸다.

"여기도 이제는 서양머리 손님이 더 많으니까. 내가 일본머리로 버티기가 어색해. 또 편하기도 하고. 일본머리가 시들해지는 게 무리는 아니야. 그런데 오싱짱, 요즘 어떻게 지내?"

"가게는 그럭저럭 네 식구 먹을 만큼 되고 있어요. 그이도 아주 착실하게 남편 노릇을 잘하고 있고요. 아이들도 탈 없이 잘 자라요. 유짱이 벌써 3학년이 됩니다."

"반가운 일이야. 편지로 대강 소식은 들어 안심하고 있었어."

"제가 건어물 조금과 재강절이를 갖고 왔습니다."

"저런! 늘 보내 주어 요긴하게 먹고 있는데."

"좀 더 나은 것을 보내 드린다면서 항상 벼르기만 하다 말아요."

"무슨 소리야. 스승이라고 변변히 해 준 것도 없는데, 지금까지 잊지 않고 찾아 주는 것만도 고마워. 이렇게 나를 잊지 않고 찾아 준 사람도 오싱뿐이야. 그래, 도쿄엔 무슨 볼일이지?"

어느새 끓였던지 오싱은 향긋하고 따끈한 차를 다카에게 내밀었다.

"재빠르긴…… 그 재치는 여전하군. 이젠 이렇게 알뜰하게 보살펴 주는 사람도 없어졌어."

"꿈 같지요. 제가 처음 왔을 때의 일을 생각하면……"

"오싱이 열여섯 살 때였지? 벌써 15년이 됐어. 그동안 온갖 일들을 겪었지. 10년이면 강산이 변한다는데 세상이 바뀔 만도 하지."

"선생님, 사카다의 가가야란 곳 얘기 들으신 일 있으시죠?"

"그래. 오싱이 여기 오기 전에 있었다던 집. 그 집 따님이 가출을 했다고 그랬지? 나중에 도쿄에서 만났고…… 가요상이라고 했던가?"

"네. 그 댁이 일 년 전에 도산했습니다. 가족이 풍비박산이 됐지요. 이제 겨우 가요 아가씨가 도쿄에 있는 걸 알게 되어 서둘러 왔습니다."

"그래. 일부러 만나러 온 것이구먼."

"네. 어떻게 지내시나 알아보기라도 하려고요."

"지금 어디 있다는데?"

오싱은 품에서 주소를 꺼내 보여 주었다. 쪽지를 보던 다카의 얼굴이 금방 어두워졌다. 그러한 다카의 표정과 류조의 말이 연관되어 오싱은 다시금 불안해졌다.

"여길 혼자서 갈 작정인가?"

"네."

"그만둬. 여자 혼자 갈 곳이 못 돼."

"선생님?"

"여기가 어떤 곳인지 몰라 그러지."

"아무리 험한 곳이라도 전 가야 합니다. 나쁘면 나쁠수록

벼랑 끝 355

더 가야 해요. 가요 아가씨의 처지를 알아야 하니까요."

오싱의 마음속에는 이미 굳은 결심이 서 있었다. 가요 아가씨가 말 못할 고통 속에서 괴로워한다면 그 어떤 곳이라도 찾아가리라.

다카는 그런 오싱을 어이없고 딱한 눈으로 지켜볼 뿐이었다.

우직할 만큼 옛 상전에게 충직한, 그래서 호랑이굴 같은 사창가에라도 서슴없이 혼자 가겠다는 오싱이었다. 이미 그녀는 가요가 어떠한 곳에서 허덕이고 있는지 어렴풋이 짐작을 하면서 한편으로는 부질없이 가느다란 희망을 버리지 못했다.

오열

 인연이란 참으로 묘한 것이다. 언제 어디서 다시 만날지 모르는 것이 사람의 인연이라지만 부지불식간에 삶의 행로를 바꿔 놓기도 한다.
 오싱과 다카는 조반을 마치고 미처 얘기를 나눌 틈도 없었다. 아침 일찍부터 찾아온 손님을 위해 다카가 미용실로 나가 있는 동안 오싱은 소매를 걷어붙이고 설거지며 부엌 청소, 밀린 빨래를 해치웠다. 뒤뜰 빨랫줄에 세탁한 빨래를 널던 오싱은 뒤쪽에서 나는 인기척에 무심코 고개를 돌렸다. 한 남자가 우뚝 서 있었다. 놀랍게도 데키야 겐이 빙글빙글 웃으며 서 있었다.
 "어마, 겐상 아니에요?"

"오싱상, 정말 오랜만입니다. 반갑습니다. 한 6년은 됐지요?"
"그땐 신세 많았어요. 한번 연락드리지도 못하고……"
"아닙니다, 신세를 많이 졌어요. 그때 여편네가 이상한 소리를 해서 지금도 죄송하게 생각하고 있습니다. 이해해 주십시오."
"원 별소릴 다 하시네요. 신수가 좋아 뵈는데요."
"변함없이 부지런하고 자상하시군요. 손님으로 와서도 일거리만 있으면 소매를 걷고 나서니……"
"선생님은 바쁘신데 도와 드릴 시간도 없으니 이런 거나 거들어 드리고 가야지요. 그런데 겐상은 어떻게 오셨어요? 요즘도 선생님께 자주 들러요?"
"네, 종종 옵니다."

그때 다카가 나와 겐에게 말했다.

"겐상, 바쁠 텐데 오라가라 해서 미안해요."
"천만에요. 오싱상이 와 계시다고 해서 깜짝 놀랐습니다. 선생님, 제가 운이 좋은데요. 요즘 거의 지방 여행을 다니는데, 오늘 어쩌다 집에 있을 때 전화를 주셨거든요. 아무래도 오싱상과는 인연이 깊은가 봐요."

이렇게 말하면서도 겐은 멋쩍게 웃었다.

"오싱, 겐상이 늘 내 걱정을 해 줘. 그래 이런 일 저런 일로 내가 신세를 지지. 어쩌다 오면 화제는 늘 오싱이지. 나보다 오싱의 일이 궁금해 오는 건지도 몰라."

"원, 선생님도, 무슨 그런 말씀을. 오싱상이 행복하게 살고 계시는 것을 알아 한시름 놓았습니다. 참 잘됐습니다. 정말 잘됐어요, 오싱상."

어색한 얼굴로 가만히 서 있는 오싱 대신 다카가 말했다.

"그런데 말이야, 또 겐상의 도움을 받아야 할 일이 생겼어. 여하간 우리 안으로 들어가요."

겐은 무슨 일일까 궁금해 하면서도 오싱을 만나게 된 것이 여간 흐뭇하지 않다는 얼굴이었다. 그들은 안으로 들어갔다.

오싱이 곧 차를 내왔다. 다카는 오싱이 도쿄에 오게 된 입장을 설명했고 갑자기 겐이 나타난 걸 의아하게 생각하던 오싱도 일이 어떻게 되어가는 것인지 알게 되었다.

"그래서 선생님께서 겐상을 와 달라고 부탁하셨군요."

"응, 그런 곳에 어떻게 오싱을 혼자 보낼 수 있어? 겐상이 데려다 준다면 얼마나 든든해. 겐상은 발이 넓어 통하지 않는 데가 없잖아. 겐상, 부탁해."

"네, 알았습니다. 오랜만에 만난 오싱상의 일인데 힘닿는 데까지 도와 드려야지요. 그런데 가요상이 어찌 지내나 알아보기만 할 거라면 굳이 오싱상이 가지 않아도 됩니다."

"아니에요. 가 보고 싶어요. 직접 만나 뵈어야 해요."

"좋습니다. 두 눈으로 꼭 보셔야 한다면 모시고 가지요."

"겐상, 고마워요."

"그 대신 무슨 일이 있어도 놀라지 마십시오."

그 한마디에 오싱은 가슴이 철렁했다.

"선생님, 뜻밖에 오싱상과 나들이를 하게 되는군요. 살다 보면 이렇게 반가운 일도 더러 생기는데요?"

오싱의 얼굴에 싸인 근심을 덜어 주기라도 하려는 듯 겐은 일부러 익살을 떨었다. 그러나 오싱은 그가 왜 짐짓 너스레를 떠는지 그때는 알 리가 없었다.

그 길로 당장 겐은 변두리의 술집 골목으로 오싱을 안내해 갔다. 원색으로 천박하게 단장한 조그만 집들이 다닥다닥 붙어 있었다. 더욱이 밤의 침침한 조명 아래에서야 꿈틀대고 살아나는 야행성 지역을 대낮에 들어가니 음산하고 괴괴했다. 대가 세다고 자부해 온 오싱도 몹시 불안감을 느꼈다. 겐은 그런 비슷비슷한 집들 중 어느 한 집 앞에서 걸음을 멈추었다.

"여기예요?"

오싱의 물음에 대답도 없이 겐은 문을 밀치고 들어갔다. 의자에 앉아 있던 덩치 큰 사내가 일어나, 두 사람의 앞을 버티고 막았다. 그 사내가 겐을 알아보고 아는 체를 했다.

"형님이오? 좋은 물건 데려왔는데?"

하고 오싱의 위아래를 기분 나쁜 눈초리로 훑었다.

"너희 집에 가요라는 여자 있지?"

갑자기 사내 얼굴에 경계의 빛이 떠올랐다. 그러고는 무뚝뚝한 대답을 내뱉었다.

"없소!"

"잠자코 불러와!"

그러나 사내도 만만치 않게 겐의 코앞에 험상궂은 얼굴을 들이댔다.

"없는 사람을 어떻게 불러와?"

"시침 떼지 마. 다 알고 왔어!"

강경한 겐의 태도에 사내는 갑자기 태도를 누그러뜨리며,

"형, 저 여자라면 우리가 맡아도 괜찮아."

하고는 오싱을 흘끗 보았다. 그 흉물스런 눈초리에 오싱은 움찔했다.

"잔소리 말고 가요를 내놓으란 말야!"

"아무리 형이라도 여자를 껴안고 싶으면 확실하게 손님으로 와 주었으면 좋겠수."

오싱의 얼굴이 갑자기 창백해졌다. 험악하고 비위 상한 그 분위기를 더 이상 견딜 수가 없었다. 그때 갑자기 이층에서 사내아이의 울음소리가 요란하게 들려왔다. 그러자 사내는 입맛이 쓰다는 표정으로,

"시끄럿! 애새끼 울리면 고아원에 처넣겠어."

하고 이층에 대고 소리질렀다.

그러나 금방이라도 숨이 넘어갈 듯한 어린아이의 울음소리는 더욱 자지러졌다. 그 소리는 오싱의 가슴을 섬뜩하게 만들었다. 엉뚱한 곳에서의 사내아이 울음소리가 어쩐지 가

요의 아들 노소미일지도 모른다는 생각이 번개처럼 오싱의 뇌리를 스쳤다.

그 순간, 오싱은 가요의 생활이 얼마나 비참한 것인가를 비로소 알아차렸다. 가요가 정말 이런 곳에 있는 것일까. 오싱은 공포와 불안으로 전신에 으슬으슬한 한기를 느꼈다.

그제야 비로소 겐을 앞세우고 가라는 다카의 배려를 이해할 수 있었다. 여자 혼자서는 못 올 곳이라는 것을 오싱은 서늘해지는 가슴으로 깨닫고 있었다.

겐과 사내 사이에 입씨름이 오가는 동안 오싱은 입구에 쪼그리고 앉아 불안스럽게 지켜보았다. 그때 또다시 이층에서 자지러질 듯한 아이의 울음소리가 들렸다. 그 아이의 울음소리는 오싱의 가슴을 아프게 파고들었다.

"없는 사람은 없는 거요."

"너, 나를 바보로 만들 작정이냐!"

한참 실랑이를 벌이다가 겐은 인상을 쓰며 사내의 가슴을 억세게 움켜쥐었다.

"형, 나는 다만 호위꾼일 뿐이유. 가게 여자를 지키는 게 내 임무인데 아무리 형이라도 마음대로 가게 여자의 일은……"

"있는 걸 다 알고 왔어. 잔소리 말고 부르면 되는 거야."

겐은 금방이라도 내려칠 기세였다. 그러자 사내는 약간 주눅이 든 것처럼,

"하지만, 이유도 모르고 부를 순 없잖소."

하고 말꼬리를 누그러뜨렸다. 그때 이층에서 찢어질 듯한 여자의 고함 소리가 들렸다.

"시끄러워! 언제까지나 꽥꽥 울릴 작정이야. 잠을 잘 수가 없잖아! 어떻게 좀 해 줘!"

귀찮다는 듯 혀를 차며 이층으로 올라가려던 사내는 마침 내려오던 여자와 맞부닥쳤다.

"미안하지만 뭔가 먹을 것 좀 없어? 배가 고프니까 울음을 그치지 않는 거야."

창백한 얼굴로 주절거리듯 말하던 여자가 오싱을 보더니 소스라치게 놀랐다. 오싱도 그녀와 눈길이 마주치자 하마터면 쓰러질 뻔했다.

"가요 아가씨!"

분명 그 여자는 가요였다. 설마 했지만 막상 눈앞의 가요를 보자 오싱은 믿을 수가 없었다. 오싱을 알아보자 가요도 놀라 이층으로 올라가 버렸다. 정신없이 그 뒤를 쫓아 이층으로 올라가려는 오싱의 팔이 누군가에 의해 저지당했다. 험상궂게 인상을 쓰는 사내였다.

"오싱상……"

겐은 안쓰럽게 오싱을 불렀지만 여전히 그녀는 가요가 사라져버린 이층 계단을 정신없이 바라볼 뿐이었다.

"아가씨, 가요 아가씨……"

그것은 차라리 애절한 부르짖음이었다.

"맘대로 올라가면 곤란해."

사내의 말은 서슬이 퍼런 협박처럼 들렸다.

"왜 그래요! 내가 찾던 분이야."

"아무것도 모르는군, 이 양반은. 빨리 데려다 주슈."

씁쓸하고 야비한 웃음을 흘리며 사내는 겐에게 눈짓을 했다. 그러자 겐은 지폐 몇 장을 꺼내 테이블 위에 놓았다.

"이러면 군소리 안 하겠지."

사내는 곁눈으로 힐끗 건너다보더니,

"그 여잔 고급품이니까 비싼데요."

하고 비아냥거리듯 내뱉었다. 겐은 그 사내를 노려보다가 이내 눈길을 돌리고 말없이 그 위에 지폐 몇 장을 추가로 얹었다.

"겐상?"

"오싱상, 만나고 오십시오."

"한 시간이야!"

야비하게 자신을 훑어보는 사내의 시선에 오싱은 온몸 구석구석이 거북하고 메스껍기만 했다.

"이놈아, 내가 이 근처 여자의 시세도 모르는 줄 알아!"

사내에게 일침을 놓고 난 후, 겐은 질려 있는 오싱을 안심시키듯 말했다.

"오싱상, 두 시간이든 세 시간이든 상관없어요. 내가 꼭 붙어 있을 테니까요."

여전히 불안한 빛을 감추지 못하고 오싱은 물끄러미 겐을 바라보았다. 그러자 온화한 미소로 고개를 끄덕이는 그의 표정을 보고서야 적이 안심이 된 듯, 오싱은 이층으로 올라갔다.

계단을 밟는 오싱의 뒤에 대고 그 사내는

"막다른 오른쪽 방이야."

하고 퉁명스럽게 소리쳤다.

한발 한발을 내디디면서 오싱의 머릿속에는 조금 전에 보았던 가요의 퀭한 모습이 선명하게 남아 있었다. 설마 했던 일이 막상 눈앞에 닥치고 보니 오싱의 마음은 한쪽 구석부터 저려오기 시작했다.

이층으로 올라서자 대낮인데도 음산하고 침침한 분위기가 오싱을 맞았다. 간간이 켜져 있는 촉수 낮은 전등이 아니라면 그곳은 마치 굴속을 연상시켰다. 좁은 복도를 사이에 두고 작은 방들이 다닥다닥 붙은 채 늘어서 있었다. 오싱은 사내가 일러 준 대로 오른쪽 막다른 방문 앞에 이르렀다. 왠지 그곳은 더 후미지고 암울하게 오싱을 되쏘아보는 것 같았다. 발이 얼어붙은 듯 오싱은 망연히 서 있을 뿐이었다.

그때였다. 요란한 아기의 울음소리가 오싱을 퍼뜩 흔들어 깨웠다. 조금 전에 들었던 바로 그 울음소리다. 금방이라도 숨이 넘어갈 듯이 우는 아기의 소리에 오싱은 순간적으로 문을 두드렸다.

"가요 아가씨!"

안에서는 아무런 반응도 없었고 여전히 아기는 울어 댔다.
"가요 아가씨, 오싱입니다."
오싱은 더 이상 대답을 기다릴 수가 없어 급히 문을 열었다.
좁고 어두컴컴한 방 안에서 한 물체가 눈에 들어왔다. 사내아이를 껴안은 채 꼼짝 않고 앉아 있는 가요의 뒷모습이 보였다. 아기는 엄마의 품에 안겨서도 숨을 할딱거리며 울어 대고 있었다. 말없이 그런 가요의 뒷모습을 응시하던 오싱은 방 안에 들어오자 황급히 가져온 꾸러미를 풀었다. 그리고 종이 봉지를 꺼냈다.
"노소미 도련님의 선물로 과자를 사 왔습니다. 먹여 주세요. 바나나도 있구요."
그러나 미동도 없이 가요는 오싱이 있는 쪽을 거들떠보지도 않았다. 할 수 없이 오싱은 울음을 그치지 않는 노소미의 조그만 손에 과자를 쥐어 주었다. 그제야 어린 노소미는 정신없이 과자를 입으로 가져가며 울음을 그쳤다.
오싱은 갑자기 가슴이 답답하게 미어지는 것 같았다. 제법 방글거리며 과자를 먹어 대는 노소미의 천진한 웃음이 한없이 측은하고 안쓰러웠다. 오싱은 일부러 명랑한 듯이 말했다.
"어머나, 도련님이 낯도 안 가리시네. 아이구, 웃으셨어. 정말 귀엽고 똑똑하게 생기셨어요."
단단하게 굳은 가요의 표정을 움직이게 한 것은 문밖에서 들려온 노파의 목소리였다.

"손님을 받았다지? 아기를 맡겠어."

가요는 노소미를 껴안은 채 일어서서 문 쪽으로 걸어갔다.

"아가씨?"

놀란 오싱의 시선을 뒤로 하고 가요는 문이 열리자 아기를 노파에게 건네주었다. 노파는 작은 목소리로,

"대낮부터 손님을 받다니. 오늘은 수지맞았군."

하고 야비한 웃음을 흘리고는 어둑한 복도로 사라졌다. 오싱은 그 소리에 몹시 불쾌하고 괴괴한 느낌을 감출 길이 없었다.

"어째서 노소미 도련님을 건네주는 거예요?"

"손님이 있는 동안 아이를 봐주는 거야. 장사에 방해가 되니까."

"가요 아가씨!"

"뭣하러 왔어."

비통한 오싱의 부르짖음에 대한 가요의 반응은 냉담했다.

"무척 걱정했어요. 어째서 알려 주시지 않았어요."

"알려서 뭘 해."

"리키상한테서 서방님이 돌아가셨다는 편지를 받고 곧 사카다로 찾아가 뵈려 했어요. 그런데 마침 고우타상이 와서 가가야에는 이제 아무도 안 계시다고 그러더군요."

"........."

"고우타상은 우리 집에 아가씨와 어른들이 계시는 줄로 생각한 모양입니다. 계시지는 않아도 연락쯤은 있으리라고요. 저도 그렇게 생각하고 기다렸어요. 그런데 일 년이 지나도록 아무런 소식이 없었어요."

"오싱, 잠자코 돌아가 줘. 오싱에게 알리지 않은 것은 누구도 만나기 싫었기 때문이야. 만날 수 있었으면 벌써 알렸지. 내 마음을 알아준다면 아무것도 묻지 말고 이대로 돌아가 줘."

가요는 한번도 오싱에게 똑바른 시선을 주지 않았다.

"이곳을 찾아내서 알려 주신 분도 고우타상이에요."

오싱은 주머니에서 봉투를 꺼냈다.

"이것을 아가씨께 전해 달라고 주셨어요. 고우타상으로부터 맡아 가지고 왔어요."

가요의 표정이 괴로운 듯 일그러졌다.

"고우타상은 바빠서 자신이 올 짬이 없다면서 걱정하시더군요. 하지만 고우타상은 자신이 직접 만나 뵙는 것이 괴로웠던 겁니다. 그러니까 저한테 부탁했지요. 이곳에 와 보고서야 비로소 고우타상의 마음을 알았어요."

"그 사람한테 그런 돈을 받을 이유가 없어."

"아가씨, 고우타상은 아가씨 일을 몹시 걱정하고 계십니다. 저도 그렇고, 우리 집 양반도 마찬가지예요. 어쨌든 이곳을 나와서 우리 집으로 와 주세요. 그 때문에 모시러 왔어요.

주인어른과 마님은 어디 계십니까. 두 분도 함께요. 이제는 부족하나마 제가 모시겠습니다. 그야 흡족하게는 못해 드리지만 그래도 이런 곳에 계시는 것보다는 나을 테니까요."

오싱의 한마디 한마디는 가요의 가슴을 아프게 죄어 왔다.

"주인 어른과 마님도 제가 맞이하러 가겠습니다."

"그런 걱정은 안 해도 돼."

"두 분은 모두 제겐 큰 은인입니다. 정성껏 모시게 해 주세요. 모시고 싶어요."

"그럴 필요 없어. 두 분 모두 돌아가셨으니까."

가요은 망연히 넋 나간 사람처럼 중얼거렸다. 그런 모습을 보고 있을 수가 없어 오싱은 벌컥 언성을 높였다.

"가요 아가씨! 어째서 제게 거짓말을 하시는 겁니까. 그런 거짓말이 제게 통할 것 같나요?"

가요는 대꾸도 없이 벽장을 열더니 안에 놓아둔 꾸러미를 열었다. 그러자 하얀 유골함 두 개가 나왔다.

아무 말도 못하고 오싱은 뚫어지게 그것을 지켜보았다.

"불효 자식이 돼 버렸어. 이런 곳에 놓아두는 게 괴로워. 아버지와 엄마가 어떤 생각으로 내 이런 꼴을 지켜보는지…… 하지만 사카다로 모시고 갈 수도, 절에 맡길 돈도 없어. 어떻게 할 수가 없어. 용서해 줘요…… 어머니……"

가요는 터져 나오려는 오열을 참으려고 피가 맺히도록 입술을 깨물었다. 이미 돌아가신 부모님의 유골함을 앞에 두고 돌이킬 수 없는 후회로 가슴을 떨었다. 오싱은 망연히 하얀 유골함을 지켜볼 뿐이었다.

"그이가 자살하고 나서 비로소 상품 거래에서 크게 손해를 본 걸 알았어. 그때는 이미 어떻게도 손을 쓸 수가 없는 상태더군. 그이한테 모든 것을 맡기면 데릴사위로서의 열등감도 없어질 거라고 그이만을 내세웠던 것이 잘못이었어. 쌀 도매 일도 잘 안돼서 그것을 주식 투자로 메우려 했던 것이지. 그런데 경제대공황으로 주식이 폭락해 버려 가가야의 전재산을 털어도 빚 청산을 못하게 되었으니…… 할 수 없이 도쿄로 도망쳐 왔지. 도쿄라면 남의 눈에 띄지도 않을 것이고 어떻게든 일자리도 찾을 수 있을 거라고 생각했어. 도쿄에 도착해서 그럭저럭 자그마한 집도 빌리고 한숨 돌리는가 했더니 아버지가 뇌졸중으로 그만 쓰러지셨어. 그동안의 심려가 겹친 거야. 그렇지만 앓다가 돌아가시진 않았으니까 그나마 괜찮았는지 몰라."

어느새 가요의 목소리는 싸늘하게 식어 있었다. 눈물조차도 말랐는지 넋 잃은 사람처럼 담담하게 말하는 그 모습이 오히려 오싱의 마음을 더욱 아프게 했다.

"장례도 제대로 치르지 못하고 나는 일자리를 찾아 뛰어다녔지. 그렇지만 실업자가 넘치고 있는 이 불경기에 제대로 된 직업이 있을 리가 없었어. 할 수 없이 옛날에 일하던 긴자의 카페에까지 가 보았지만 이미 내 나이로는 무리였어. 그러는 동안에 이번엔 엄마가 쓰러졌지."

"그런데 왜 제겐 소식 한 자 없으셨어요."

"그야 친척들도 없는 건 아니지만 공연히 폐만 끼치게 될 테니까……"

"가요 아가씨!"

"엄마는 심장이 약해졌다고 해서 입원시켰지만 역시 아버지와 마찬가지로 가가야의 일이 원인이었어. 석 달쯤 병원에 있었는데 커다란 발작이 있어서…… 나는 엄마의 마지막 가는 길도 지켜보지 못했어. 입원비를 마련하기 위해 여기로 팔려 왔으니까 나갈 수도 없었어."

"하필이면 이런 곳에……"

"5백 엔이나 가불을 할 수 있는 곳은 여기밖에 없었어. 여기서는 노소미를 데리고 와도 괜찮다고 했고, 나도 노소미만은 데리고 있고 싶었어. 그 애를 안고서는 아무 일도 할 수 없었지만 남에게는 맡기기 싫었어. 사실은 가가야가 망했을 때 나도 목숨을 끊고 싶었어. 할머니한테 면목이 없어 죽어서라도 속죄하고 싶었지. 하지만 노소미 때문에 살아야 한다고 마음먹었어. 아버지와 엄마한테까지 이렇게 비참한 꼴을 보여 드리면서, 그래도 마음을 독하게 먹고 수치스런 삶을 살아왔지."

"5백 엔만 있으면 여기서 나갈 수 있는 건가요?"

가요는 쓴웃음을 지었다. 그 얼굴은 이미 삶의 의지를 잃은 사람에게서나 볼 수 있는 체념이 드러났다.

"이젠 1천 엔이 있어도 여기서 나갈 수 없어. 터무니없는 이자가 붙어 아무리 손님을 받아도 빚은 늘어날 뿐이야. 갈수록 헤어날 수 없는 늪 속에 빠지거든."

"그럼 도대체 어떻게 하면 되죠?"

"내 걱정은 하지 말아. 지난 일 년간 고생은 몸에 배었으니까. 지옥을 보고 온 사람에게는 아무것도 무서울 게 없어. 노소미가 혼자 살아갈 수 있을 때까지는 무슨 일이라도 참고 견뎌야지."

"이런 데서 도련님을 키울 작정입니까?"

"할 수 없지. 노소미와 함께 있는 것 외에는 아무런 욕심도 없어. 그것만으로 나는 살아 있으니까. 살아갈 수 있단 말이야."

"아뇨, 이런 곳에선 당치도 않습니다. 제가 어떻게든 해 보겠어요. 꼭 해 보겠어요."

"오싱도 이 불경기에 장사도 어려울 텐데 남의 일에 신경 쓰지 마. 노소미 또래의 사내아이도 있으면서 일부러 도쿄까지 오다니, 두 번 다시 이런 일은 하지 말아."

"가요 아가씨……"

오싱은 견딜 수가 없었다. 차라리 그녀가 자신을 부둥켜안고 엉엉 울음이라도 터뜨렸으면 하고 간절히 바랐다. 가요의 넋 잃은 모습이, 쓸쓸하게 체념한 표정이 오싱의 가슴을 마구 짓이겨 놓는 것이었다.

"나는 벌을 받는 거야. 제멋대로 굴다가 할머니와 부모를 울린 천벌을 받는 거야. 그이를 자살로 몰아넣게 한 것도 따지고 보면 내가 그런 거야. 싫어하고, 또 싫어하고 끝까지 싫어해서…… 아무도 원망할 수 없어."

서글픈 미소가 가요의 얼굴에 가물거리듯 떠올랐다가 이내 사라졌다. 이미 지칠 대로 지쳐 있는 그 얼굴을 지켜보며 오싱은 어찌할 수도 없는 자신이 무척이나 원망스러웠다. 그러고는 겨우 한마디 물어보았다.

"몸은 건강하신가요?"

"많이 야위었지. 한꺼번에……"

가요는 차마 그 다음을 잇지 못하고 잠시 말을 끊었다.

"그런 고초를 겪으면 여자는 마지막이야. 별다른 병으로 수척한 건 아니니까."

"하지만 얼굴색이……"

"좀처럼 햇빛을 보지 못하니까 얼굴도 창백해졌겠지."

오싱은 아무 말도 하지 못하고 그 얼굴을 살펴보았다. 이미 핏기라고는 찾아볼 수도 없이 창백하고 어두운 그림자마저 드리워진 얼굴이었다.

"오싱과는 다시 만나지 않으려고 했는데 역시 만나니까 반갑군. 이것저것 털어놓으니까 마음이 가벼워졌어. 지금까지는 누구에게도 말을 못했으니까."

"아가씨!"

"고마워, 오싱…… 정말 고마워……"

"가요 아가씨."

두 사람은 누가 먼저랄 것도 없이 손을 꼭 마주 쥐었다.

"이젠 오싱과 만날 일도 없겠지. 오싱은 언제까지나 건강하고 다노쿠라상과 행복하게 잘 살아."

꺼칠하게 야윈 가요의 얼굴이었지만 그 순간 반짝 하고 두 눈이 빛났다. 메말라 있는 줄만 알았던 그 눈에 투명한 눈물이 언뜻 비쳤기 때문이었다.

"아가씨, 저는 단념하지 않겠어요. 무슨 짓을 해서라도 가요 아가씨와 도련님을 이세로 데려갈 거예요."

"오싱, 쓸데없는 일은 그만둬."

"지금 당장은 무리일지 모르겠어요. 하지만 반드시…… 그것이 제가 할 수 있는 유일한 보답입니다."

"오싱……"

"내일은 뭔가 기운 차릴 음식이라도 가져오겠어요. 아가씨가 여기서 나가게 될 때까지는 매일 오겠어요."

그러나 체념한 듯이 바라보는 가요의 눈길이 오싱을 더없이 슬프게 했다. 오싱은 오랫동안 그곳에 머물 수가 없었다. 사내의 짜증스런 재촉은 둘째치고라도, 깊고 깊은 수렁 속에 빠져 있는 가요의 비참한 모습을 보고도 손쓸 도리가 없는 자신이 원망스러워서였다.

오싱이 일어서서 방을 나가려 할 때 어디선가 또다시 노소미의 울음소리가 들렸다. 괴롭게 일그러지는 가요의 표정을 뒤로 하고 오싱은 그곳을 뛰쳐나갔다.

겐과 함께 골목길을 빠져나올 때까지도 오싱은 어둡고 침침한 가요의 방에 마음을 남겨 둔 채였다.

가요 역시도 오싱이 돌아간 빈방에서 정신나간 사람처럼 앉아 있었다. 고우타가 보내 준 돈 봉투를 뚫어지게 바라보았다. 그때 문이 열리고 노파가 얼굴을 디밀자 그녀는 흠칫하여 봉투를 이불자락 밑으로 감췄다.

"손님은 돌아가셨지? 아기는 잠들었어."

"수고했어요."

가요는 노파에게서 노소미를 건네받고 살며시 껴안았다. 천진하게 잠들어 있는 아이의 얼굴을 들여다보며 가요는 엷은 미소를 지었다. 그러나 참고 참았던 눈물이 한꺼번에 뺨을 타고 흘렀다. 애써 미소를 지으려 했지만 울컥 솟구치는 슬픔은 노소미의 잠든 얼굴에 쏟아져 내렸다.

"노소미, 엄마하고 이런 데 있으면 너까지 잘못되겠지."

엄마 품에 안긴 노소미는 이 세상에서 가장 평온하다는 듯 새근새근 잠들어 있다.

"엄마는 말이야, 이젠 너한테 아무것도 해 줄 수가 없구나. 엄마의 자격도 없으니까."

천진하게 자고 있는 노소미가 엄마의 말을 알아들을 까닭이 없었다. 가요는 아이를 살며시 눕혀 놓고, 감당할 수 없는 슬픔으로 쓰러지듯 오열을 토해 냈다. 그것은 소리 없는 흐느낌이었고 각혈보다도 더한 마지막 통곡일지도 몰랐다.

 가요가 있는 변두리 그 집에도, 그 골목길에도 오싱은 마음을 남겨 두고 올 수밖에 없었다. 그날 저녁 다카의 미용원에 겐과 함께 앉아 그 얘기를 나눌 때까지도 오싱으로서는 믿어지지 않는 사실이었다.
 "그러니까 1천 엔이라는 돈이 없으면 자유롭게 되지 못한단 말이지?"
 가요의 소식을 전해들은 다카도 무척 놀랐다.
 "거기 들어가면 마지막이야. 창녀로 몸을 파는 것이 차라리 낫죠. 기한이 되면 빠져나올 수 있으니까. 하지만 거기는 밑도 끝도 없는 수렁이야. 창녀도 못될 여자가 돈 욕심에 뛰어들어 결국엔 처음 빌린 돈의 이자가 눈덩이처럼 불어나 꼼짝도 못하게 되죠. 게다가 표면상으로 카페라고 해서 교묘하게 당국의 눈을 속이고 치사한 장사를 한단 말이야."
 "가요상은 아이가 딸려서 창녀가 될 수도 없었을 거야, 불쌍하게도……"
 "난 경찰에 고발하겠어요. 그러는 수밖에 없어요."
 다부진 오싱의 말이었지만 겐은 한마디로 일축해 버렸다.
 "경찰의 손이 미친다면 걱정 없게요. 가끔 단속은 하지만 우리 집은 카페 영업만 한다고 발뺌하면 빠져나갈 수 있게 되어 있어요."

"그럼 일생 동안 못 나온단 말인가요?"

"그야, 돈 다발만 쌓아 놓으면……"

"겐상의 힘으로도 어떻게 할 수 없나요?"

"내 목숨을 건다 해도 그 패들과 맞설 수는 없어요."

"그러면 어떡하지요? 1천 엔이라는 돈은 도저히 불가능해요."

오싱은 암담한 표정을 지었다.

"나라도 힘이 되어 주었으면 좋겠는데 이런 불경기에 너무 큰돈이군. 오싱도 할 만큼 했으니까 이젠 체념하라구. 우리들 힘으론 어쩔 수가 없겠어."

가만히 다카의 말을 들으며 오싱은 자신의 처지가 서글퍼졌다. 가요 아가씨를 구할 길은 없을까. 그러나 생각할수록 아무런 힘도 없이 속수무책인 자기 자신이 원망스러울 뿐이었다.

그날 밤은 오싱이나 가요에게나 뜬눈으로 지새우는 밤이었다.

깊은 밤이 되어 오싱이 다녀간 바로 그 방에는 또 다른 손님이 있었다. 웬 사내가 잠들어 있는 머리맡에서 가요는 연신 술을 들이켰다.

사내는 잠결에 가요를 보며,

"이봐, 적당히 마셔 둬."

하고 가요의 손을 잡아 이불 속으로 끌어당기려 했다. 그러나 가요는 그 손을 귀찮은 듯이 뿌리쳤다.

"오늘 밤에는 좀 마셔야겠어."

사내는 어이가 없다는 표정으로 돌아누웠다. 그때 문밖에서 노파의 목소리가 들려왔다.

"술 가져왔어."

가요는 일어서려고 했으나 이미 술기운이 전신에 배어 버린 듯 휘청거리며 다시 주저앉았다. 술을 받기 위해 가요는 기어가서 방문을 열어제쳤다.

"그렇게 될 때까지 마시다니…… 당신은 위가 나빠졌다면서? 가장 나쁜 게 술이야."

노파의 말은 아랑곳없이 가요는 술병을 받아들자마자 병째로 들이켰다.

"무엇 때문에 사는지도 모르는데 몸뚱이 걱정을 해서 뭐해요."

사내와 노파는 그런 가요를 기가 막히다는 듯이 바라보았다. 몸을 가누지 못할 취중에도 가요는 문득 노소미를 생각했다.

"노소미는 어찌 됐소?"

"벌써 잠들었어."

"제때 기저귀 갈아 줘요. 할머니한테 맡겼더니 볼기가 짓물렀어요. 불쌍하게도."

"손님이 기다리고 있잖아."

노파의 눈짓은 아랑곳하지 않고 가요는 자포자기한 듯이 벌컥벌컥 술을 마셨다.

밤은 그리 길지 않았다. 뜬눈으로 아침을 기다리던 오싱은 날이 밝자 미용원의 부엌에서 도시락을 준비했다. 뒤늦게 일어난 다카가 들여다보았다.

"가요 아가씨가 너무 수척해졌어요. 몸을 추스를 음식이라도 만들어 드리고 싶어요."

"하지만 언제까지 그렇게 할 순 없잖아. 이세에는 오싱을 기다리는 가족이 있잖아."

"하지만 이대로 아가씨와 노소미 도련님을 내버려 둘 수는 없어요. 아직 할 말도 많구요. 차라리 노소미 도련님만이라도 이세로 데려가고 싶어요. 그런 곳에서 키우다니 말도 안 돼요."

"그래 봤자 가요상이 내놓을 리가 없잖아. 함께 살고 싶으니까 그런 곳에서도 참고 있는 게 아니겠어?"

"아가씨껜 아무리 해 드려도 모자랄 거예요. 가요 아가씨의 일생을 그릇되게 한 건 나였으니까요."

그때 뒷문으로 겐이 들여다보며,

"안녕히 주무셨습니까."

하고 경쾌하게 인사했다.

"겐상?"

"오늘도 가요상한테 가겠다고 하셨으니까요."

"괜찮아요. 이젠 혼자서도 갈 수 있어요."

"천만의 말씀. 그런 곳엘 혼자 가시다니…… 어차피 큰일은 못해도 호위 역할쯤이라면 자신 있죠."

겐은 넉살 좋게 늘어놓았다.

"겐상 덕분에 아가씨도 만나고…… 정말 큰 은혜를 입었어요."

"오싱상이 도쿄에 계실 동안만은 무엇이든지 해 드리겠어요."

연신 싱글거리는 겐의 얼굴에는 전혀 어울리지 않는 순진함이 드러났다. 오싱으로서도 겐의 호의에 적이 안심되는 것도 사실이었다.

오싱은 재빨리 채비를 마치고 겐과 함께 어제의 그 카페로 향했다. 가는 동안에도 오싱은 어떻게 하면 가요를 빼낼 수 있을까 하는 궁리만을 했다.

이윽고 그들이 골목길을 접어들었을 때였다. 어제의 그 허름한 문으로 하얀 가운을 입은 의사가 나오는 모습이 보였다.

무심코 의사를 스쳐 지나려던 오싱에게 퍼뜩 불길한 예감이 스쳤다. 우뚝 발걸음을 멈추고 뒤를 돌아보았으나 의사의 뒷모습은 태연하기만 했다.

　오싱은 급히 카페 안으로 뛰어들어가다가 하마터면 사내와 부딪칠 뻔하고서야 주춤거렸다. 그 사내는 오싱과 겐이 온 것을 알아차리고 어제와는 또 다른 태도를 보였다.

"형…… 그렇잖아도 지금 형한테 알리려던 참이유."

"왜?"

"그 여자가 죽었어. 오늘 아침 꼬마가 하도 시끄럽게 울어대길래 가 보았더니……"

"가요 아가씨가?"

"잘됐어. 형의 친지라는 걸 몰랐으면 시체도 꼬마도 맡을 사람이 없을 뻔했는데."

"무슨 일이 있어요? 어제는 그렇게 말짱했는데."

"의사의 말로는 위가 헐어 터졌다는 거야. 그러고 보니 늘 위가 아프다고 했어. 요전에는 피를 토한 모양이야. 할멈이 그 여자가 피 묻은 잠옷을 빠는 것을 보았다고 했어."

"의사에게는 보이지 않았나요?"

"본인이 아무렇지도 않다고 했고 손님도 받고 있었으니까. 그런데 어젯밤 폭음을 하고 또 피를 토한 모양이야. 당연하지. 위가 나쁜데 그런 무리를 했으니 그대로 간 거야. 게다가 정신없이 취해 있어 토한 핏덩이가 목에 걸려 숨도 못 쉬게 됐다더군."

　오싱은 그저 망연할 뿐이었다. 가요가 그처럼 비참한 최후를 마쳤다는 말이 믿어지지 않았다.
 "아직도 빚이 산더미처럼 남았는데 손해가 막심해."
 사내의 투덜거리는 소리를 뒤로하고 오싱은 황급히 계단을 뛰어올라갔다.
 순식간에 가요의 방을 열어제친 오싱은 갑자기 발이 얼어붙는 듯했다. 괴괴한 방 안이었지만 그런대로 이불 위에는 반듯하게 가요가 눕혀져 있었다.
 그러나 얼굴은 흰 천으로 덮인 채였다. 그 곁에서 주먹밥을 들고 철없이 놀고 있던 노소미가 오싱을 보고 방긋방긋 웃었다.
 오싱은 얼어붙은 듯이 서 있었다. 그러다가 노소미가 제 엄마 있는 쪽으로 기어가자 얼른 아이를 껴안았다. 낯을 가리지 않고 방글거리는 노소미를 들여다보며 오싱은 가슴이 무너져 내리는 것 같았다. 말없이 가요를 건너다보던 오싱은 가지고 온 꾸러미를 풀어 도시락을 꺼냈다.
 "가요 아가씨…… 아가씨께 드리려고 만들어 왔어요……"
 그러나 목이 메어 오싱은 더 이상 말을 잇지 못했다. 눈앞의 현실이 도저히 믿어지지가 않아 눈물조차 흘릴 수 없었던 오싱은 비로소 노소미를 끌어안은 채 오열을 터뜨리기 시작했다.
 "아가씨! 가가야의 귀한 댁 따님이 이렇게 처참하게 일생을 끝내야 한단 말인가요! 안돼요…… 어서 눈을 뜨세요. 오싱이 있잖아요. 귀여운 노소미가 있잖아요……"

그러나 아무것도 모르는 노소미는 오싱의 품에 안긴 채 여전히 방글거렸다. 철모르는 어린것이 엄마의 죽음을 알 리가 없는 것이다.

장차 이 아이는 어찌 될 것인가. 어린 노소미를 지켜보며 오싱은 또다시 터져 나오는 오열을 참느라고 피가 맺히도록 입술을 깨물었다. 아무것도 모르는 노소미는 오싱에게 안겨 천진스럽게 방글거리기만 했다.

〈제5부〉로 이어집니다.